The Mister

E L James

ミスター

上

E L ジェイムズ

石原未奈子 訳

早川書房

ミスター

〔上〕

THE MISTER
by
E L James
Copyright © 2019 by
Erika James Limited
Translated by
Minako Ishihara
First published 2019 in Japan by
Hayakawa Publishing, Inc.
This book is published in Japan by
arrangement with
Erika James Limited
c/o Valerie Hoskins Associates Ltd
acting in conjunction with
Intercontinental Literary Agency Ltd
through Japan Uni Agency, Inc., Tokyo.

装幀／早川書房デザイン室

ティア・エルバへ
あなたの賢さと強さ、ユーモアセンスと冷静さに感謝を捧げます。
そしてなにより、あなたの愛に。

daily/'dalli/

名詞

会話用法

1　日曜以外の日に刊行される新聞

例　あの裁判はたいていのdailyで報じられている。

2　（英国用法）定期的に家の掃除をさせるために雇った女性

例　うちのdailyは毎日来る。

プロローグ

いや、いや、いや。暗いのはいや。息苦しい闇はいや。ビニール袋はいや。パニックに襲われて肺のなかの酸素が消える。息が、息ができない。恐怖からくる金属的な味がのどの奥にこみあげる。だけどやらなくては。こうするしかないのだから。静かに、落ちついて、ゆっくりと浅く呼吸をするの。彼に言われたとおりに。これはすぐに終わるから。終わったら、自由になれるから。そう、自由に。

いまだ、走れ。振り返りもせず、必死に走る。恐怖に背中を押され、夜のまばらな買い物客のあいだを縫って逃げる。運が味方をしてくれた、自動ドアが開いている。けばけばしいクリスマス装飾の下を駆け抜け、エントランスから駐車場に飛びだす。そのまま一気に、停められた車のあいだを走って森に駆けこむ。命がけで土の小道を走り、小枝に顔をひっぱたかれながらも木立を抜ける。走りつづけて、もう肺が破れそうだ。だけど走るの。止まってはだめ。

ああ、なんて寒い。疲労で頭がぼうっとする。疲労と寒さ。木々のあいだでうなる風が、服を貫いて骨まで凍らせる。茂みの下で丸くなり、感覚の麻痺した両手で枯れ葉をかき集めて寝床を作る。寝よう。眠らなくては。冷たく固い地べたに横たわるものの、疲れすぎて恐怖を感じないし、泣く力もない。ほかのみんなは？　逃げられた？　目を閉じて思いを馳せる。どうか全員、自由になっていますように。暖かい場所にいますように……ああ、いったいどうしてこんなことになってしまったの？

目が覚めてみると、ごみ入れのあいだで新聞紙とダンボールにくるまっていた。寒さのあまり、体が震える。けれど前へ進まなくては。目的地の住所は知っている。この住所があることを、祖母が信じていた神に感謝しよう。震える指で紙を広げる。ここへ行くのだ。いますぐに。

一歩ずつ、足を前に出す。もはや歩くことしかできない。歩け、歩け、歩け。どことも知らない戸口で眠り、目が覚めたら、また歩く。〈マクドナルド〉の洗面台で水を飲み、食べ物のにおいに誘われる。

ああ、寒い。空腹で胃が痛む。それでも地図をたどって歩きつづける。盗んだ地図だ。電飾がまたたき、クリスマスソングが流れている店で。残されたわずかな力で紙切れをつかむ。長いあいだブーツのなかに隠していたから、擦りきれて破れている。ああ疲れた。体も汚い。汚くて、寒くて、怖い。唯一の希望にたどり着いた。震える手を掲げて玄関の呼び鈴を押す。

マグダは彼女を待っていた。彼女の母親から到着を手紙で知らされていた。両腕を広げて歓迎するが、すぐに身を引く。なんてこと。いったいなにがあったの？　来るのは先週のはずでしょう！

第1章

一夜かぎりのセックスには利点が多い。約束も期待もないし、失望もない。相手の名前を覚えていればいいだけだ。このあいだの女性はなんといったっけ？　ジョジョ？　ジーニー？　ジョディ？　まあ、なんでもいい。名無しのだれかさんはベッドのなかでも外でも大いに甘い声をあげていた。いま、おれは天井に映るテムズ川のゆらめきを見あげて、眠れずにいる。胸が騒いで眠るどころではない。

今夜の相手はキャロラインだ。キャロラインは〝名無しのだれかさん〟には当てはまらない。断じて。いったいおれはなにを考えていたのだろう。目を閉じて、心に問いかける小さな声を黙らせようとした。親友と寝るのは賢いことなのか、という声を。それも二度も、と。キャロラインはとなりで眠っている。銀色を帯びた一月の月光をしなやかな体に浴びて、長い脚をおれの脚にからませ、おれの胸板に頭をのせて。

こんなのは間違っている。大間違いだ。顔をさすって自己嫌悪を拭《ぬぐ》い取ろうとすると、キャロラインがぴくりと動いて目を覚ました。マニキュアを塗った爪でおれの腹を撫《な》でおろし、へそをなぞる。眠たげにほほえみながら、そのまま縮れ毛のほうへ指を向かわせるのを感じたので、その手をつかんで唇に引き寄せた。「今夜はもうへとへとだろう?」一本ずつ指にキスをして、拒絶の痛みをやわらげようとする。罪悪感にしつこく苛《さいな》まれて、心身ともに疲れていた。なにしろ相手はキャロライン。親友にして兄の妻だ。いや、元妻か。

違う。元妻でもなく、未亡人だ。

悲しく寂しい状況を示す、悲しく寂しい言葉。

「そんな、マキシム。お願いだから忘れさせてよ」キャロラインはささやいて、おれの胸に温かく湿ったキスをした。顔にかかった金髪を払って、長いまつげのあいだからおれを見あげるその目は、欲求と悲嘆できらめいていた。

美しい顔を手で抱いて、おれは首を振った。「やめておこう」

「言わないで」キャロラインはおれの唇に指を当てて黙らせた。「お願いよ。必要なの」うめき声が漏れた。このままでは地獄行きだ。

「お願い」キャロラインがすがる。

くそっ、とっくにここが地獄だ。

とはいえおれも傷ついているし――なにしろ兄を喪《うしな》った――キャロラインはその兄との接点だから、唇を重ねて仰向けに押し倒した。

目が覚めたときには、部屋は冬の陽光にあふれていた。まぶしさにまぶたを狭《せば》めて寝返りを打つと、キャロラインの姿がないのでほっとした。あとに残されたのは、かすかな後悔と――枕の上のメモ。


　今夜、パパと後妻さんと食事なの。

　あなたも来て。

　　彼らも悲しんでいるから。

愛してる。X《キス》

やめてくれ。

そんなのは望んでいない。目を閉じて、自分のベッドに一人きりであることと、葬儀の二日後にロンドンへ帰ると決めたことに感謝した。その夜になにをしたにせよ。

どうしてこれほど手に負えない事態になった？

眠る前に一杯だけ、とキャロラインは言い、おれはのぞきこんだ大きな青い目が悲しみに満ちているのを見て、彼女がなにを望んでいるかを悟った。キットの事故と早すぎる死を知った夜に向けられたのと同じ目だった。あのときは拒めなかった。何度もそうなりかけたことはあったが、あの夜、とうとう運命に身をゆだね、当然の結果として兄の妻を抱いた。

そして、また同じことをした。キットが埋葬された、ほんの二日後に。

天井をにらむ。間違いなく、おれは最低の人間だ。それを言うならキャロラインも同類だが、少なくとも彼女には理由がある。夫に先立たれ、将来に不安を抱えていて、おれは親友。困ったときに、ほかのだれを頼るというのか。そして頼られたおれは、悲嘆に暮れる未亡人を慰めるという行為において、一線を越えた。

顔をしかめてメモを握りつぶし、木の床に放ると、丸められた紙切れは服が積み重ったソファの下に転がりこんだ。淡い影が頭上を漂い、まるで光と影がおれをあざ笑っているようだ。目を閉じて、その光景を消す。

キットはいいやつだった。

キット。気のいい男。みんなのお気に入り。キャロラインでさえも、結局、兄を選んだ。突然、病院の霊安室でシーツに覆われて横たわる、ねじれて傷だらけの体が脳裏に浮かんだ。深く息を吸いこんで、記憶を追い払おうとする。のどが締めつけられるようだ。キットには、キャロラインもおれもふさわしくない。ろくでなしの弟など。こんな……裏切りにあっていい男じゃない。

まったく。

なにをいまさら。

キャロラインとおれはお似合いだ。お互い、ちょうどいいときにそこにいた。どちらも同意のうえで、厳密には決まった相手のいない成人だ。キャロラインは喜んでいるし、おれも喜んでいるし、これこそおれの得意とすることだ――真夜中に、その気があって魅力的な女性を抱くことこそ。なにより好きな娯楽だし、おかげでやることができる――ヤルことが、と言うべきか。そのうえ体を動かすことで健康を保て、情熱的な時間を過ごすうちに女性について学ぶべきすべてを学べる。いかにして汗をかかせるか。その女性はイクときに叫ぶのか泣くのか。

キャロラインは泣いた。

まあ、夫を喪ったばかりだ。

そしておれは兄を喪った。この数年、唯一の手本だった存在を。

ああ。

目を閉じて、キットの青白い死に顔をもう一度、思い出す。胸にぽっかりと穴が空いたようだ。埋めようのない喪失感。

なぜあんな凍てつくほど寒い夜にバイクに乗ったのだろう。理解できない。キットは分別があって頼もしい、いわば〝ミスター信頼〟だ――だった。兄弟二人のうちで、家名に栄誉をもたらすのも、評判を保つのも、責任ある行動をするのもキットだった。ロンドンの金融街であるシティで働きながら、一家の事業も切り盛りした。焦って結論をくだすことはなく、向こう見ずな運転もしなかった。良識あふれる存在で、常に上昇する一方だった。おれのような放蕩息子ではなかった。そう、おれはキットという硬貨の裏側だ。おれの専門は一家の厄介者であること。だれからも期待されないし、期待されないように心がけてきた。いつだって。

厳しい朝日のなか、陰鬱な気持ちで起きあがる。そろそろ地下のジムへ行こう。ランニングとセックスとフェンシング。どれも調子を保ってくれる。

ダンスミュージックが耳のなかで鳴り響き、汗が背中を流れ落ちる。おれは大きく息を吸い、肺に酸素を送りこんだ。トレッドミルを踏む足音で頭をすっきりさせながら、体を限界まで追いこむことに集中する。ふだんは走ると集中できて、ようやくなにかを感じられるようになる――たとえそれが、破裂しそうな肺と脚の痛みだとしても。だがあれほどひどい一週間を過ごしたあとだから、今日はなにも感じたくなかった。ほしいのは限界までいじめられた肉体の痛みだけ。

喪失の痛みではなく。

走って呼吸。走って呼吸。

キットのことは考えるな。キャロラインのことは考えるな。

走れ、走れ、走れ。

トレッドミルの速度を落としてクールダウンしながら、五マイル走の最後のパートを走っていると、熱っぽい思考が戻ってきた。久しぶりに、やるべきことが山積みだ。

キットが死ぬ前のおれの日々は、前夜の遊び疲れが抜けないうちから今夜の楽しみを考えるようなありさまだった。本当だ。それがおれの人生だった。おれという存在の空虚さに光を当てたくはないが、自分がどれほど役立たずか、心の底ではわかっている。二十一歳になったその日から多額の信託資金が使えるようになったおかげで、生まれてこの方、一度も真剣に働いたことがない。兄と違って。兄は仕事熱心だったが、まあ、キットにはほかに選択肢がなかった。

だが今日は別だ。冗談みたいな話だが、おれはキットの遺言執行者なのだ。よりによっておれを選ぶとは、最後にやってくれたものだが、キットが一家代々の地下納骨所に埋葬されてしまった以上、遺言状は読まれなくてはならない……そして執行されなくては。

キットは跡継ぎをもうけずに死んだ。

トレッドミルが止まり、身震いが起きた。それが意味するところを考えたくなかった。心の準備ができていない。

ｉＰｈｏｎｅをつかんで首にタオルをかけると、六階のフラットまで階段を駆けあがった。寝室に入って服を脱ぎ捨て、隣接するバスルームに向かう。シャワーで髪を濡らしながら、キャロラインにどう対処しようかと考えた。知り合ったのはまだ子どもといってもいいころだ。お互い似たところを感じて自然と親しくなった。どちらも十三歳で、寄宿生で、親が離婚していた。新入生のおれを、キャロラインはその翼の下に招き入れた。おれたちは常に一緒だった。おれにとってキャロラインは永遠に初恋の女性で、初体験の相手だ。悲惨に終わった初体験。それから何年も経って、キャロラインはおれではなく兄を選んだ。だがそれでもおれたちは親友でありつづけたし、どちらも手を出したりしなかった――キットの死までは。

　まただ。もう考えるな。面倒など求めていないし必要でもない。ひげを剃っていると、まじめな緑色の目にじっと見つめ返された。キャロラインには深入りするな。彼女は数少ない友達だろう。それどころか親友だ。ちゃんと話をして、説得しろ。彼女だって、おれたちが一緒にいられないことはわかっているはずだ。鏡に映った自分にうなずいて決意を新たにすると、顔の泡を拭った。タオルを床に放って、ウォークインクローゼットに入る。棚の上の服の山からブラックデニムを取り、アイロンがかかっている白いシャツとドライクリーニング済みの黒いブレザーを見つけてほっとした。今日は一家の事務弁護士たちとランチだ。ブーツを履いて、外の寒さから身を守るべくコートをつかんだ。

　しまった、今日は月曜か。

　年配のポーランド人で通いの掃除婦《デイリー》であるクリスティーナは、月曜は昼前に来る予定だ。財布を取りだして、玄関ホールのコンソールテーブルに紙幣を置くと、警報装置をセットしてから玄関を出た。鍵をかけ、エレベーターではなく階段で下へ向かった。

　チェルシー・エンバンクメント通りに出ると、空気はさわやかに澄んでいて、それを乱すのはおれの吐息のもやだけだ。どんよりした灰色のテムズ川の対岸にある平和塔《ピースパゴダ》を眺める。ほしいのはそれだ。いくらかの平穏《ピース》。だが手に入るのはしばらく先だろう。ランチの席で、いくつか質問に答えてもらえるといいのだが。手をあげてタクシーを停め、運転手にメイフェアまでと告げた。

ジョージアン様式もみごとな、ブルックストリートに位置する弁護士事務所〈パヴェル、マーモント&ホフマン〉は、一七七五年から一家の事務弁護士だ。「そろそろ大人になれ」おれは独り言をつぶやき、装飾の施された木製のドアを押し開けた。

「こんにちは」笑顔で迎える若い受付係のオリーブ色の頬は、ほんのりと染まっている。控えめな美人だ。ふだんなら、ものの五分で彼女の電話番号を手に入れているところだが、今日ここへ来たのはそのためではない。

「ミスター・ラジャと約束があるんだが」

「お名前は？」

「マキシム・トレヴェリアン」

受付係はパソコンの画面に視線を走らせたが、首を振って眉をひそめた。「かけてお待ちください」そう言うと、羽目板張りのロビーに置かれた茶色い革張りの大きなソファ二脚を手で示したので、おれは手前の一つにどさりと腰かけ、その日の『フィナンシャル・タイムズ』朝刊を手にした。受付係がやや切迫した口調で電話越しに話しているあいだ、新聞の一面に目を通したものの、わけがわからない。顔をあげると、ちょうどラジャが片手を差しだしたまま両開き戸から大股で出てきたところだったので、立ちあがった。

「ロード・トレヴェシック、このたびはお悔やみ申しあげます」ラジャが言い、おれの手を握る。「トレヴェシックでいい。まだ兄の肩書を使うことには慣れなくてね」

いまではおれの肩書だが。

「そうでしょうとも」ミスター・ラジャが従順にうなずくのを見て、おれは妙に苛立《いらだ》った。「奥へいらっしゃいませんか。弁護士用のダイニングルームでランチの最中なんですが、うちのワインセラーはロンドンでもじつに指折りのものでしてね」


メイフェアのクラブで、おれは暖炉で踊る炎をぼんやりと見つめた。

トレヴェシック伯爵。

いまやそれがおれだ。

信じられない。ありえない。

たしかに若いころは兄の肩書と一家における地位を羨んだ。キットは生まれたときから特別に愛されてきた。とりわけ母親から。だが無理もない、彼こそが跡継ぎで、〝予備〟ではなかったのだから。生まれた瞬間からポーストワン子爵として知られたキットは、父が急死したことにより、二十歳で第十二代トレヴェシック伯爵になった。おれは二十八歳で、幸運な第十三代というわけだ。あれほど羨んだ肩書とそれに付随するすべてが自分のものになったいま、兄の領分を侵しているような気がした。

昨夜、兄貴の伯爵夫人とやったくせに。それは〝領分を侵す〟どころじゃないだろう？

飲んでいたシングルモルトのスコッチウイスキー〈グレンロセス〉をぐいとあおり、グラスを掲げた。「ゴーストに乾杯《トースト》」ささやくように言い、その皮肉にほほえんだ。〈グレンロセス〉は父が好んだウイスキーであり、兄が好んだウイスキーだ。そして今日からは、この一九九二年ものヴィンテージはおれのものになる。

キットこそが後継者なのだという事実と折り合いをつけたのは、そしてキットその人と折り合いをつけたのはいつだったか、明確には思い出せないが、たしか十代の終わりだ。キットが肩書を相続してあの女性を手に入れたことを、おれは受け入れるしかなかった。だがいま、すべてがおれのものになった。なにもかも。

兄貴の妻さえ。まあ、少なくとも昨夜は。

だが皮肉なことに、キットは遺言状のなかでキャロラインの今後の備えについて触れていなかった。

一言も。

これこそ、キャロラインの恐れていたことだ。

なぜ兄はその点に気づかなかったのだろう。キットは四カ月前に遺言状を書き換えたのに、妻のために備えることをしなかった。結婚してまだ二年だというのに……。

兄貴はなにを考えていた？

当然、キャロラインは納得しないだろう。責められはしない。

顔をさすった。

どうしたものか？

電話が鳴った。

どこにいるの？


キャロラインからのメッセージだ。

携帯電話の電源を切って、お代わりを注文した。今夜は会いたくない。別のだれかに溺れたい。別の、新しいだれか。なんのしがらみもないだれか。それからドラッグも手に入れよう。携帯電話を取りだして、デートアプリ〈ティンダー〉を開いた。


「マキシム、あなたすごいフラットに住んでるのね」彼女はそう言って、平和塔の光を受けてきらめくテムズ川の暗い水面《みなも》を見渡した。おれは彼女のジャケットを脱がせて、ソファの背にかけた。


「なにか飲むか？　それとも、もっと強いものがいいか？」客間に長居をするつもりはない。

この誘いを合図とばかりに、彼女は輝く黒髪をかきあげた。アイラインで囲まれた榛《はしばみ》色の目でじっと見つめ、口紅を塗った唇を舐《な》めると、片方の眉をあげて尋ねた。「もっと強いもの？」魅惑的な口調だ。「なにを飲んでるの？」

ああ……通じなかったということは、コカインはなしということだが、どうやら一歩先を行っているらしい。おれは彼女が見あげなくてはいけないほど近くまで歩み寄ったものの、触れないよう注意した。

「のどは渇いていないんだ、ヘザー」彼女の名前を覚えていたことに安堵しつつ、低い声で言った。ヘザーはつばを飲み、唇を開いた。

「わたしも」ささやくように言って、思わせぶりな笑みを浮かべる。

「じゃあ、なにがほしい？」ヘザーの視線がおれの唇に移動する。誘いだ。読みが間違っていないことをたしかめるために、しばし待ってから、かがんでキスをした。ほんの一瞬、唇と唇を触れさせる。

「なにがほしいか、わかってるはずよ」ヘザーは両手をおれの髪にもぐらせるなり、温かく積極的な唇に引き寄せた。ブランデーと、かすかに煙草の味がする。その味で気が散った。クラブで彼女が煙草を吸っていた記憶はない。片手でウエストを抱き、もう片方の手で豊かな曲線を撫でおろしながら、しっかりと引き寄せた。ウエストは細く、胸は大きくて張りがある。その胸はいま、魅惑的におれの胸板に押しつけられていた。感覚に負けないくらい、味もいいだろうか。ヒップに手のひらを這わせながらキスを深め、熱心な口を探索した。

「なにがほしい？」重ねた唇越しにもう一度ささやいた。

「あなたよ」ヘザーの声はあえぎ混じりで切迫していた。興奮しているのだ。大いに。細い指がおれのシャツのボタンを外しはじめる。彼女のなすがまま、おれは胸をむきだしにされ、シャツは床に落ちた。

ここで奪うか、それともベッドに移動するか。快適さを優先させるべく、彼女の手を取った。

「来いよ」軽く手を引っ張って客間を出ると、廊下を進んで寝室に入った。

案の定、部屋は片づいていた。

クリスティーナに神の祝福を。

壁のスイッチでベッドサイドの明かりをつけ、一緒にベッドへ歩み寄った。「後ろ向きになれ」

ヘザーは言われたとおりにしたものの、ハイヒールのせいで少しふらついた。「しっかり」彼女の両肩をつかんで背中を胸板にぴったりと引き寄せ、目が見えるように首をこちらへ向けさせる。その目はおれの唇を見つめていたが、すぐに目を見あげた。きらきらと輝き、澄んで集中している。じゅうぶんに素面《しらふ》だ。おれは白い首筋に鼻をこすりつけ、やわらかでかぐわしい肌に舌を這わせた。「そろそろ横になろうか」赤いミニワンピースのファスナーをおろして肩の下までさげると、赤いブラに覆われた胸のふくらみが現れた。レースの表面に両手の親指を走らせる。ヘザーはうめいて背中をそらし、おれの手のひらに胸を押しつけた。

いいぞ。

繊細な布地の下に親指を滑りこませて、とがった胸のいただきをなぞると、ヘザーは後ろに手を伸ばしておれのジーンズのホックを探した。「夜は長い」おれはささやいて体を離し、一歩さがって、ワンピースが流れるように彼女の足元へ落ちていくさまを眺めた。

赤いTバックから形のいいヒップがのぞいている。

「こっちを向けよ。きみが見たい」

ヘザーは肩の後ろに髪を払いながら振り返り、まつげの下から熱い瞳で見つめた。じつにみごとな胸をしている。

おれがほほえむと、彼女もほほえんだ。

楽しくなりそうだ。

ヘザーが手を伸ばしてジーンズのウエストをつかみ、ぐいと引っ張ったので、こんもりした胸がふたたび胸板に押しつけられた。「キスして」うなるような低い声には逆らえないものがあった。彼女が上の歯に舌を這わせるのを見て、おれの体は反応し、下半身は固くなった。

「喜んで」

彼女の頭をつかまえてシルクのような髪に手をもぐらせ、今度は先ほどより荒っぽくキスをした。応じてヘザーが両手でおれの髪をつかみ、舌をからませる。と思うやふと唇を離して、色っぽく輝く目でおれを見あげた。その目はまるで、ようやくあなたが見えたと言っているようだった。見えたものが気に入った、と。次の瞬間にはまた激しく唇が重ねられていた。

ああ、欲しくてたまらないんだな。

器用な指がジーンズのホックを探り当てて外す。おれは笑いながらその手をつかみ、やさしくベッドに押し倒した。

ヘザー。彼女の名前はヘザーだ。おれのとなりでぐっすり眠っている。ベッドサイドの時計を見ると、午前五時十五分を指していた。申し分のない相手だったが、いまはもう帰ってほしい。いつまでここに横たわって、やわらかな寝息を聞いていなくてはならないのだろう？　ここへ連れてくるのではなく彼女のフラットへ行っていれば、こちらが帰ることができたのに。だがこのほうが近かったし、二人とも焦れていた。天井をにらみながら頭のなかで昨夜を振り返り、この女性についてなにを学んだかと記憶をたぐった。たしかテレビ局で働いていて、朝には職場にいなくてはいけないと言っていた。つまり、早くここを出なくてはいけないということだ。住んでいるのはパトニーで、セクシーで情熱的。とても情熱的。好きな体位はバックで、イクときは静かで、才能あふれるその口は消耗した男をよみがえらせる方法を知っている。思い出すと下半身がざわめき、起こしてもう少し楽しもうかという気になった。黒髪は枕の上に扇のように広がり、眠っている表情は穏やかだ。その穏やかさに呼び覚まされた羨望を無視しつつも、この女性をもっとよく知れば同じ平穏を得られるのだろうかと考えた。

馬鹿なことを。彼女には帰ってほしいんだろう?

〝あなたは親密な関係を築けないのよ〟キャロラインの声が頭のなかでこだました。

キャロラインか。参ったな。

苛立たしいことに、愚痴っぽいメッセージ三件と複数の不在着信があった。床の上でくしゃくしゃになっているジーンズの尻ポケットから携帯電話を取りだし、となりで眠っている女性をちらりと見た。大丈夫、起きる気配はない。そしてキャロラインからのメッセージを読んだ。

どこにいるの?

電話して!

もう!

どうしろというんだ?

キャロラインもわかっているはずだ。おれのことは何年も前から知っているのだから。体を重ねたからといって、彼女への気持ちが変わることはない。キャロラインを愛している……おれなりに。だがあくまで友人として、親友としてだ。

しかめっ面になった。おれは電話を折り返さなかった。折り返したくない。なにを言えばいいかわからない。

臆病者。心のなかで良心がささやく。この状況を正さなくては。頭上でテムズ川の反射が踊る。自由に、気楽に。おれを嘲《あざけ》って、失ったものを思い出させる。

自由。

代わりに手に入れたのは？

責任。

うんざりだ。

罪悪感が押し寄せてきた。不慣れなうえに、迷惑でもある感情だ。キットはおれにすべてを遺した。すべてを。かたやキャロラインはなにも得ていない。キットの妻なのに。その女性と、おれは寝た。罪悪感を覚えるのも当然だ。心の底では、キャロラインも罪悪感を覚えているのはわかっていた。だからおれを起こすことなく、さよならも言わずに、真夜中に出ていったのだ。いまとなりで寝ている女性が同じことをしてくれていたら、どんなによかったか。

すばやくキャロラインにメッセージを打った。

今日は忙しい。大丈夫か？

朝の五時だ、キャロラインは眠っているだろう。つまりこちらは安全。ちゃんと向き合うのは日が昇ってからにしよう……あるいは明日に。

そのときヘザーが身じろぎし、まぶたを開いた。「おはよう」おずおずと浮かんだ笑みにほほえみ返したが、ヘザーの笑顔は消えた。「帰らなくちゃ」

「帰る？」胸のなかで期待がふくらむ。「別に帰らなくていい」本気でそう思っているような声で言えた。

「だめよ。仕事があるし、あの赤いワンピースは職場向きじゃないもの」起きあがり、シルクの上掛けを胸元に押し当てて曲線を隠す。「ゆうべは……よかったわ、マキシム。電話番号を置いていったら連絡をくれる？　メールや〈ティンダー〉より電話で話したいの」

「いいよ」なめらかに嘘をついた。顔を引き寄せてやさしくキスをすると、ヘザーは恥ずかしそうな笑みを浮かべた。上掛けを体に巻きつけて起きあがり、床から服を拾いはじめる。

「タクシーを呼ぼうか？」

「ウーバーを使うから」

「おれが手配しよう」

「ありがとう。行き先はパトニーよ」

住所を聞いて起きあがり、脱ぎ散らかしたジーンズを穿《は》いて携帯電話をつかむと、多少のプライバシーを与えるべく寝室を出た。この世には、行為の翌朝に不思議な態度を示す女性もいる。内気で控えめになって、前夜の、みだらで積極的で謎めいた女ではなくなるのだ。

車を頼んだあとは、暗いテムズ川の向こうを眺めながら待った。ほどなくヘザーが出てきて、おれにメモを手渡した。「わたしの電話番号」

「ありがとう」ジーンズの尻ポケットに滑りこませる。「車は五分で来るよ」

行為の翌朝は内気になるたちなのだろう、ヘザーは気詰まりな様子でたたずんでいた。長引く沈黙のなか、室内のあちこちに視線を向けるものの、おれだけは見ようとしない。

「すごくすてきなフラットね。広々してて」気詰まりな空気を埋めようとしたのか、ヘザーが雑談を始めた。ギターとピアノに気づいて、小型グランドピアノに歩み寄りながら尋ねる。「弾くの？」

「ああ」

「だから指先が器用なのね」言った瞬間、思いを声に出してしまったと気づいて顔をしかめ、頬を染めた様子はかわいらしかった。

「きみは？」いまの言葉が聞こえなかったふりをして尋ねた。

「楽器はどれもだめ。二年生のときにリコーダーのグループに入ったのが限界ね」ほっとしたように表情がやわらいだのは、手についての発言をおれが聞き流したからだろう。「それは？」ヘザーが言い、レコード棚と部屋の隅の机に置かれたｉＭａｃを指差した。

「ＤＪをする」

「ほんとに？」

「ああ。ホクストンにあるクラブで月に二、三回」

「だからこんなにレコードが」そう言って、おれのレコードコレクションが収まっている壁一面の棚を眺める。

おれはうなずいた。

「写真は?」ヘザーは、客間の大きな帆布にかけられたモノクロの風景写真を手で示した。

「撮るよ。ときどきはカメラの反対側にも回る」

戸惑《とまど》った表情が浮かんだ。

「モデルさ。主にハイファッション系の」

「わかるわ。あなた、どのパーツも立派だものね」少し自信が出てきたのだろう、にっこりして言った。そうさ、自信をもつべきだ。きみは抜群にいい女なのだから。

「まあ、何でも屋さ」謙遜の笑みで返すと、ヘザーの顔から笑みが消えて、困惑の表情が浮かんだ。

「どうかした?」ヘザーが尋ねる。

どうかした、だと? なんの話だ? 「いや、どうもしないよ」携帯電話が鳴って、車が着いたと知らせるメッセージが入った。「電話する」言いながら彼女のジャケットを拾い、広げて着せてやった。

「嘘ね。でも気にしないで。それがあなたにとっての〈ティンダー〉なんでしょう? ともかく、楽しかったわ」

「おれも楽しかった」前半部分に反論はしなかった。

彼女に続いて玄関へ向かった。「下まで送ろうか?」

「いらない。大人だもの。じゃあね、マキシム。会えてよかった」

「こちらこそ……ヘザー」

「覚えててくれたのね」いかにもうれしそうにヘザーがにっこりしたので、思わずおれも笑顔になった。「さっきより、よくなった」ヘザーが言う。「探してるものが見つかるといいわね」つま先立ちになって頬に軽くキスをすると、向きを変え、ハイヒールでふらつきながらエレベーターのほうに歩きだした。その後ろ姿を見送るおれは、赤いワンピースの下で揺れる形のいいヒップを眺めながら、眉をひそめた。

探しているものが見つかるといい？　どういう意味だ？

ほしいものはすべて手のなかにある。きみのことも、ものにしたばかりだ。明日は別のだれかを手に入れるだろう。おれがそれ以上のなにを必要とするというんだ？

どういうわけか、彼女の言葉に苛立ったものの、気にしないことにしてベッドに戻った。彼女が帰ってくれてほっとした。ジーンズを脱いでシーツのあいだにもぐりこむと、先ほどの言葉がよみがえってきた。

〝探してるものが見つかるといいわね〟

どうしてそんな言葉が出てきた？

コーンウォールの広大な領地と、オックスフォードシャーの領地と、ノーサンバーランドの領地と、ロンドンの一部を相続したばかりだぞ——あるものを代償に。

キットの青白い死に顔が脳裏に浮かんだ。

くそっ。

いままでは何人もがおれに頼っている。何百人、何千人が。小作農、領地内の労働者、四つの屋敷で働く者たち、メイフェアの宅地開発業者……。

ぞっとする。

キットのやつ、なぜ死んでしまった？

心の涙をこらえるがごとく目を閉じて、ヘザーの別れ際の言葉が頭のなかで響くのを聞きながら、無意識の状態に落ちていった。

第2章

ミハウのお古のパーカーのポケットに両手を突っこんで、アレシアは凍える指を温めようとした。マフラーをぐるぐる巻きにして、凍てつく冬の霧雨のなか、チェルシー・エンバンクメントの高層住宅街へ向かう。今日は水曜。クリスティーナなしでここへ来るのは二度目だ。目指すのは、ピアノがある大きなアパートメント。

悪天候でも、ある種の達成感を覚えていた。いつもの不安を感じることなく、混みあった電車の旅を終えられたからだ。これがロンドンなのだと、わかりかけてきた。人が多くて、やかましくて、車通りも多い。だけど最悪なのは、だれも人に話しかけない点だ。口を開くとすれば、ぶつかったときに「すみません」と言うか、「通してください」と言うときくらい。だれもが手にしたフリーペーパーで顔を隠したり、ヘッドフォンで音楽を聞いたり、携帯や電子書籍に見入ったりして、目が合うことを避けている。

今朝、アレシアは運よく電車で座れたが、乗っているほとんどの時間、となりの女性が昨夜のうまくいかなかったデートについて、携帯電話で声高に話していた。アレシアは聞こえないふりをして、英語を上達させるべくフリーペーパーを読んでいたが、本音を言えば、この女性のうるさい愚痴ではなく音楽が聞きたいと思っていた。フリーペーパーを読み終えてしまうと、目を閉じて空想にふけった。あちこちに雪化粧を施した堂々たる山脈、タイムの香りとミツバチの羽音が広がる牧草地。家が恋しかった。穏やかさと静けさが恋しかった。母と、ピアノが恋しかった。

　指慣らし曲を思い出すと、ポケットのなかで自然と指が動きだす。頭のなかでは澄んだ音が響き、音がくっきりと見えてくる。最後に弾いてからどのくらい経つだろう？　アパートメントで待っているピアノを思うと、胸が躍った。

　興奮を隠しきれないまま、古い建物のエントランスをくぐってエレベーターに向かい、最上階までのぼる。月曜と水曜と金曜の数時間、広々として風通しがよく、色濃い木の床のすばらしい部屋と小型グランドピアノは、アレシアだけのものになる。玄関の鍵を開けて警報装置を解除しようとしたが、意外にも警告音は鳴らなかった。装置が故障したのか、そもそもセットされていなかったのか。それとも……。どうしよう、きっと部屋の主がいるに違いない。生活音はしないかと耳を澄まし、モノクロの写真のような風景画がかけられた広い玄関ホールに立ち尽くす。なにも聞こえない。

　ミラ！

いいえ、よかった《グッド》。英語よ、英語で考えなくちゃ。ここに住んでいるのがだれにせよ、その人はもう仕事に出かけていて、警報装置をセットし忘れたのだ。部屋の主に会ったことはないけれど、高給取りであることは知っている。なにしろ広い部屋なのだ。高給取りでなければ、どうやって家賃をまかなえるというの？　ため息が出た。部屋の主は裕福に違いないけれど、だらしないことこのうえない。ここへはすでに三度来ていて、二度はクリスティーナと一緒だったが、いつも部屋は散らかっていて、掃除と整頓には数時間かかった。

廊下の先の天窓から灰色の陽光が射しこんでいる。アレシアがスイッチを押すと、頭上のクリスタルのシャンデリアが目を覚まし、玄関ホールを照らした。毛糸のマフラーを外して、玄関ドアの脇にあるクローゼットのなかに、パーカーと一緒にかける。マグダにもらった古いスニーカーをビニール袋から出し、濡れたブーツと靴下を脱いで履き替えた。スニーカーは乾いているから、凍えた足も温まるだろう。薄いジャージのトップスとTシャツでは、この寒さにはかなわない。腕を生き返らせるべく勢いよくさすりながら、キッチンを抜けて洗濯室に入ると、作業台にビニール袋を置いた。そのなかから、クリスティーナがくれたサイズの合わないナイロン地の部屋着を取りだしてはおり、太い三つ編みが邪魔にならないよう、淡いブルーのスカーフを頭に巻く。流しの下の戸棚から掃除用品の入ったケースを取りだし、洗濯機の上にある洗濯かごをつかむと、まっすぐ部屋の主の寝室に向かった。急げば退出予定の時間までに作業を終えて、少しだけでもピアノを独占できるかもしれない。

ドアを開けたが、寝室の戸口で凍りついた。

部屋の主が！

大きなベッドの中央にうつ伏せで横たわり、裸でぐっすり眠っている。アレシアは驚きつつも魅了され、木の床に根を生やしたかのごとく、その場に立ち尽くした。ベッドに横たわる長身は羽毛布団がからまっているものの、間違いなく裸だ。顔はこちらに向けられているが、乱れた茶色の髪に隠れている。片腕は頭をのせた枕の下、もう片腕はこちらに伸ばした格好だ。肩幅は広くたくましく、二の腕には精巧なタトゥーが入れられているけれど、布団で全体は見えない。背中は日に焼けているが、引き締まった腰に向かうにつれて色はあせ、尻は白く固そうだ。

　お尻。

　やっぱり裸！

　　裸《ラクーリチ》！

　神さま《ゾート》！

　筋肉質な長い脚は灰色の羽毛布団と銀色のシルクのベッドカバーに覆われているが、足はマットレスの端から突きだしている。男性がぴくりとして背中の筋肉が動き、まぶたが開くと、寝起きでぼんやりしているものの鮮やかな緑色の目が現れた。アレシアは息を止めた。起こしたことを怒られると思った。二人の視線がぶつかったが、男性はもぞもぞと身じろぎをして反対側を向くと、そこで落ちついたのだろう、また眠ってしまった。アレシアはほっとして深く息を吸いこんだ。

　神さま、ありがとう《シュチュル・ゾーティ》！

　恥じらいに頬を染めてこっそり寝室をあとにし、長い廊下をリビングルームまで一気に走った。掃除用品の入ったケースを床に置き、脱ぎ散らかされた服を拾いはじめる。

　部屋の主がここにいる？　どうしてまだベッドのなかなの？　こんな時間なのに。

　きっと仕事には遅刻ね。

　ちらりとピアノを見た。裏切られたような気分だった。今日は弾けると思ったのに。月曜には勇気が出なくて、弾きたい思いがいっそう募った。今日が最初になるはずだったのに！　頭のなかで、バッハの前奏曲ハ短調が聞こえる。怒りに任せて指を動かし、頭のなかの曲に合わせて演奏した。真っ赤、黄色、オレンジ色。恨みがましい思いによく合う色たち。曲がクライマックスに達し、減音程にして終わると、アレシアは脱ぎっぱなしのTシャツを洗濯かごに放りこんだ。

どうしてここにいるのよ。

失望するなど筋違いだとわかっていた。なにしろここは彼の家だ。けれど失望に集中していれば、当の彼のことを考えなくてすむ。裸の男性を見たのはこれが初めてだ。鮮やかな緑色の目をした、裸の男性。あれは夏の日の、静かで深いドリン川の水の色。アレシアは顔をしかめた。故郷のことは思い出したくなかった。男性はさっき、まっすぐこちらを見た。完全に目を覚まさなくて本当によかった。洗濯かごをつかみ、半分開いた寝室のドアに忍び足で近寄って、彼がまだ眠っているかたしかめようと足を止めた。バスルームからシャワーの音が聞こえる。

起きたのだ！

このまま帰ろうかと思ったものの、すぐに考えなおした。この仕事が必要だし、帰ればクビにされるかもしれない。

そっとドアを開けて、奥のバスルームから聞こえてくる調子外れのハミングに耳を澄ました。胸をドキドキさせながら寝室に忍びこみ、床のあちこちに散らかった服を拾うと、急いで安全な洗濯室に戻った。どうして胸がドキドキするのだろう。

深く息を吸いこんで心を鎮めた。思いがけず、眠っている彼を見つけて驚いただけだ。そう、それだけ。裸を見たという事実とはなんの関係もない。整った顔立ちとも、筋の通った鼻とも、ふっくらした唇とも、広い肩とも……たくましい腕とも無関係。そう、これは驚いたせい。部屋の主と出くわすとは思いもしなかったし、あんな姿を見て動揺させられたのだ。

だけどきれいな男の人だった。

どこもかしこも。髪も手も、脚も背中も……。

すごくきれいだった。その彼が、あの澄んだ緑色の目でまっすぐこちらを見たのだ。

暗い記憶が脳裏に浮かんだ。故郷での記憶。怒りで冷たい、淡いブルーの目。雨のように浴びせられる激しい怒り。

だめ。あの男のことは考えない！

両手に顔をうずめてひたいをさすった。

考えない。考えないの。

逃げてここまで来たのだ。ここはロンドンで、もう安全だ。あの男には二度と会わない。

クリスティーナがやってみせてくれたとおり、床に膝をついて、汚れ物を洗濯かごから洗濯機に移す作業を始めた。ブラックジーンズのポケットを探ると、小銭とコンドームが出てきた。どのズボンにも入れているらしい。尻ポケットからは、電話番号とヘザーという名前が記された紙切れが出てきた。その紙切れと小銭とコンドームを自分のポケットに入れて、洗剤カプセルを一つ洗濯機に放りこんでから、スイッチを押した。

次は乾燥機の中身を出して、アイロンの用意をする。今日はアイロンがけから始めて、彼が出ていくまで洗濯室に隠れていよう。

だけど、もし出ていかなかったら？

それに、どうして逃げ隠れするの？　彼は雇い主だ。自己紹介するべきかもしれない。ほかの雇い主には全員会っているし、だれにも問題はない。まあ、ミセス・キングスベリーだけは、なにをするにもついてきて、掃除のやり方を口うるさく批評するけれど。ため息が出た。とどのつまり、ほかの雇い主はみんな女性なのだ。男性はこの部屋の主だけで、アレシアは男性を警戒している。

「行ってくるよ、クリスティーナ！」突然の声に驚いて、襟にアイロンがけをしていたシャツを手放してしまった。玄関ドアが閉じる音が聞こえ、静かになる。彼が出かけた。これで一人きりだ。安堵のあまり、アイロン台にぐったりと寄りかかった。

行ってくるよ、クリスティーナ？　わたしに代わったことを知らないの？　この仕事はマグダの友人のアガサが取り仕切っている。アガサは掃除婦が交代したことを知らせていないのだろうか？　この部屋の主にきちんと連絡がなされているのか、今夜、たしかめよう。もう一枚のシャツにアイロンをかけてハンガーにつるしてから、廊下のコンソールテーブルを見に行った。紙幣が置かれている。つまり、彼は戻ってこないということ。

とたんに今日という日は輝いて、アレシアは新たな目的とともに洗濯室に駆け戻ると、アイロンをかけたばかりの衣類とシャツをつかみ、いそいそと寝室に向かった。

主寝室は、このアパートメントで唯一白くない部屋だ。壁は灰色で、使われている木材は色濃い。見たこともないほど大きな木製のベッドの上には、これも大きな金縁の鏡がかけられている。ベッドの向かいの壁には、やはり大きなモノクロ写真が二枚。被写体は女性で、あらわな背中をカメラに向けている。写真から目をそらして、室内を見まわした。完全に散らかっている。持ってきたシャツをウォークインクローゼットに――アレシアの寝室より広いクローゼットに――手早くつるし、たたんだ衣類を棚の一つに置いた。クローゼットのなかも散らかっているが、先週、クリスティーナと初めてここへ来たときからこの状態だ。クリスティーナはこの惨状を無視していたし、アレシアとしては片っ端から服をたたんで整理したいものの、それにはたいへんな時間がかかるだろう。いまは時間がない。ピアノを弾きたいのなら。

部屋のほうへ戻ってカーテンを開け、天井から床まで届く窓越しにテムズ川を見た。雨はやんだようだが、空は灰色だ。通りも川も、向こう岸の公園の木々も、すべてが抑えた灰色で、故郷《うち》とはあまりにも違う。

そうじゃない。もうここが〝うち〟なのだ。波のように押し寄せてきた悲しみに気づかないふりをして、ポケットから出したものをナイトテーブルの皿に入れる。それから寝室の掃除と整頓を始めた。

寝室での最後の仕事はごみ箱を空けることだ。使用済みのコンドームは見ないようにしながら、中身を黒いビニール袋に移す。最初にこの作業をやったときは衝撃を受けたし、いまもやはり驚いてしまう。一人でこんなにたくさん使うもの？

怖い！

それからほかの部屋に移動すると、片づけたりはたきをかけたり磨いたりしたが、入るのを許されていない部屋にだけは入らなかった。閉ざされたドアの向こうになにがあるのだろうと思うものの、開けようとはしない。あの部屋には絶対に入らないこと、とクリスティーナから厳しく言われていた。

退出時間まで三十分というところで、モップがけが終わった。掃除用品の入ったケースを洗濯室に片づけ、洗濯が終わった衣類を乾燥機に移す。部屋着を脱いでから、青いスカーフを外してジーンズのお尻のポケットに突っこんだ。

ごみが詰まった黒い袋は玄関のそばへ移動させる。帰るときに、アパートメントの脇の路地にある指定の場所まで運ぶのだ。不安な気持ちで玄関を開け、廊下の左右を見まわした。部屋の主の姿はない。いまなら大丈夫。最初に一人でここの掃除をしたときは勇気が出なかった。部屋の主が戻ってくるのではと不安だった。けれど今日は、行ってくるよと言って出かけていったのだから、思い切ってやってみよう。

足早に廊下を戻ってリビングルームに入り、ピアノの前に座ると、動きを止めてこのひとときを味わった。黒くつややかな小型グランドピアノは、天井からさがる立派なシャンデリアの光を受けて輝いている。指先で、ロゴマークである金色のたて琴と、その下の文字をなぞった。

スタインウェイ&サンズ

譜面台には鉛筆と、クリスティーナと一緒に初めてこのアパートメントへ来たときからそこにある、半分書きかけの楽譜が置かれていた。一枚めくると、頭のなかで音が響く。悲しい哀歌。寂しくて憂鬱。定まらず未完成の、水色と灰色。深い思いを感じさせるこの曲と、今朝目にした、怠惰だけれど美しい裸の男性を、どうにか結びつけようとした。きっと彼は作曲家だ。横長の部屋を見まわすと、隅にアンティークの机があり、パソコンとシンセサイザー、それに音を調整するミキサーらしきものがごちゃごちゃと置かれている。それに、アレシアがほこりを払わなくてはならない壁一面の古いレコード群。間違いない、熱心なコレクターだ。

そんな考えを脇に押しやって、鍵盤を見おろした。最後に弾いてからどれくらい経つだろう。数週間？　数カ月？　急に不安がこみあげて息苦しくなり、目には涙が浮かんだ。

だめよ。ここではだめ。こんなところで泣き崩れるわけにはいかない。胸の痛みとホームシックに負けまいとしてピアノにしっかりつかまり、最後に弾いたのは一カ月以上前だと思い出した。あれからいろんなことが起きた。

身震いをして深く息を吸いこみ、落ちつきを取り戻した。指を伸ばし、鍵盤を撫でる。

白。黒。

触れるだけで癒やされた。この貴重なひとときを心から味わって、音楽に溺れたい。そっと鍵盤を押さえ、ホ短調の和音を奏でる。澄んだ強い音は鮮やかな緑色――あの人《ミスター》の目の色だ。アレシアの胸は希望に満たされた。スタインウェイの調律は完璧だった。指慣らし曲の『かっこう』を弾きはじめる。鍵盤は流れるがごとくなめらかに上下し、指はいきいきと飛ぶように鍵盤の上を舞う。この数週間の緊張と不安と悲しみがようやく遠のいて、アレシアは音の色に没頭した。

ロンドンにあるトレヴェリアン家の屋敷の一つは、チェイニーウォークに位置する。おれのフラットから歩いてすぐの距離だ。一七七一年にスコットランド出身の建築家ロバート・アダムによって建てられたトレヴェリアンハウスは、父が死んで以降、キットの家だった。幼いころの思い出――幸せなのと、そうでないのと――が詰まったこの家を、いまや好きなようにできる。というか、いっさいを任されている。新たな現実をまた突きつけられて、やれやれと首を振りながら、身を切るような寒さに抵抗しようとコートの襟を立てた。外からではなく体の内側から湧いてくるかに思える寒さだ。

いったいこの家をどうしたらいい？

キャロラインと会ってから二日が経っていた。怒っているだろうが、遅かれ早かれ顔を合わせなくてはならない。玄関前の階段をのぼり、鍵を使うべきか否かと迷った。この家の鍵は以前から持っているが、予告もなしにいきなり入っていくのは失礼に思えた。

息を吸いこんで二度ノックした。ほどなく玄関が開いて、おれが生まれる前から一家の執事であるブレイクが現れた。

「ロード・トレヴェシック」執事は言い、はげ頭をさげてドアを押さえた。

「そんなことはしなくていいよ」言いながら玄関ホールに入った。無言のままコートを受け取るブレイクに、おれは尋ねた。「奥さんは元気かな」

「元気にしております。最近のできごとでひどく悲しんでおりますが」

「みんなそうだ。キャロラインはいる？」

「はい、旦那さま《マイロード》。レディ・トレヴェシックは客間におられます」

「ありがとう。案内はいらないよ」

「かしこまりました。コーヒーはいかがですか？」

「ああ、もらおう。それからブレイク、先週も言ったが、〝ロード〟じゃなく、〝サー〟でじゅ」

ブレイクは一瞬動きを止めてからうなずいた。

「かしこまりました。ありがとうございます、旦那《サー》さま
天を仰ぎたくなった。ここではずっと〝マキシム・トレヴェリアン閣下《イエスサー》〟で、〝マスター・マキシム〟と呼ばれてきた。〝ロード〟で呼ばれるのは父だけだったし、父の死後は兄だけだった。新しい肩書に慣れるまで、少し時間がかかりそうだ。

幅の広い階段を弾むようにのぼって廊下を進み、客間に入った。ここにあるのは、ふかふかのソファと、一家代々受け継がれてきた優雅なクイーン・アン様式の家具だけだ。客間の先には温室があり、そこからはテムズ川やカドガン桟橋、アルバートブリッジまで、みごとな景色を望める。キャロラインはその温室にいた。肘掛け椅子に腰かけてカシミアのショールにくるまり、窓の外を眺めていた。手には小さな青いハンカチを握りしめている。

「やあ」おれは言いながら入っていった。振り返ったキャロラインの頰には涙の跡があり、目は赤く腫れていた。

くそっ。

「いったいどこにいたのよ」キャロラインが鋭い口調で言う。

「カロ」なだめようとして切り出した。

「やめて、この役立たず」噛みつくように言い、両手をこぶしにして立ちあがる。

まずい。本格的に怒っている。

「今度はなにをしてしまったかな」

「なにをしたかは自分がいちばんわかってるでしょう。どうして電話に出なかったの？　あれからもう二日よ！」

「考えることが多かったし、忙しかったんだ」

「忙しい？　あなたが？　マキシム、ラリって薬《ヤク》にペニスを突っこんでたあなたに、〝忙しい〟がわかるわけないでしょう」

おれは青くなったが、想像して笑ってしまった。

キャロラインの怒りも少しやわらいだようだ。「怒ってるのに、笑わせないで」そう言って唇をとがらせる。

「きみはおもしろいことを言うな」両腕を広げると、キャロラインが歩み寄ってきた。

「どうして電話をくれなかったの？」ぎゅっと抱きしめながら尋ねる。怒りは消えたらしい。

「考えることが山ほどあるんだ」キャロラインを抱いたまま、ささやいた。「考える時間が必要だった」

「一人で？」

返事はしなかった。嘘をつくのは好きではない。月曜の夜はたしか……ヘザーと一緒で、昨夜は……なんという名前だった？　ああ、ドーンだ。

キャロラインが鼻をすすって、腕の外に身を引いた。「やっぱりね。思ったとおり。それで、どんな娘《こ》だったの？」

太いものを咥《くわ》えたヘザーの唇を思い出しつつ、肩をすくめた。

キャロラインはため息をついた。「とんだ尻軽」いつもの軽蔑とともに言う。

否定できるわけがない。

おれの夜ごとの活動について、キャロライン以上に知る人はいない。いくつもの痛烈なあだ名でおれを呼び、みだらな性生活を折にふれて叱る。

それでもおれとベッドに入った。

「あなたが女遊びで悲しみを忘れようとしてるあいだ、わたしはパパと後妻さんとのディナーに一人で立ち向かわなくちゃならなかったのよ。さんざんだった」皮肉っぽく言う。「そしてゆうべは寂しかった」

「悪かった」おれは言った。ほかに言うことを思いつかなかった。

「弁護士には会った?」キャロラインが話題を変えて、まっすぐおれを見た。

おれはうなずいた。白状すると、これこそ彼女を避けていたもう一つの理由だった。

「そんな」キャロラインは細い声で言った。「その深刻そうな顔。わたしにはなにも遺されなかったのね? そうでしょう」恐怖と嘆きで目が見開かれる。

その肩に両手をのせて、そっと伝えた。「すべては後継者であるおれに託された」

キャロラインは声を漏らし、手で口を覆った。目に涙を浮かべて、ささやくように言う。「ひどい人」

「心配するな。なにか手はあるはずだ」低い声で言い、もう一度抱きしめた。

「愛してたのに」キャロラインの声は小さく静かだった。子どもの声のように。

「そうだよな。おれだって愛してた」だがおれは知っている。彼女はキットの肩書と財産も愛していた。

「わたしをここから立ち退かせたりしないわね？」

キャロラインの手からハンカチを取って、両方の目を拭ってやった。「そんなこと、するわけがない。きみは死んだ兄貴の妻で、親友だ」

「でも、それだけ？」潤《うる》んだ目で苦い笑みを浮かべたキャロラインの問いに、ひたいにキスをすることで応じた。

「コーヒーをお持ちしました」ブレイクが温室の入り口で言った。

おれはすぐさま腕をおろして、キャロラインから離れた。無表情な顔で入ってきたブレイクの手にはトレイがあり、その上にはカップとミルク、銀のコーヒーポット、それにおれの大好きな全粒粉のビスケット——シンプルなチョコレート味——がのせられていた。

「ありがとう、ブレイク」首をゆっくりとのぼっているだろう赤みなど知らないふりをして、おれは言った。

平然と押し切れ。

ブレイクがソファのそばのテーブルにトレイを置いて言う。「ほかにご用はございませんか、旦那《サー》さま？」

「いまのところはなにもない」意図したより鋭い声が出た。

ブレイクが出ていくと、キャロラインがコーヒーを注いだ。ブレイクがいなくなったことに安堵して、おれは背中を丸めた。とたんに頭のなかで母の声が聞こえる——〝召使いの前ではやめなさい〟

気がつけば、キャロラインの湿ったハンカチをまだ手にしていた。それを見おろして眉をひそめ、昨夜の夢の断片を思い出そうとした。いや、あれは今朝か？　若い女性……それとも天使？とにかく、青い服を着た聖母マリアか修道女が寝室の戸口に立って、眠るおれを見ていた。

どういう意味があるのだろう。

信心深い人間ではないのだが。

「どうかした？」キャロラインが尋ねた。

おれは首を振った。「なんでもない」つぶやくように言って、差しだされたカップを受け取り、ハンカチを返す。

「そういえば、わたし、妊娠したかもしれない」キャロラインが唐突に言った。

なんだって？　顔から血の気が引いた。

「キットの子よ。あなたじゃない。あなたは恐ろしく用心深いもの」

おっしゃるとおり。しかし、足の下の地面が傾いた気がした。

キットの跡取りか！

ますますややこしくなってきた。

「だとしたら、どうするべきか考えよう」そう答えたときにはもう、すべての責任はキットの子にゆだねられるかもしれないと安堵を覚えていた。が、同時に圧倒的な喪失感も芽生えた。

伯爵位はおれのものだ。いまのところは。

ああ、なにを考えているのだろう？　自分で自分がわからない。

第3章

黒塗りのタクシー《ブラックキャブ》でオフィスに向かっていると、携帯電話が鳴った。ジョーからだ。

「よう。調子はどうだ?」沈んだ口調から、キットの死を経ての精神状態を問うているのがわかった。葬儀以来、ジョーとは会っていない。

「どうにか生きてるよ」

「一勝負するか?」

「喜んでと言いたいところだが、無理なんだ。朝から晩までミーティングで」

「お伯爵仕事か?」

おれは笑った。「ああ。お伯爵仕事だ」

「じゃあ、週の後半ならどうだ? そろそろ剣が錆びてきた」

「ああ、いいよ。それか酒でも」

「よし。トムの予定も訊いておこう」

「頼んだ。ありがとう、ジョー」

「気にするな」

暗い気持ちで電話を切った。以前のように好きなことをしていたかった。以前なら、昼間からフェンシングがしたいと思えば、そのとおりにできた。ジョーは練習相手で、親友の一人でもある。ところがいまはオフィスへ行って、やりたくもない仕事をしなくてはならない。

キットめ。恨むぞ。


クラブ〈ルル〉では大音量で音楽が流れていた。低音が胸に響く。これが好きだ。なにしろこれだけの音量なら、不要な会話をしなくてすむ。人のあいだを縫ってバーへ向かった。酒と、温かい体の積極的な女性が必要だった。


退屈なミーティングに一日半も費やした。トレヴェシックの投資目録と公益信託を監督するファンドマネージャー二人と、コーンウォールとオックスフォードシャーとノーサンバーランドの領地管財人たちと、ロンドンの不動産を管理する代理人と、メイフェアに三つあるマンションブロック（十九世紀末のロンドンで高価なタウンハウスの代わりに登場した積層型の集合住宅）を改修中の宅地開発業者と。キットの最高執行責任者にして右腕だったオリバー・マクミランも、すべてのミーティングに同席した。オリバーとキットはイートン校時代からの友人で、どちらもロンドン・スクール・オブ・エコノミクスに進学したが、キットは父の死のせいで一家の義務を果たさなくてはならなくなり、中途退学した。

オリバーは細身にくしゃくしゃの金髪で、何色だかよくわからない目はなにも見逃さない。この兄の友人と、これまで打ち解けたことはなかった。冷酷で野心的な男だが、賃借対照表《バランスシート》の読み方を心得ていて、トレヴェシック伯爵に従う人物を数えきれないほど知っている。

それにしても、いったいキットはどうやってこれだけの仕事をこなしながら、シティでもファンドマネージャーとして働けていたのだろう。たしかに賢くて弁が立つ男だったが。

愉快な男でもあった。

もう一度会いたい。

バーで〈グレイグース〉のウォッカトニックを注文した。キットがうまくやれていたのは、有能なオリバーの支えがあったからかもしれない。オリバーはキットの弟にも忠誠心を示すだろうか、それとも、新たな責任をどうにか背負おうと四苦八苦しているその弟の無知につけこむだろうか。わからない。だが正直、あの男のことは信用していないから、今後も慎重につきあおうと決めた。

ここ数日で唯一の明るいできごとは、エージェントから電話がかかってきて、来週の仕事が入ったと言われたときに起きた。あのいけ好かない年寄り女に、とうぶんのあいだモデル業はやらないと宣言するのは、かなりの快感だった。

モデル業が恋しくなるだろうか？

わからない。死ぬほど退屈な仕事ではあるが、オックスフォードを放校処分にされたあと、ベッドから抜けだして体型を維持する理由を与えてくれた。おまけに、セクシーで痩せた女性たちと出会う機会も。

酒をあおってクラブのなかを見まわす。いまほしいのは、それだ。痩せていようといまいと、セクシーで積極的な女性。

なにしろ木曜の夜だ。

大きな笑い声が聞こえて振り返ると、視線がぶつかった。彼女の目に賞賛と挑戦を見いだして、下半身が期待にざわめく。きれいな榛色の目に、長くつややかな茶色の髪、正面にはショットグラスが並んでいる。しかも身に着けているのは刺激的なレザーのミニワンピースに、ピンヒールのサイハイブーツだ。

　悪くない。彼女に決まりだ。

　午前二時、彼女を連れてフラットに戻った。コートを脱がせるやいなや、レティシアは振り返っておれの首に抱きついてきた。「ベッドへ行きましょう、気取った坊や」ささやいてキスをする。激しく。なんの前置きもなく。彼女のコートを手にしたままだったおれは、二人一緒に倒れてしまわないよう、壁に寄りかかって体を支えた。不意打ちだった。思っていたより酔っているのだろう。キスは口紅と、ドイツ産リキュール〈イエーガーマイスター〉の味がした。そそる組み合わせだ。レティシアの髪に指をもぐらせて引っ張り、唇を離した。

「中断するのは気が進まないが」唇越しにたしなめる。「まずはきみのコートを置かせてくれ」

「コートなんてどうでもいい《ファック》」レティシアは言い、今度は舌をからめてキスしはじめた。

　おれはきみとファックしたい。

「この調子じゃ、寝室までたどり着けないぞ」彼女の肩に両手を置いて、そっと引き離した。

「そう言うなら、部屋を見せてよ。モデル兼カメラマン兼ＤＪさん」からかうような声には、率直な態度にまったくそぐわない、かすかなアイルランド訛りがあった。ベッドのなかでもこれくらい率直なのだろうかと思いつつ、彼女に続いて廊下を進み、リビングルームに入った。木の床にヒールの音が響く。

「俳優もするの？　ところで、すばらしい景色ね」言いながら、壁一面のガラス窓からテムズ川を見渡す。「それに、きれいなピアノ」つけ足して振り返り、興奮に目を輝かせて尋ねた。「この上でファックしたことある？」

おいおい、品がないぞ。

「最近はないな」彼女のコートをソファにのせた。「いまもそういう気分じゃない。それよりベッドに行こう」安定した職に就いていない現状を馬鹿にされたことは無視した。一大帝国を管理していることは話していない。

レティシアがほほえんだ。口紅はよれているし、おれの口の周りも汚れているだろう。不快に思い、指で口元を拭った。レティシアがゆったりした足取りで近づいてきてジャケットの襟をつかみ、ぐいと引っ張った。

「いいわ、気取った坊や。なにができるか見せてみて」そう言って両手を胸板に押し当てるなり、爪を立てて胸骨をなぞった。

おい！　いまのは気持ちいいより痛いに近かったぞ。この女性が生やしているのは爪ではなく猛禽類の鉤爪だ。口紅と同じ真紅の鉤爪。

レティシアがおれのジャケットを脱がせて床に落とし、シャツのボタンを外しはじめた。彼女のムードを考えると、引きちぎるのではなく、一つずつ外してくれるのがありがたい。このシャツはお気に入りなのだ。レティシアはおれのシャツも脱がせて足元に落とすと、今度は肩に爪を食いこませた。わざと。

「うっ！」痛みに思わず声が出た。

「かっこいいタトゥー」レティシアが両手を肩から腕に這わせ、さらにジーンズのウエストへ向かわせた。爪で腹に跡を残しつつ。

ずいぶん攻撃的だな。

彼女の手首をつかんで腕のなかに引き寄せ、荒っぽくキスをした。「ベッドへ行こう」唇越しに言ってから、返事も待たずに手を引いて寝室に向かいはじめた。ところが部屋に入るなりベッドのほうへ押され、また腹を爪で引っかかれて、ジーンズのホックを探り当てられた。

くそっ！　荒っぽいのが好きだな。

たじろぎつつも、レティシアの両手を体の正面でしっかりつかまえたが、実際は、あの鉤爪から逃げたいばかりだった。

荒っぽいのが好きか？　そういうことなら。

「いい子にしろ」警告するように言った。「まずはきみからだ」手を離して数歩さがらせ、よく見える位置に立たせてから命令した。「服を脱げ。いますぐに」

レティシアは肩の後ろに髪を払うと、両手を腰について、愉快そうな挑戦の表情でおれを見た。

「早く」おれはうながした。

レティシアの目が濃さを増す。「お願いします《プリーズ》、は？」ささやくように言った。

おれはにやりとした。「お願いだ《プリーズ》」

レティシアは笑った。「あなたの気取ったアクセント、好きよ」

「これは生まれつきだ。ああ、ブーツは脱ぐな」

レティシアは笑みを浮かべたまま背中に手を回し、体にぴったりしたレザーのワンピースのファスナーを、さりげない仕草でおろしていった。腰を左右にくねらせてワンピースを脱ぎ、ブーツを履いた足元に落とす。おれはほほえんだ。すばらしい光景だった。スリムな体に、小ぶりだが張りのある胸のふくらみ、黒いレースのフレアショーツに揃いのブラ、そしてあのサイハイブーツ。ワンピースの輪から抜けだしたレティシアは、色っぽく誘うような笑みを浮かべ、なめらかな足取りでこちらへ歩いてくると、おれの手をつかんだ。そして驚くほどの力でおれをベッドのほうへ引っ張るなり、胸板に両手を当てて強く押し、シーツの上に仰向けで倒した。

「脱ぎなさい」足を広げておれを見おろすレティシアが、ズボンを指差して命令した。

「脱がせてくれよ」

その一言だけで、レティシアはベッドにのぼってきた。馬乗りになっておれの股間に脚のあいだを押しつけ、腹からズボンのジッパーまで爪を立てて引っかく。

またか！

やれやれ、危険な女だ。

不意打ちを食らったおれはすばやく起きあがり、レティシアを仰向けで押し倒した。今度はこちらが馬乗りになって、頭の両側に腕を押さえつけると、レティシアはおれの下でもがき、押しのけようとした。

「ちょっと！」下からにらみつけて、不満そうに言う。

「きみは拘束する必要がある。危険な女だ」やわらかな声で言いながら反応を見守った。

さあ、どう転ぶ？

レティシアの目が丸くなった。恐怖で、それとも興奮で？

「あなたは？」レティシアがささやくように言った。

「危険な男か？　おれが？　まさか。きみには遠く及ばない」押さえつけていた腕を離してベッドのそばのキャビネットに手を伸ばし、引き出しから長いシルクの拘束具と革の手錠を取りだした。「楽しみたいか？」両方を掲げて尋ねる。「どっちが好みだ？」

おれを見あげるレティシアの目は瞳孔が開き、欲望と不安に満ちていた。

「傷つけはしない」おれは請け合った。それは専門領域ではない。「きみをいい子にさせるだけだ」本当は、こちらが傷つけられることを心配しているのだが。

焦らすような魅惑的な笑みを浮かべて、レティシアが答えた。「シルク」

おれはほほえみ、手錠を床に放った。これは支配の形をとった自衛だ。「セーフワードを選べ」

「チェルシー」

「いい選択だ」

レティシアの左手首にシルクを巻きつけて、ヘッドボードの板のあいだに通してから、右の手首を縛った。両腕を広げて拘束した状態では、あの爪も脅威にはならないし、見た目もすばらしい。

「行儀が悪かったら、目隠しもするぞ」ささやくように言った。

レティシアは身をくねらせた。「お尻もぶつ？」細い声で尋ねる。

「それはきみしだいだな」

ああ、楽しくなりそうだ。

レティシアはまたたく間にイッた。大きな悲鳴をあげながら、シルクの拘束具をぴんと張り詰めて。

太もものあいだで顔をあげたおれの唇は濡れていた。レティシアの向きを変えさせて、尻をひっぱたく。

「待ってろ」つぶやくように言って、コンドームを装着した。

「早く！」

まったく、要求が多いな！

「行くぞ」低い声で言い、太いものをねじこんだ。

眠る彼女の胸が上下するのを眺めた。習慣から、たったいま抱いた——二度抱いた——女性について知っていることを挙げていく。名前はレティシア。人権弁護士で、性に関しては攻撃的。おれより年上。拘束されることを大いに好む。だが経験からすると、率直で積極的な女性はたいていそうだ。噛みつくのが好きで、絶頂のときには叫ぶ。よくしゃべり、気晴らしになるが……疲れる。

はっと目覚めた。夢のなかで、つかみどころのないなにかを探していた。現れては消える、ふわふわした青いなにか。ついに見えたと思った瞬間、広く深い裂け目に落ちていった。身震いが起きた。

いったいなんだったんだ？

冬の太陽が窓越しに弱々しく照らし、天井にテムズ川の反射が踊る。どうして目が覚めたのだろう？

レティシアか。

いやはや、彼女は獣《けだもの》だった。だがとなりには姿がないし、シャワーの音も聞こえない。もう帰ったのだろうか。なにか物音はしないかと、フラット全体に耳を澄ました。

静まり返っている。思わずにやりとした。気詰まりな会話は必要ないということだ。いい一日になりそうだと思ったとき、母と妹とランチの約束をしていることを思い出した。うめき声を漏らし、頭からシーツをかぶった。二人とも、遺言状の話をしたがるだろう。

なんとも気が重い。

キットが〝伯爵未亡人〟と呼んでいたあの女性は、じつに高圧的だ。なぜニューヨークへ戻らないのか、見当もつかない。母の人生の基盤があるのは向こうで、ここではないのに。

アパートメントのどこかで床にものが落ちる音がして、はっと起きあがった。

嘘だろう。レティシアはまだいるのか。

となると会話が必要だ。しぶしぶベッドから出て、いちばん近くにあったジーンズを穿くと、太陽の光の下でも夜闇のなかと同じように激しい女性なのか、調べに行った。

裸足で廊下を進み、リビングルームとキッチンをのぞいたが、だれもいない。

どういうことだ？

キッチンの入り口で向きを変えたとたん、動きが止まった。レティシアを見つけると思っていたのに、玄関ホールに立ってこちらを凝視しているのは、痩せた若い女性だった。色濃い大きな目は驚いた子鹿のようだが、着ているのはみっともないブルーの部屋着に、洗濯しすぎた安っぽいジーンズと履き古したスニーカーだ。頭には青いスカーフを巻いているので、髪の色はわからない。

娘はなにも言わなかった。

「やあ。きみはいったいだれだ？」おれは尋ねた。

第4章

どうしよう《ゾート》！　彼がいる。怒っている。

鮮やかな緑色の目で見つめられ、アレシアは凍りついた。引き締まった上半身はむきだしで、見あげるほどの長身だ。くしゃくしゃに乱れた栗色の髪は玄関ホールのシャンデリアの光を受けて、ところどころ金色に輝いている。肩幅が広いのは記憶どおりだが、二の腕のタトゥーは思っていたより複雑だ。いま見てわかるのは翼だけ。ほどよい胸毛は腹筋にかけてしだいに細くなり、へその下でまた広がって、ジーンズのウエストの下に続いていく。タイトな黒のジーンズは膝が破れているものの、アレシアがつい顔を背けてしまったのはそのせいではない。無精ひげを生やしたハンサムな顔のなかで、ふっくらした唇が引き結ばれていたのと、春の色をした目のせいだ。口が渇く。緊張のせいか、それとも、彼の表情のせいか。

なんて魅力的な男性だろう。

魅力的すぎる。

その男性が上半身をむきだしにしているなんて。でも、どうしてこんなに怒っているの？　物音で起こしてしまった？

どうしよう！　クビにされたらピアノから遠ざかってしまう。

動揺したアレシアは床に視線を落とし、なにか言わなくてはと必死に考えつつ、どうにか姿勢を保とうと必死な思いでほうきの柄《え》につかまった。


うちの玄関ホールに立っている、このおどおどした生き物はなんだ？　おれは完全に戸惑っていた。前に会ったことがあるだろうか？　忘れられた夢のなかのイメージが、ポラロイド写真のように像を結ぶ。青い衣の天使がベッドのそばを漂っている光景。だがあれは数日前のことだ。あの天使はこの娘だったのか？　いま目の前にいる彼女は床に根を生やしたかのように立ち尽くし、顔は青ざめて、視線は下に向けられている。それで地球につなぎ止められているかのごとくほうきの柄を握りしめた手には、ますます力がこもっているのだろう、こうしているあいだにも指の関節が白くなっていく。髪はスカーフで隠れ、小柄な体はぶかぶかで時代遅れの、ナイロン製の部屋着ですっぽりと覆われている。完全に場違いに見えた。

「きみはだれかな？」もう一度、今度はやわらかな口調で尋ねた。警戒させたくなかった。見開かれた目は上質のエスプレッソの色で、見たこともないほど長いまつげに囲まれている。その目が一瞬こちらを見あげ、すぐにまた床を見おろした。

なんと。

暗く底知れない目でちらりと見られただけで……動揺してしまった。身長一八八センチのおれに比べて頭一つ分低いから、一六五センチくらいだろう。顔立ちは繊細だ。頬骨は高く、鼻の先はちょんと上を向いていて、肌は透きとおるように白く、唇は血色が悪い。何日か日光浴をして、栄養のある食事をとったほうがよさそうだ。

掃除をしているのは訊くまでもないが、なぜこの娘が、ここを？　前の掃除婦《デイリー》と交代したのか？「クリスティーナはどこだ？」いつまでも黙っているので、少し苛立ってきた。おそらくクリスティーナの娘だろう。あるいは孫娘。

娘は眉間にしわを寄せて、まだ床を見つめている。こちらの視線を避けたまま、白い整った歯で上唇を噛んだ。

こっちを見ろ、とおれは心のなかでつぶやいた。手を伸ばしてあごをすくいたくなったが、それを読み取ったかのごとく、彼女が顔をあげた。視線がぶつかると、小さな舌をのぞかせて、そわそわと上唇を舐める。とたんにおれの全身はこわばり、解体作業で使う鉄球のごとき勢いで欲望が目覚めた。

信じられない。

欲望に続いて苛立ちが生じ、おれはまぶたを狭めた。いったいどうなっている？　初めて会った娘になぜこれほどの影響を及ぼされる？　不愉快だ。きれいな弧を描く眉の下でますます目が見開かれ、彼女は一歩さがったが、その拍子に手元がおろそかになったのだろう、ほうきが手から離れ、音をたてて床に倒れた。即座に彼女は流れるような動きで腰をかがめてほうきを拾い、起きなおったときにはしっかりと柄を握っていた。ゆるゆると頰を染めながら、なにやらわからないことをつぶやいている。

参ったな。怖がらせてしまったか？

そんなつもりはなかった。

苛立っているのは自分に対してで、彼女にではない。

それとも理由は別にあるのか。「言葉が通じていないのかもしれないな」おれは独り言のようにつぶやいて髪をかきあげ、暴走する自分の体をおとなしくさせようとした。クリスティーナの英語力は〝はい《イエス》〟と〝ここ《ヒア》〟ていどだったから、ふだんの清掃作業以外のなにかを頼みたいときには、かなりの身ぶり手ぶりを要した。この娘も、もしかしたらポーランド人かもしれない。

「ご主人《ミスター》さま、わたしは掃除婦です」まだ下を向いたまま、彼女が細い声で言った。白い頬に、まつげが扇のように広がっている。

「クリスティーナはどこにいる?」

「ポーランドに帰りました」

「いつ?」

「先週です」

初耳だ。なぜいままで知らなかったのだろう。クリスティーナのことは気に入っていた。三年前から掃除を任せていて、ちょっとしたみだらな秘密はすべて知られている。それなのに、さよならも言えなかったとは。

だが一時的なことかもしれない。「戻ってくるのか?」その問いに娘は眉間のしわをさらに深くして、無言でちらりとおれの足を見た。どういうわけか、そのせいで自分を意識させられた。

おれはますます戸惑いながらも両手を腰につき、一歩さがった。「きみはいつからここにいる?」

張り詰めた、かろうじて聞こえる声が答えた。「イングランドに、ですか？」

「頼むからこっちを向いてくれ」なぜそんなに下ばかり向いている？

細い指がまたほうきの柄を握りしめた。武器として振りまわそうとでもいうのだろうか。そんなことを思っていると、彼女はごくりとつばを飲んで顔をあげ、大きな澄んだ目でこちらを見つめた。そのなかで溺れてしまいそうな目だった。口のなかが乾き、また体がこわばる。

なぜだ？

「イングランドに来たのは三週間前です」透きとおった声は先ほどまでよりしっかりしていて、聞き慣れない訛りがあった。そして彼女は答えながら反抗的にあごをあげた。唇はいまやバラ色で、下唇は上唇よりふっくらしている。いま、その上唇をまた舌が舐めた。

やめてくれ。

ふたたび襲った興奮に、おれはもう一歩さがった。「三週間？」つぶやくように言う。自分の反応に面食らっていた。

なぜこんな反応を起こしている？

この娘がなんだというんだ？

じつに美しい娘じゃないか、と頭のなかで声が響いた。

たしかに。ナイロン製の部屋着姿の女性にしては、セクシーだ。

集中しろ。まだ質問の答えを聞いていない。「いや、訊きたかったのは、いつからおれのフラットにいるのかということだ」

この娘はどこから来たのだろう？　おれは記憶を引っかきまわした。たしかクリスティーナはミセス・ブレイクがつてをたどって手配してくれたのだった。だがクリスティーナの後任は、相変わらず押し黙っている。

「英語は話せるか?」なにかしゃべらせたくて、尋ねた。「名前は?」

彼女は眉をひそめ、頭の悪い人間を見るような目をこちらに向けた。「はい。英語は話せます。名前はアレシア・デマチ。このアパートメントに来たのは今朝の十時です」

おお、本当に英語が話せるのか。

「そうか。じゃあ、よろしく、アレシア・デマチ。おれは……」なんと名乗るべきだろう? トレヴェシックか、トレヴェリアンか?

「……マキシムだ」

彼女が短くうなずくのを見て、一瞬、スカートをつまんでお辞儀をするのではと思ったが、アレシアはほうきの柄を握ったままその場に立ち尽くし、不安そうな目でおれを裸にするだけだった。

急に周囲の壁が狭まってきたような気がして、息苦しくなった。出会ったばかりのこの娘と、心の底まで見透かすようなその目から逃れたくなる。「会えてよかった。じゃあ、掃除の続きを頼む」思いついて、つけ足した。「そうだ、ベッドのシーツを替えておいてくれ」寝室があるほうを手で示す。「リネン類がどこにあるかは知ってるな?」

彼女はまたうなずいたが、その場から動こうとはしなかった。

「おれはジムに行ってくる」つぶやくように言ったが、なぜ弁解するようなことを言ったのか、自分でもわからなかった。

彼が寝室のほうへゆうゆうと戻っていくと、アレシアはほうきの柄にへなへなと寄りかかり、安堵の息を吸いこんだ。広い背中の筋肉が動くさまを見つめる――ジーンズからちょうどのぞく二つのえくぼまで。気が散る光景だ。じつに気が散る。彼そのものも、起きている姿は横たわっているときよりはるかに気を散らされた。後ろ姿が寝室のなかへ消えると、アレシアは目を閉じた。胸が沈んだ。

出ていけとは言われなかったけれど、彼はマグダの友人のアガサに電話をかけて、別の掃除婦を探してくれと言うかもしれない。起こしてしまったことにひどく腹を立てていたようだし、話しているうちにますます怒っていくように見えた。

どうして？

顔をしかめ、動揺を抑えようとしながら、リビングルームとそこにあるピアノをちらりと見た。交代なんてさせない。必要なら頭をさげてでも、ここの掃除を続けさせてもらう。去りたくないし、去るわけにはいかないのだ。あのピアノは唯一の慰めであり、唯一の幸せなのだから。けれどあの人《ミスター》ときたら。引き締まった腹筋にむきだしの足、強いまなざしには想像力をかきたてられた。顔は天使のようで、体は……その……。顔が熱くなった。そんなことを考えてはいけない。

……すごく魅力的。

だめ、そんなことは考えない。仕事に集中するの。

ほこりなど存在しないのに、あたふたと木の床を掃いた。あの人が知るなかで最高の掃除婦になろう。代わりはいらないと思ってもらえるほどに。心が決まったので、リビングルームに入り、掃いては片づけ、磨きはじめた。

十分後、玄関ドアが閉じる音が聞こえたときには、ちょうどL字型のソファの黒いクッションをふくらませ終えたところだった。

よかった、出かけてくれた。

ベッドのシーツを剝《は》がすべく、まっすぐ寝室に向かうと、そこはいつもどおり散らかっていた。衣類と奇妙な手錠が床に転がり、カーテンは半分だけ開いて、布団はよじれている。かまわず衣類を残らず拾って、手早くシーツを剝がした。どうしてヘッドボードに太いシルクのリボンが結わえられているのだろうと思ったが、ともかくほどいて、手錠と一緒にナイトテーブルに置いた。清潔な白いシーツをベッドに広げながら、なにに使うのだろうと考えた。さっぱりわからないし、見当もつかない。ベッドメークを終えると、隣接するバスルームの掃除に取りかかった。


これほど走ったことはない。記録的なタイムでおれはトレッドミルの五マイル走を終えたが、頭のなかでくり返される新しい掃除婦《デイリー》との会話を止めることはできなかった。

おれは馬鹿か。

腰をかがめて両膝に手をつき、呼吸を整えようとした。おれはあの掃除婦から逃げようとしている。あの大きな茶色の目から。

そうじゃない。逃げようとしているのは、彼女に示した自分の反応からだ。

今日一日、あの目を忘れられそうにない。上体を起こしてひたいの汗を拭うと、呼んでもいないのに、あのスカーフを頭に巻いて足元にひざまずいた彼女の姿が頭に浮かんだ。

体がこわばる。

また。

考えただけで。

忌々《いまいま》しい。

腹立ちまぎれに顔の汗をタオルで拭い、少しウエイトトレーニングをすることにした。よし、これで頭から彼女を追いだせる。重たいダンベルを二つ選んで、いつものルーティンを始めた。

当然ながら、ウエイトトレーニングをしていると、考える余地ができた。白状すれば、自分が示した反応に戸惑っていた。あんな影響を及ぼされた人物など、記憶にない。

ストレスのせいだろうか。

それだ。それ以上に筋の通る説明はない。キットの死を嘆き、その余波に苦しんでいるせいだ。

キット、これほどの責任を押しつけていなくなるなんて、ひどいじゃないか。

目が回るほど圧倒的な責任を。

キットとあの小娘のことを頭の外に押しやって、ワークアウトに集中し、上腕二頭筋を鍛えるバイセップスカールをおこなった。

二時間後には、母とランチだ。

覚悟しろ、おれ。

アレシアが洗濯室で濡れた衣類を乾燥機に移していると、また玄関ドアの閉じる音が聞こえた。

部屋の主《ミスター》が帰ってきた！

アパートメントでいちばん小さな部屋にいてよかったと思いつつ、アイロン台を出して、準備のできている数枚の衣類にアイロンをかけはじめた。まさかここへは入ってこないはず。五枚目のシャツにアイロンをかけ終えたとき、またドアが閉じる音がしたので、ふたたび一人になったことがわかった。アレシアをクリスティーナだと思っていたときのように〝行ってくるよ〟と言われなかったのは癪に障ったが、そんな感情は振り払って、できるだけ早くアイロンがけを終わらせた。

そのあとは、彼がまた散らかしていったのかを確認するために寝室へ向かった。案の定、トレーニング用の衣類が床に散らかっていた。一つずつ、慎重に拾っていく。どれも汗で湿っているが、意外にも、当人と出くわす前ほど嫌悪感を覚えなかった。衣類を洗濯かごに入れて、バスルームをチェックする。石鹸のすがすがしく清潔な香りがした。目を閉じて息を吸いこんだとたん、クカスにある両親の家を囲む、背の高い常緑樹のもとへ連れ戻されていた。しばし香りに酔いしれて、ホームシックの痛みは無視しようとする。いまではロンドンがわが家なのだ。

洗面台の水滴を拭って掃除を終えたときには、退出時間まで残り三十分になっていた。リビングルームへ駆け戻り、ピアノの前に座る。指先が鍵盤に触れると、バッハの前奏曲嬰《えい》ハ長調の旋律がアパートメントを満たし、音は鮮やかな色となって部屋中に踊って、悩めるアレシアの心を癒やした。

オールドウィッチにある母のお気に入りのレストランに、おれは大股で入っていった。約束の時間より早いが、かまうものか。酒を飲まずにはいられない。新しい掃除婦《デイリー》に示したおかしな反応を忘れたいのもあるが、母と向き合うためには景気づけが必要だ。

「マキシム！」振り返ると、この世で敬愛できる唯一の女性がいた。一歳下の妹、メアリアンだ。店のロビーに入ってくるなり、おれと同じ色の目を輝かせて、首に両腕を回してきた。身長差は五センチほどだから、顔が赤毛にうもれる。

「メアリアン、会いたかったよ」おれは言い、妹を抱きしめた。

「マキシー」メアリアンが声を詰まらせる。

ここではやめてくれ。

泣いてくれるなと思いつつ腕に力をこめたものの、意外にもこみあげたむきだしの感情にのどを焼かれた。体を離すと、メアリアンは鼻をすすり、目の縁は赤くなっていた。妹らしくない。メアリアンは母に似て、容赦なく感情をコントロールできる。

「兄さんが逝ってしまったなんて、まだ信じられない」ティッシュを握りしめて言う。

「ああ、おれもだ。座って一杯やろう」メアリアンの肘に手を添え、レストランの女主人に続いて、広々とした板張りの店内に入っていった。古風な雰囲気の店だ。真鍮製のランプに、濃い緑色の革張り椅子、糊のきいた白いテーブルクロスに、きらめくクリスタルグラス。ビジネスランチと思しき男女の会話と、高価な磁器にナイフやフォークが触れる音があたりを満たしている。おれは前を歩く女主人の、タイトなペンシルスカートに包まれた形のいい尻と、磨きぬかれたタイル張りの床をたたくピンヒールの音に意識を集中させた。テーブルまで案内されると、メアリアンの椅子を引いてやってから、自分も座った。

「ブラッディマリーを二つ」それぞれにメニューを手渡す女主人に、おれは言った。色目には反応せずに。たしかにいい尻をしているし笑顔もキュートだが、いまは遊びたい気分ではない。例の掃除婦との遭遇と、濃い色をした不安そうな目のことで、頭はいっぱいだ。顔をしかめてそんな思いを振り払い、妹に意識を集中させると、女主人はがっかりした顔で離れていった。

「いつコーンウォールから戻った?」おれは尋ねた。

「昨日」

「伯爵未亡人はどうしてる?」

「マキシム!　母さんがそう呼ばれるのを嫌うのは知ってるでしょう」

おれは大げさにため息をついた。「わかったよ。母上さまはどうしてる?」

メアリアンは一瞬怖い顔でおれを見たが、すぐにその表情は陰った。

まずい。

「悪かった」反省してつぶやく。

「母さん、ひどく動揺してるけど、見た目ではわからない。どういう人か、知ってるでしょう?」メアリアンの目は曇り、表情はつらそうだ。「たぶん、わたしたちに隠してることがあるんだと思う」

おれはうなずいた。母がどういう人間か、よく知っている。磨きをかけた鎧《よろい》のひびを、周囲に気づかせることはめったにない。キットの葬儀でも泣かなかった。試練のなかで、優雅そのものだった。いつもどおり、冷たいが優雅。あのときはおれも泣かなかった。ひどい二日酔いから立ちなおることで大忙しだった。

つばを飲み、話題を変えた。「仕事にはいつ戻る?」

「月曜に」メアリアンは言い、悲しげに口元を小さく歪めた。

トレヴェリアン家の子のなかで、学業で秀でていたのがメアリアンだ。名門女子校であるワイクーム・アビー・スクールを卒業後、オックスフォード大学はコーパス・クリスティ・カレッジで医学を専攻し、いまはブロンプトン王立病院でジュニアドクターとして働いている。専門は胸部心臓血管だ。メアリアンにとっては天職で、その道を志すと決めたのは、父が心筋梗塞を起こして倒れ、心臓発作でこの世を去った日だ。妹はまだ十五歳だった。それでも父を助けたいと思った。父の死は、おれたち三人を別々の形で揺すぶった。なかでもキットはカレッジを中退して爵位を継がなくてはならなかったのだから、その影響は大きかった。おれは、父親という唯一の味方の親を失った。

「カロは?」メアリアンが尋ねる。

「悲しんでる。キットが遺言状でなにも遺してくれなかったことに腹を立てている。まったく兄貴め、馬鹿なやつだ」

「だれが馬鹿なやつですって?」歯切れのいい英米折衷訛《せっちゅうなま》りが尋ねた。トレヴェシック伯爵未亡人、ロウィーナが、おれたちを見おろしていた。赤褐色の髪をきちんと整えて、非の打ち所のない紺色のシャネルのスーツに身を包み、真珠のネックレスをさげている。

おれは席を立った。「ロウィーナ」そう言って、差しだされた頬に心のこもらないキスをしてから、椅子を引いてやった。

「悲しんでいる母親に、もっとましな挨拶はできないの?」ロウィーナは小言を言いながら腰かけて、足元の床に〈エルメス〉のバーキンを置いた。テーブル越しに手を伸ばし、メアリアンの手を取る。「元気だった？　あまり出かけていないそうだけど」

「今日はちょっと気分転換」メアリアンは言い、母の手を握り返した。

トレヴェシック伯爵未亡人、ロウィーナは、父と離婚してもなお肩書を保持している。ほとんどの時間を、住む場所であり遊ぶ場所でもあるニューヨークと、婦人向けの美麗な高級雑誌『デルニエ・クリ』を編集しているロンドンとを、行ったり来たりして過ごしている。

「シャブリをグラスでいただくわ」テーブルにブラッディマリーを二つ運んできたウエイターに言い、息子と娘が長々とあおる姿を見て不満そうに眉をあげた。

ロウィーナはいまだに信じられないほどスリムで、信じられないほど美しい。とりわけレンズ越しだと。彼女の世代の〝イット・ガール〟だったロウィーナは、多くの写真家のミューズとなったが、そのなかにわが父、第十一代トレヴェシック伯爵もいた。父はロウィーナに夢中だった。爵位と金を武器に結婚までこぎつけたが、ロウィーナに去られて永遠に癒えない傷を負った。離婚から四年後、父は心臓《ハート》の病で死んだ。

なかば閉じたまぶたの下から観察する。赤ん坊のようになめらかな肌は、最近のケミカルピーリングのたまものに違いない。この女性は若さを保つことに執着しており、口にするのは野菜ジュースか、そのときどきではまっている食事法がよしとしたワインを一杯だけだ。母が美しいのは認めるが、嘘だらけなのも事実だ。そして気の毒な父は代償を払うことになった。

「ラジャとは会ったのよね」ロウィーナがおれに向けて言う。

「会ったよ」

「それで？」かすかに近視を思わせる目つきでおれをにらんだ。なにしろこの女性は虚栄心に邪魔をされて、眼鏡をかけない。

「すべておれに託された」

「キャロラインには？」

「ゼロ」

「そう。だけどわたしたちとしては、あのかわいそうな娘を飢え死にさせるわけにはいかないわね」

「わたしたち？」おれは言った。

ロウィーナは頬を染めた。「あなたとしては」固い声で言いなおす。「あのかわいそうな娘を飢え死にさせるわけにはいかないわよ。とはいえ、彼女にも信託資金があるし、父親が人生という舞台からよろよろと退場したら、財産を相続するわけだし。その点、キットは賢い選択をしたわ」

「父親の後妻に相続権を奪われないかぎりな」おれは言い返し、必要きわまりないブラッディマリーをもう一口すすった。

母は唇をすぼめた。「仕事をさせたらどう？　改修中の、メイフェアの物件あたりで。インテリアデザインに関しては目が肥えているし、気晴らしが必要でしょう」

「なにがしたいかは、本人に決めさせるべきだと思うね」どうしても声に怒りが混じる。何年も前に捨てた家族に対して、母はいつもこういう横暴な態度をとる。

「彼女がトレヴェリアンハウスにとどまっていることに不満はないの？」ロウィーナはおれの口

調を無視して尋ねた。

「彼女をホームレスにさせる気はないよ、ロウィーナ」

「マクシミリアン、わたしのことは〝お母さん〟と呼びなさい！」

「そっちが母親らしくしはじめたら、考えてもいい」

「マキシム」口を挟んだメアリアンの目は、鮮やかな緑色に燃えていた。おれは叱られた子のような気分で口を閉じ、後悔しそうなことを言ってしまう前に、メニューを眺めはじめた。

おれの失礼な態度を無視して、ロウィーナは続けた。「追悼の儀式の詳細を詰めなくてはね。イースターの直前におこなうのがいいんじゃないかと思うの。追悼演説の文面は、うちの主力ライターにキットをたたえる内容で書かせることもできるけれど、もし――」急に声が途切れたので、おれもメアリアンも驚いてメニューから顔をあげた。ロウィーナの目は潤んでいた。長男の埋葬以来初めて、母が実際の年齢に見えた。モノグラムのハンカチを取りだして唇に押し当て、落ちつきを取り戻そうとする。

やってしまった。

ろくでなしになった気分だ。この女性は長男を喪ったのだ……お気に入りの子を。

「もし？」おれは言葉をうながした。

「もし、あなたかメアリアンが書いてくれるなら」ささやくように言い、彼女らしからぬ嘆願するような顔でおれたちを見た。

「もちろんよ」メアリアンが即座に言った。「任せて」

「いや、ここはおれが書くべきだ。葬儀のときの追悼演説をもとに、内容を掘りさげる。さあ、ランチを注文しようか」話題を変えたくてつけ足した。母がめずらしく感情を表したせいで、居心地が悪かった。

ロウィーナはサラダをつつき、メアリアンは皿に残ったオムレツをナイフとフォークで追いかけていた。

「キャロラインが、妊娠しているかもしれないと言っていた」おれは出し抜けに告げて、シャトーブリアンステーキをもう一口頬張った。

ロウィーナがさっと顔をあげ、目をすがめておれを見る。

「たしかに、がんばってるって聞いてた」メアリアンが言う。

「もし本当なら、孫ができる最後のチャンスかもしれないわね。そしてこの家族にとっては、次の代まで伯爵位が続くかもしれない最後のチャンス」ロウィーナは咎《とが》めるような顔でおれたちを見た。

「そうなったら、おばあちゃんだぞ」発言のほかの部分は聞かなかったことにして、おれは辛辣に言った。「ニューヨークで待っている最新のかわいいボーイフレンドがどう思うかな」

ロウィーナの若い男好きは有名だ。ときには下の息子より若いのを相手にする。ロウィーナはもう一口ステーキを頬張るおれをにらんだが、なにか言いたければ言ってみろとばかりに、おれはまっすぐ見つめ返した。奇妙なことに、このとき初めて、母より優位に立っているような気がした。新奇な体験だった。思春期のあいだずっと、母に認められようと努力しては失敗ばかりしてきた。

メアリアンがしかめっ面をこちらに向けたので、おれは肩をすくめてから、絶品のステーキをもう一口切り分けて口に放りこんだ。

「あなたもメアリアンも一向に落ちつく気配がないし、あなたたちの父親の弟に財産を相続させるなんてもってのほか。キャメロンは見込みなしよ」ロウィーナが不満そうに言う。おれの失礼な言葉は聞き流すことにしたらしい。そこへ突然、アレシア・デマチとの遭遇が脳裏によみがえって、おれは顔をしかめた。ちらりとメアリアンを見ると、妹もしかめっ面で食べかけの皿をにらんでいる。

どうした？

「スキー旅行でカナダへ行ったとき、ウィスラーで出会った若い男性とはどうなったの？」ロウィーナがメアリアンに尋ねた。

夕暮れのころにフラットに戻った。疲れ果て、少々酔っ払っていた。すべての領地と、ロンドンの賃貸借物件や土地だけでなく、メイフェアにあるマンションブロックの改修状況、そしてもちろんトレヴェシック家の金融資産の価値にいたるまで、犯罪捜査の尋問並に厳しい母のチェックを受けた。あんたには関係ないと言ってやりたかったが、これまでに感じたことのない誇りが芽生えていたので、どんな質問にも詳しく答えることができた。メアリアンも感心していた。兄の友人で右腕だったオリバー・マクミランが、前もっていろいろ教えてくれたおかげだ。

塵一つない自分だけのフラットで、大きなテレビの前のソファにどさりと腰かけると、思いはまた同じところへ戻っていった。今朝、コーヒー色の目をした掃除婦《デイリー》と交わした会話に。

彼女はいま、どこにいる？

いつまでイギリスにいる？

みっともない部屋着を脱いだらどんなだろう？

髪の色は？　眉毛と同じ、濃い色か？

年は？　見た目は若かった。というより若すぎる。

若すぎるって、なにに？

そわそわと身じろぎして、テレビのチャンネルを次々に変えていった。おれがあんな反応を示すのは、おそらく一回きりだろう。なにしろ相手は修道女のような見てくれだ。もしやおれは、修道女がツボだったのか？　馬鹿馬鹿しくて笑ってしまった。そのとき携帯電話が鳴って、見るとキャロラインからのメッセージだった。


ランチ、どうだった？

退屈だった。伯爵未亡人は相変わらずだったよ。

あなたが結婚したら、わたしが伯爵未亡人ね！　☹

なぜおれにそれを言うのだろう。だれとも結婚する気はない。まあ……いまのところは。母が孫のことをうるさく言っていたのを思い出し、ぶるっと首を振った。子どもなどいらない。とにかく、いまはまだ。

とうぶん、その心配はいらない！

よかった。
いまなにしてる？

家でテレビを見てる。

大丈夫？
行ってもいい？

頭のなかも体のほかの部分も、いまはキャロラインに引っかきまわしてほしくない。

一人じゃないんだ。

罪のない、小さな嘘だ。

はいはい、また女遊びね。:P

どういう男か知ってるだろ。

おやすみ、カロ。


なにか返ってくるかと携帯電話を見つめていたが、静かなままだったので、意識をテレビに戻した。見たいようなものは一つもなかったので、結局消した。

落ちつかない気持ちでデスクに向かい、ｉＭａｃのメールソフトを立ちあげた。オリバーから二件ほど、財産に関するさまざまな問題についてのメールが届いていた。金曜の夜には考えたくない内容だ。月曜でいいだろう。時間を確認すると、なんとまだ午後八時だった。出かけるには早いし、いまは混雑したクラブに行きたいとは思わない。

息苦しさを感じるとはいえ、フラットを出るのも気が進まなくて、ぶらぶらとピアノに歩み寄り、椅子に腰かけた。何週間も前に書きはじめた曲が譜面台に放置されている。音符を目で追うと頭のなかで旋律が流れ、気がつけば指は鍵盤を押さえて曲を奏ではじめていた。青い服を着て色濃い目をした娘の姿が頭に浮かぶ。その目に裸にされる。たちまち新たな音符が訪れて、おれは即興で弾きつづけた。行き詰まっていた箇所よりも、先へ。

驚きだ！

ひどく興奮して手を止め、ポケットから携帯電話を取りだすと、ボイスメールのアプリを開いた。録音ボタンを押して、ふたたび演奏しはじめる。音は部屋中に響き渡った。刺激的に、物憂げに、心をかきたて、奮い立たせる。

〝ご主人《ミスター》さま、わたしは掃除婦です〞

〝はい。英語は話せます。名前はアレシア・デマチ〞

アレシア。

時計を見ると、真夜中を過ぎていた。両腕をあげて伸びをし、前に置かれた楽譜に目を通す。完成だ。まるまる一曲、書きあげた。なんという達成感。これを仕上げるのに苦心して、いったいどれだけの時間がかかっていたことか。それが新しい掃除婦と対面しただけで、完成した。驚きに首を振りつつ、今夜ばかりは早めにベッドへ向かった。一人で。

第5章

ピアノがあるアパートメントの玄関前に立ち、アレシアは不安な気持ちで鍵を開けた。警報装置が鳴らなかったので、胸が重くなる。この静けさはつまり、緑色の目の謎めいたあの人《ミスター》がここにいるということだ。ベッドに裸で寝転がっているのを見た日からずっと、夢に現れつづけているあの人。けれど、週末の静かな時間に考えていたのは彼のことばかりだった。理由はわからない。玄関ホールで対面したときに一瞬、射抜くような目で見おろされたからか、それとも彼がハンサムで長身で引き締まった体をしていて、背中の腰のところにはくぼみがあって、その下のお尻は――。

ストップ。

まったく、自分の思考ながら手に負えない。

濡れたブーツと靴下を静かに脱いで、裸足で廊下を急ぎ、キッチンに入る。調理台の上はビールの空き瓶や持ち帰り用の箱で散らかっていたが、まずは安全な洗濯室に駆けこんだ。ヒーターにブーツを立てかけて靴下をのせ、帰るまでに乾くよう祈る。

濡れた帽子と手袋を外し、湯沸かし器のとなりのフックにかけると、マグダにもらったパーカーを脱いだ。それもフックにかけたが、タイル張りの床に水がぽたぽた落ちるのを見て顔をしかめた。土砂降りのせいで、ジーンズもずぶ濡れだ。震えながら脱いでしまうと、いつもの部屋着をはおった。ビニール袋に入れておいたから、こちらは乾いているし、膝下丈なので、ジーンズなしでもはしたないことにはならない。キッチンをのぞいて、部屋の主がそこにいないことを確認した。きっとまだ眠っているのだろう。そこで濡れたジーンズを乾燥機に放りこみ、スイッチを押した。こうしておけば、帰るときにはジーンズだけでも乾いているというものだ。寒さで足が赤くなり、じんじんする。そこで乾いたタオルを一枚取ると、せっせとこすってつま先を生き返らせようとした。ようやく温まってきたので、スニーカーを履いた。

「アレシア？」

たいへん《ソート》！

あの人を起こしてしまった。なにか用だろうか。

かじかんだ指でなるべく早く、ビニール袋からスカーフを取りだし、三つ編みも濡れていることを意識しながら頭に巻く。一つ深呼吸をしてから洗濯室を出ると、案の定、あの人がキッチンにいた。アレシアは両腕で自分を抱くようにしながら、少しでも暖まろうとした。

「やあ」彼が言い、ほほえんだ。

アレシアはちらりと見あげた。彼のほほえみはまばゆいほどで、整った顔とエメラルドグリーンの目をいっそう輝かせている。あまりのまぶしさと、頬が染まっているだろうことが恥ずかしくて、思わず目をそらした。

けれど心は少し温《ぬく》もった。

前回、出くわしたときはひどく怒った様子だったのに。どういう心境の変化だろう？

「アレシア？」彼がまた呼びかけた。

「はい、ご主人さま《ミスター》」目を伏せたまま答えた。少なくとも今回は服を着てくれている。

「ちょっと挨拶したかっただけなんだ」

どういうことかわからなくて、おずおずと視線をあげた。あれほどまぶしかった笑みが薄れて、眉間にはしわが寄っている。

「おはようございます」これでいいのだろうかと戸惑いつつ、挨拶を返した。

彼はうなずき、落ちつかない様子で片足からもう片足に体重を移した。まだなにか言われるのだろうかとアレシアは待っていたが、彼はそのまま背を向けてキッチンを出ていった。


おれは馬鹿か！　一人になって、先ほどの〝やあ〟を自分で真似した。週末のあいだずっとあの娘のことを考えていたというのに、思いついたセリフが〝ちょっと挨拶したかっただけなんだ〟だと？

おれはいったいどうしてしまったんだ？

寝室に戻ろうとしたとき、廊下の床に濡れた足跡があるのに気づいた。

雨のなかを裸足で歩いてきたのか？　まさか！

室内は薄暗く、窓から見えるテムズ川はどんよりと冴えない。外は土砂降りだ。今朝早くから窓にたたきつけていて、その音で目を覚ましたほどだった。ああ、この悪天候のなかを歩いてきたに違いない。どこに住んでいるのだろう。どのくらい遠いのだろう。今朝は少し会話に引き入れてそういうことを探るつもりだったが、ただ気詰まりな思いをさせただけだったらしい。

おれのせいか、それとも男全般が苦手なのか？

悩ましい。もしかしたら気詰まりな思いをしているのは、こちらかもしれない。なにしろ先週は彼女のいるフラットから逃げだした。逃げだしたのはあの娘を避けるためだったと思うと、なんだか落ちつかなかった。二度と同じことはするまい。

実際、彼女にはインスピレーションを与えられた。週末のあいだずっと、音楽に没頭していた。おかげで、歓迎されざる新たな責任をしばし忘れ、喪失の痛みから逃れることができた。いや、痛みと向き合う方法を見つけたのか。わからない。ともかく三曲を完成させ、未完のアイデアも二曲分できて、一つには詞をつけようかとさえ思っている。電話もメールもすべて無視した。生まれて初めて、一人の時間に慰めを見いだした。驚きだった。おれがこれほど生産的になれるとは、だれが予測しただろう？　わからないのは、二言、三言交わしただけの娘になぜここまでの影響を及ぼされたのか、だ。筋が通らないが、その点についてはあまり考えたくなかった。

ナイトテーブルから携帯電話を取って、ベッドを見おろした。シーツも布団もめちゃくちゃだ。

おれはずいぶんだらしない男だな。

急いでベッドを整えた。ソファに脱ぎ捨てていた服のなかからフードつきの黒いスウェットシャツを取り、Tシャツの上に着る。今日は寒い。足が濡れたなら、きっと彼女も寒いだろう。廊下で足を止めて、サーモスタットの設定を数度あげた。あの娘が寒い思いをするのは、なんだか気に入らなかった。

そこへ当の彼女が、空の洗濯かごを抱えてキッチンから出てきた。手にしたプラスチック製のケースには、掃除用の液体や布が詰まっている。下を向いたままおれの前を通りすぎて、寝室に向かう。不格好な部屋着に包まれたその後ろ姿を、おれは無言で見送った。長く白い脚、かすかに揺れる小ぶりなヒップ……ナイロン越しに透けて見えるあのピンク色のものは、下着か？　スカーフの下から伸びるつややかな黒髪の三つ編みは、そのピンク色の下着のすぐ上まで垂れており、歩くのに合わせて左右に揺れている。目をそらすべきだとわかっていたが、視線はあの下着に釘付けだった。ヒップばかりか、腰まですっぽり覆っている。これほど大きなパンティを女性が穿いているのは見たことがない。そしておれの体は十三歳の坊やのごとく、興奮していた。

嘘だろう！　心のなかでうめき声を漏らした。変態になった気がして、彼女についていきたい衝動をこらえた。代わりにリビングルームに入ってパソコンの前に座り、オリバーからのメールを読みはじめながら、激しい欲望と、アレシア・デマチという掃除婦《デイリー》のことは忘れようとした。

寝室に入ったアレシアは、ベッドが整えられているのを見て驚いた。このアパートメントに来たときはいつもこの部屋は散らかっていた。ソファには衣類の山があるものの、いままで目にしたことがないほど整頓されている。カーテンを全開にして、川を見おろした。「テムズ川」ささやいた声は、少し震えていた。

川は暗く灰色で、対岸の裸木も同様だ。ドリン川とは違う。故郷とは。ここは都会で、ものすごく人が多い。故郷では緑豊かな田舎で暮らし、雪をかぶった山々に囲まれていた。胸を締めつける郷愁を振り払う。ここへは仕事をしに来ているのだし、ここで働くのは好きだ。なぜならピアノというおまけつきだから。今日、あの人《ミスター》はずっといるのだろうか。いるのかもしれないと思うと、もどかしくなった。あの人がいたら、大好きな曲を演奏できない。けれどいい面を挙げれば、あの人を見ることができる。

夜ごとの夢を占めている男性を。

彼のことを考えるのをやめなくては。いますぐに。沈んだ気持ちで、何枚か散らかっていた服をウォークインクローゼットにつるしていき、洗ったほうがよさそうな衣類は洗濯かごに入れた。

バスルームには、常緑樹とサンダルウッドの香りが残っていた。好ましい、男性的なにおい。前にもやったように、深く息を吸いこんで、しばし堪能する。とたんにあの人の鮮やかな目が心に浮かんだ。広い肩と、平らなお腹も。ガラス磨き用のスプレーをバスルームの鏡に吹きつけて、せっせとこすった。

考えるのを、やめなさい！

あの人は雇い主で、わたしに興味をもつことなんか、絶対にないのだから。こっちはただの掃除人。

寝室での最後の仕事は、ごみ箱を空けることだ。驚いたことに、今日は空だった。使用済みのコンドームが一つもない。ナイトテーブルの横にごみ箱を戻したときには、どういうわけか、笑顔になっていた。

集めた洗濯物と掃除用品を手に、つかの間、壁にかけられた二枚のモノクロ写真を眺めた。どちらもヌードだ。片方はひざまずいた女性で、その肌は白く澄んでいる。足の裏とお尻と背中の優雅な曲線をこちらに向けて、金髪は頭のてっぺんでまとめているが、ほつれた毛が幾筋か、首にかかっていた。美しいモデルだ。少なくとも、この角度から見たかぎりでは。二枚目の写真はクローズアップで、一人の女性の首筋をとらえていた。髪はかきのけられているので、背中へおりていく脊椎骨の、上からいくつかがあらわになっている。漆黒の肌は、光を受けて輝いていた。美しい。アレシアはため息をついた。この写真から察すると、あの人は女性が好きに違いない。撮影したのはあの人なのだろうか。いつか、わたしの写真も撮ってくれないだろうか。不意に浮かんだ馬鹿げた思いを払うように首を振り、キッチンに戻った。持ち帰り用の箱とビールの空き瓶の数々を片づけたら、そのあとは洗濯だ。

お悔やみの手紙とメールへの返事は、後日に回すことにした。いまはまだ向き合えない。それよりキットはいったいどうやって、農産物価格支持助成金だの畜産学だの、数千エーカーに及ぶ土地の耕作と放牧につきまとう、くそつまらないあれこれを理解していたのだろう。一瞬、大学で農業経営か経営学を履修していればよかったと思った。美術と音楽ではなく。

父が死んだとき、キットはロ《L》ンドン・ス《S》クール・オブ・エ《E》コノミクスで経済学を専攻していた。従順な息子らしく、ＬＳＥを中退してコーンウォール公領の大学に入り、農業経営と領地管理を学んだ。三万エーカーの土地を監督することになったのだから、じつに良識ある決断だったと、いまならわかる。キットは昔から良識があった。それなのに、真冬にバイクにまたがってトレヴェシック領の凍てついた道路を走ることに関してだけは例外だった。おれは両手に顔をうずめ、霊安室で見た兄の遺体を思い出した。

キット、どうして？　また同じ疑問が心をよぎった。

壁一面のガラス窓の向こうで、天候がさらに悪化する。まるでおれの気分を映しているかのようだ。立ちあがって窓に歩み寄り、外を眺めた。川には屋根つきの船が二隻、それぞれ逆の方向へ進んでいる。警察の大型ボートは東へ、水上バスはカドガン桟橋へ。それを見ておれは顔をしかめた。桟橋からすぐのこの場所に住みながら、水上バスに乗ったことはない。子どものころはよく、母がおれとメアリアンを連れていってくれないかと思ったものだが、一度も実現しなかった。母は常に忙しかった。常に。おれたちを連れていくよう乳母に頼むことさえなかった。この点でもロウィーナを恨んでいる。もちろんキットはもう一緒ではなかった。すでに寄宿学校に入っていた。

首を振り、ピアノの周りを歩いて譜面台に目を向けた。週末にかかりきりだった楽譜が置かれている。それを見て少し気分が軽くなったおれは、パソコンからしばし離れることにして、ピアノ椅子に腰かけた。

掃除を任されている三つのキッチンのうちで、アレシアのお気に入りはここだった。壁も足元の食器棚も調理台も、淡いブルーのガラス製だから、磨くのが簡単だ。つややかですっきりしているところは、実家の田舎らしいキッチンとは大違い。部屋の主《ミスター》がなにか焼いたかもしれないのでオーブンをのぞいたが、なかはじつにきれいだった。使われたことは一度もないのかもしれない。

最後の皿を拭いていると、音楽が聞こえてきた。瞬時にそのメロディに気づいて、手が止まる。

ピアノの譜面台に置かれているのを何度も目にしたあの楽譜の曲だ。けれど演奏は目にしたところより先へ進み、やわらかで悲しげな音を響かせ、嘆きの青と灰色となってアレシアの周りにおりてきた。

これは目で見なくては。

音をたてないように皿を調理台に置き、足音を忍ばせてキッチンを出て、リビングルームを目指した。そっとなかをのぞくと、あの人がピアノに向かっている。目を閉じて音楽を感じながら、すべての音を顔に表している。眉間にしわを寄せ、首を傾けて、唇を開いたその姿に、アレシアは息を奪われた。

魅了された。

彼に。

演奏に。

この人は天才だ。

曲は悲しげで、切なさと嘆きに満ちており、こうして彼を見ていると、音は先ほどより微妙な色調の青と灰色になって、頭のなかで響いた。これほど美しい男性は見たことがない。これまでに見たなかでいちばんハンサムなのは——。

アイスブルーの瞳が見つめている。怒りに燃えて。

だめ。あの恐ろしい男のことを考えてはいけない！

急いで記憶の流れを止めた。つらすぎる思い出だ。いまはこの部屋の主に意識を集中させて、物憂いメロディを最後まで聞き届けよう。曲が終わると、彼に見つかる前に忍び足でキッチンに戻った。仕事をさぼってのぞき見をしていたのを知られて、また怒られたくはなかった。

いまの曲を頭のなかで再生しながら、調理台を掃除した。それが終わると、残るはリビンググルームだけになった。あの人がいる部屋。

勇気を出して洗剤と布をつかみ、廊下を進んだ。リビングルームの入り口に立ったときには、彼はパソコンに向かっていた。顔をあげてアレシアに気づき、うれしい驚きの顔になる。

「いいでしょうか、ご主人さま《ミスター》?」アレシアは言いながら、磨き剤《ポリッシュ》缶で室内を示した。

「もちろん。入って、やるべきことをやってくれ、アレシア。それから、おれの名前はマキシムだ」

アレシアは短くほほえんで、まずはソファに取りかかった。クッションをふくらませ、座面からごみを払い落としはじめた。


いやはや、これは気が散るな……。

これほど近くで彼女が立ち働いていて、どうしたら集中できるだろう？　メイフェアのマンションブロックの改修にかかる総費用の改訂版に目を通すふりをしながら、実際は彼女を盗み見ていた。じつになめらかで優雅な動きだ。ソファにかがみこみ、しなやかな腕を伸ばして、指の長い華奢な手でクッションからごみを払う。それを見ていたおれの体に震えが走ったと思うや、甘美な緊張感が全身に広がった。同じ部屋にいる彼女の存在に全神経が集中する。

しかし、なんというおあずけ状態か。こんなに近くにいるのに手が出せないとは。彼女は移動しながら、ソファの上にいくつか置かれた黒いクッションをふくらませていくが、そのたびに部屋着が前に垂れて自然とヒップに張りつくので、下に着ているピンク色の例のものが透けて見えるのだ。

つい呼吸が浅くなり、うめきたいのをこらえた。

間違いない、おれは変態だ。

ソファが終わると、彼女はちらりとこちらを見た。おれは手のなかのスプレッドシートに没頭しているふりをしたが、視線を向けられて、うなじの毛は逆立った。彼女がポリッシュ缶から少量の磨き剤を布に取り、ピアノに歩み寄る。もう一度、不安そうにちらりとこちらを見てから、ゆっくりと磨きはじめた。ピアノの上に身を乗りだすと、部屋着の裾があがって、膝の裏までのぞく。

眼福！

一定のペースで着実に、彼女はピアノの周りを移動しながら磨いていった。そうするにつれて、しだいに息遣いが速く激しくなってくるのが、なんとも悩ましい。おれは目を閉じて、あれと同じ反応を彼女から引きだす別の行為について妄想した。

まずい。すかさず脚を組んで、みだらな体の自然な反応を隠した。なんだか滑稽なことになってきた。彼女はおれのピアノを掃除しているだけなのに。

鍵盤のほこりをはたいても、音はたてない。彼女がまたちらりとこちらを見たので、おれは瞬時にスプレッドシートの数字に目を落とした。紙の上で泳ぐばかりで、一向に理解できない数字に。少し経ってからそろそろと視線を戻してみると、彼女は腰をかがめて切ない表情を浮かべ、譜面台の楽譜を眺めていた。おれの作った曲を見て、集中しているかのように眉間にしわを寄せている。

楽譜が読めるのか?

おれの曲をチェックしているのか?

そのとき彼女が顔をあげ、視線がぶつかった。彼女はばつが悪そうに目を見開き、舌先で上唇を舐めて、頬をバラ色に染めた。

ああ。

すぐに彼女は目をそらし、ピアノの向こう側でしゃがんだ。きっとピアノの脚かピアノ椅子のほこりを払っているのだろう。

これ以上は耐えられない。

そう思ったとき、携帯電話が鳴ったのでぎょっとした。オリバーからだ。

「もしもし」かすれた声で言いながら、邪魔が入ったことに心から感謝した。これ以上、リビングルームにはいられなかった。

二度と彼女から逃げださないと胸に誓ったのに。

「トレヴェシック?」

「ああ。どうも、オリバー。どうかしたか?」

「計画に問題が生じたので、きみの意見を聞きたい」

大股で廊下に出ていきながら、メイフェアの改修作業について、オリバーが下端《したば》だの耐力壁《たいりょくへき》だのと低い声で語る声に耳を傾けた。

彼がリビングルームを出ていったときは、頭上の大嵐がいずこかへ去っていったような気がした。具体的に言えば、廊下へ。アレシアは安堵の息を漏らし、彼がいなくなったことに感謝した。電話で話している声が聞こえる。音楽のような、深い声。自分以外のだれかをこれほど意識したことなどあっただろうか。

だけど本当に、あの人《ミスター》のことを考えるのはやめて、掃除に集中しなくては！　ピアノのはたきがけは終わったものの、掃除をしているあいだ、彼に見られていたような気分は拭えなかった。

まさか。ありえない。

どうしてあんな男性がわたしを見るの？

もしかしたらミセス・キングスベリーのように、アレシアの掃除の技量をチェックしていたのかもしれない。そんなおかしな考えに思わず笑みが浮かんだとき、ここへ来たときよりずいぶん暖かく感じることに気づいた。このぬくもりは、室内のものか、それとも胸のなかだろうか。

あの人の存在で温もったの？

馬鹿げた考えの連続に、また笑みが浮かんだ。彼が部屋にいないので、いまがチャンスと掃除機を取りに行く。あの人は廊下の端で壁に寄りかかり、長い脚の先でいらいらと床をたたいていた。低い声で話しているが、キッチンに入っていくアレシアを目で追うのがわかる。掃除機を手にリビングルームへ戻ってみると、彼はふたたび机についていたが、まだ電話中だった。アレシアを見て席を立つ。「オリバー、ちょっとすまない――どうぞ」そう言って部屋全体を手で示し、もう一度部屋を出るから掃除機をかけてくれと伝えた。フードつきのスウェットシャツの前を開けているので、下に着ている灰色のＶネックシャツが見える。胸には黒い羽つきの王冠と、ＬＡ

1781の文字があった。Vネックからほんの少し胸毛がのぞいているのに気づいて、アレシアは赤くなった。頭のなかで母の叱る声が響いた――〝アレシア！　なにをしているの？〟

男性を見てるのよ、母さん。

すごくすてきな男性。

見てると血が熱くなるの。

母のぞっとした顔を想像して、アレシアはほほえんだ。

ねえ母さん、イングランドは大違いよ。男性も女性も、ふるまい方も、互いの接し方も。

突然、アレシアの思考が暗い場所へ向かった。あの男のところへ。

だめ。あの男のことを考えてはいけない。

もう安全なのだから。ここはロンドンで、いま一緒にいるのはあの男ではないのだから。仕事を失わないことだけに集中しよう。

このアパートメントの掃除機はヘンリーという名の製品だ。真っ赤な円筒形の本体に、きょろりとした二つの大きな目とにっこり笑った口が描かれている。ヘンリーを見るたびにアレシアもつい笑顔になった。ヘンリーを壁の差込口につないで、じゅうたんと木の床に掃除機をかけはじめる。十五分後には作業は終わった。

廊下に出てみると彼の姿はなく、アレシアはヘンリーを連れて、洗濯室の戸棚の定位置に戻した。またねと撫でてやってから戸棚を閉じて、ふたたびキッチンに入った。

「やあ」彼が言いながらキッチンに入ってきた。「用事ができたから出かけるよ。お金はコンソールテーブルの上だ。鍵と警報装置を頼めるね？」

アレシアはうなずいた。明るい笑顔がまぶしくて、つい視線を足元の床に落としてしまう。けれど心のなかでは、朝顔のごとく喜びが花開いていた。彼が出かければ、ピアノを弾ける。

その彼が一瞬ためらってから、大きな黒い傘を差しだした。

「使ってくれ。雨はまだかなり降っている《キャッツ・アンド・ドッグズ》」

雨が、猫と犬？

知らない英語の言い回しに戸惑って、アレシアはちらりと彼の顔を見た。そのとたん、寛大な申し出をしてくれた男性の温かな笑顔が目に飛びこんできて、一瞬心臓が止まった。おずおずと傘を受け取り、ささやくように言った。「ありがとうございます」

「どういたしまして。じゃあまた水曜に、アレシア」彼はそう言うと、アレシアをキッチンに残して出ていった。ほどなく玄関ドアが閉じる音が聞こえた。

アレシアは手のなかの傘を見つめた。古風な品で、木製の持ち手に金の輪がはまっている。まさにアレシアに必要なものだ。彼の寛大さに驚きつつ、ゆらゆらとリビングルームに戻ると、ピアノの前に腰かけた。鍵盤の端に傘を立てかけ、悪天候をたたえるべく、ショパンの前奏曲『雨だれ』を弾きはじめた。

アレシアの〝ありがとうございます〟の余韻に、おれは浸った。おかしいくらい満足していた。このささやかな申し出で、ついに彼女を助けることができたのだ。善行には慣れていない。まあ、この親切な行為には裏の動機があったかもしれないが、それについて、いまは深く考えないことにする。考えてしまったら、結局自分は浅はかなろくでなしだと裏づけられてしまいそうだから。

それでもこのおこないでいい気分になったし、それは新奇な感覚だった。

充電されたような心境で、エレベーターではなく大階段を使い、一気に地上までおりた。出かけたくはないが、メイフェアの開発地でオリバーと大勢の事業者が待っている。ちらりと服を見おろし、まさかスーツで来ると思われていないよう祈った。純粋に、スーツはおれ向きではない。まさにキットのための服で、それを証明するかのごとく、兄は一目で高級仕立てとわかるスーツをずらりと揃えていた。

外に出ると、雨粒をよけてタクシーを呼び止めた。


「まずまずうまく行ったんじゃないか」オリバーが言った。おれはうなずきながら、改修されたマンションブロックの一つの、新しい石灰岩の吹き抜けを歩いた。反射材つきの作業着に黄色いヘルメット姿の作業員たちがそれぞれの仕事に精を出すなか、板で囲まれた建物の正面側に二人で向かう。大気中のほこりでのどが痛かった。なにか飲みたい。

「きみには才能があったんだな、トレヴェシック。事業者たちもきみの提案が気に入ったように見えた」

「オリバー。おれはマキシムだ。頼むから名前で呼んでくれ。以前はそうだっただろう」

「わかったよ、旦那さま」

「勘弁しろ」

「マキシム」オリバーが短くほほえんだ。「そろそろモデルルーム用に、すべて考えてくれるインテリアデザイナーを手配したほうがいい。おそらく来月中には必要になる。キットが好んで依頼していた三人のリストをまとめておいた」

　キット？　キットはキットだろう。なぜマキシムであってはならない？

「キャロラインはどうかな」おれは言った。

「ええ？　レディ・トレヴェシック？」

「母の推薦だ」

　オリバーの顔にさっと怒りが浮かんだ。

　どうしたことだ？　オリバーには、キャロラインに反対する理由があるのか？　それとも嫌っているのはロウィーナ？　あの女性はたいていの人にそういう感情を起こさせる。

「キャロラインには話してみるが、その三人の名前と、過去の仕事の例もいくつか教えてくれ」おれは言った。

　オリバーがうなずいたので、おれはヘルメットを外して手渡した。

「また明日」オリバーは言い、建物の正面を一時的に覆っている板囲いの、がくがくするドアを押し開けた。

　雨はようやくあがったが、空は暗かった。おれはコートの襟を立ててタクシーを待ちながら、クラブに行くか家へ帰るか考えた。


　小型グランドピアノのそばを歩きながら、アレシアがこの上に身を乗りだして漆黒の表面に磨きをかけていたさまを思い出した。ピアノはいま、シャンデリアの光を受けて輝いている。このおれが、ナイロン製の部屋着をはおって馬鹿でかいピンクのパンティを穿いた小娘に惹かれるなど、いったいだれが予測しただろう?

　これほどの短期間でおれを夢中にさせるとは、いったいどういうことだ? 彼女について知っていることはない。これまでに出会ったどんな女性とも違う、ということ以外には。おれの人生に登場する女性はみんな大胆で自信に満ちていて、自分のほしいものをわかっており、それをどうやって求めたらいいかも知っていた。彼女はそうではない。常に控えめで、自分の仕事だけに集中し、おれとは関わりたがっていないように見える……いっそ透明人間になりたがっているように。困惑させられる女性だ。そのとき、おずおずと傘を受け取ったときの姿を思い出して、笑みが浮かんだ。大いに驚きつつも心から感謝している様子だった。いったいどんな人生を歩んできたのだろう。あれほどささやかな行為に、あれほどの感謝を示すとは。

　ピアノ椅子に腰かけて、最初の楽譜に目を通しながら、これを眺めていたときの彼女の顔を思い出した。もしかしたら楽譜が読めるだけでなくピアノも弾けるのかもしれない。心の一部は、彼女がこの曲をどう思ったかを知りたがっていた。だが先走りすぎだ。現時点でたしかなことは、股間の鈍いうずきだけ。

　ちくしょう、出かけて女をあさってこい。

　それでもおれはピアノの前に座ったまま、すべての曲をくり返し演奏しつづけた。

　マグダの家の小さな部屋で、アレシアは折りたたみ式の簡易ベッドに横たわっていた。思考は駆けめぐり、やらなくてはならないことは多い――それなのに思いはくり返し、緑色の目をしたあの人《ミスター》のもとへ帰ってしまう。ピアノの前にいる姿を思い出す。まぶたを閉じて眉根を寄せ、唇を開いて音楽を感じる姿――それから温かな表情で傘を差しだす姿。髪はくしゃくしゃで、ふっくらした唇は魅惑的な笑みを浮かべている。あの唇にキスをしたら、どんな感じだろう。手が自然と体を伝って、胸のふくらみを覆った。

ここにキスされたら。

アレシアは息を呑み、妄想のままに手をさらに下へ向かわせた。これはあの人の手だと想像しながら。

あの人の手が、わたしに触れている。

ここに。

自分を慰めはじめる。部屋の壁が薄いから、声は抑えて。

あの人のことを考えていると、体が昂ぶっていく。

のぼりつめる。

高く。

あの人の顔。

あの人の背中。

あの人の長い脚。

もっと高く。

硬そうなお尻。

引き締まったお腹。

かすれた声とともに達し、疲れ果てて眠りに落ちた。

そしてあの人の夢を見た。

寝苦しい夜だった。


彼女が戸口に立っている。青い服を着て。

おいで。さあ、ベッドのなかに。きみが欲しいんだ。

だが彼女は向きを変えて去り、気がつけばリビングルームにいる。ピアノを磨いている。

着ているのはピンク色のパンティだけだ。

手を伸ばして触れようとした瞬間、消えてしまった。


そこで目が覚めた。


くそっ。

下半身が固くなっていた。痛いくらいに。

やれやれ。もっと出かけたほうがよさそうだ。

手早く自分で自分を慰める。

最後にこれをやったのはいつだろう？　ああ、本格的に女が必要だ。明日にでも。かならず。

ベッドのなかで向きを変え、浅い眠りについた。

翌日の午後は、オリバーに領地すべての帳簿を見せてもらった。オフィスがあるのはバークリースクエアからほど近いジョージアン様式の建物で、一九八〇年代に父がオフィスに改装した。トレヴェシック家が所有しており、上階にはほかに二つの会社が居している。

論じている数字に集中しようとしたが、キットのオフィスのドアが少し開いていることが気になってしょうがなかった。まだあのなかで仕事をする気にはなれずにいる。キットが電話でだれかと話す声や、おれのくだらないジョークで笑う声、なにかしらの理由でオリバーを叱る声が、いまも聞こえる気がするのだ。通りから勢いよく入ってくるのではとさえ思う。キットはじつに楽々とこの世界を生きていたし、自分の領域をきちんと管理していた。なんの苦労もしていないように見せていた。

だがおれは知っている。キットが弟の自由を羨んでいたことを。

〝おまえは好きなように遊びほうけていればいい、予備《スペア》。世の中には生きるために働かなくちゃならない者もいる〟

瞬間、キットのねじくれた遺体のそばに、救急室の医師と立っていたときに逆戻りした。

兄です、間違いありません、とおれは言った。

ありがとうございます、ロード・トレヴェシック、と医師は小声で返した。

だれかにその肩書で呼ばれたのは、あれが初めてだった……。

「それじゃあ次の四半期はこのまま様子を見て、三カ月後に精査しよう」オリバーの声で現実に引き戻された。「だが一度、実際に領地へ足を運んだほうがいい」

「ああ、そうしよう」

いずれそのうち……。

三つの領地の最近については曖昧《あいまい》にしか知らないが、祖父と父と兄が面倒を見てきたのだから、どこも順調なはずだ。貴族仲間の多くと違って、トレヴェリアン家は金に苦労していない。

オックスフォードシャーのコッツウォルズにあるアングウィンハウスは、大いに栄えている。一般に開放されている領地内には、広大な園芸用品店や児童用のジャングルジム、動物と触れ合える動物園やティールームもあり、広々とした牧草地は自由に歩けることになっている。ノーサンバーランドのティオクは、貴族になりたい裕福なアメリカ人にすべて貸してある。キットとオリバーは以前よく、なぜあの紳士は立派な屋敷を買わないのだろうと言っていたし、いま、おれも同じことを考えていた。一方、コーンウォールのトレシリアンホールは、イギリス最大の有機農場の一つだ。父のジョン、第十一代トレヴェシック伯爵は、同時代の全員に馬鹿にされながらも、先陣を切って有機農業に着手した。また近年、トレヴェシック家のポートフォリオを拡大して収入を増やすため、キットの考案で領地の端に豪華な別荘が建てられた。需要は高く、とくに夏には大人気だ。

「さて、じゃあ次は、きみが領地をどのように前進させたいか、必要なスタッフはどれくらいかについて話しあおうか」

「ええ？」

気落ちしつつも、どうにかオリバーの話に意識を集中させようとした。心はさまよっていた。明日、またアレシアが来る。いま関心があるスタッフは彼女だけだが、その理由は大いに間違ったものだ。今朝、ジムでこれでもかと体をいじめたものの、彼女への興味は一向に薄れなかった。

すっかり虜《とりこ》だ。よく知りもしないのに。

そのとき携帯電話が鳴って、見るとキャロラインからのメッセージだった。文面を読むうちに、頭皮がひりついて息苦しくなった。

妊娠してなかった。:(
わたしにはキットのかけらも残ってない。
赤ちゃんも授かれなかった。

不意打ちのように、どこからともなく悲しみがこみあげてきた。

「オリバー、すまないが今日はここまでにしてくれ。用事ができた」

「了解」オリバーは言った。「続きは明日？」

「ああ。明日の午後、おれのフラットへ来てくれないか」

「そうしよう、マイロー……マキシム」

「それでいい。ありがとう」

急いでキャロラインに返信を打った。


そっちへ行く。

来なくていい。出かけたい。

酔いたいの。

わかった。どこがいい？

いま家？

いや。オフィスだ。

じゃあそっちのほうへ行く。

〈ルル〉は？

いや。グリークストリートの〈ソーホーハウス〉がいい。知り合いが少ないから。

じゃあそこで。

会員制クラブは混んでいたが、二階で赤々と燃える炎のそばのテーブルを押さえることができた。自分のクラブとみなしている〈5　ハートフォードストリート〉のほうが好みだが、おれはここの会員でもあるし、キャロラインもそうだ。席に着くと、ほどなくキャロラインが現れた。疲労の色が濃く、悲しげでやつれている。口角はさがり、目は陰って、まぶたは腫れていた。ブロンドのボブヘアは櫛も入れられていないようで、服装はジーンズにセーター。キットのセーター。おれの知る快活なキャロラインではない。近づいてくる彼女を見て、胸が痛んだ。その顔には、おれが感じているのと同じ嘆きが刻まれていた。

立ちあがったものの、なにも言えずにいると、キャロラインが腕のなかに歩み寄ってきたのでそっと抱きしめた。

キャロラインが鼻をすする。

「大丈夫か?」耳元でささやいた。

「人生って、くそね」キャロラインがつぶやくように言う。

「同感だ」なだめるように言った。「座らないか？　おれのほうを向いて座れば、きみが打ちのめされていることはだれにもわからない」

「わたし、そんなにひどい？」キャロラインは傷ついた声で言ったが、少し愉快そうでもあった。おれの知るキャロラインがかいま見えたので、ひたいにキスをして応じた。「まさか、きみにかぎって」

キャロラインはおれの腕から抜けだした。「口がうまいんだから」不満そうな口調だが、怒っていないのはわかる。キャロラインはおれと向き合う位置に置かれたビロードの椅子に腰かけた。

「なにを飲む?」

「ソーホーミュール」

「いいね」

おれはウエイターに合図をして、注文した。

「週末は部屋に引きこもってたのね」キャロラインが言う。

「忙しかったんだ」

「一人で？」

「そうだよ」おれは言った。嘘をつかないのは気持ちがよかった。

「どうなってるの、マキシム？」

「どうなってるって、なにが？」〝なんのことだかわからない〟という顔で見つめる。

「だれかと出会ったの？」キャロラインが尋ねた。

馬鹿な！

ピンク色のパンティだけを身に着けたアレシアが、あのピアノの上に身を乗りだす光景がぱっと頭に浮かび、おれは目をしばたたいた。

「出会ったのね！」キャロラインは驚いたように言った。

おれは椅子の上で身じろぎし、首を振った。「出会ってない」きっぱりした口調で言う。

キャロラインが片方の眉をあげた。「嘘ね」

しまった、否定が足らなかったか。

「どうしてわかった？」おれの嘘を見破る彼女の才能にたじろぎつつ、尋ねた。

「わからないわよ。昔から、あなたがあっさり降参するだけ。さあ、詳しく話しなさい」

やられた！

「話すことなんてなにもない。週末は一人で過ごした」

「それ自体、多くを物語ってるじゃない」

「カロ、おれもきみも、それぞれのやり方でキットの不在に対処してるんだよ」

「じゃあ……わたしになにを隠してるの？」

おれはため息をついた。「本当に聞きたいのか？」

「聞きたい」キャロラインは言った。その目にいたずらっぽい光が輝くのを見たおれは、本来のキャロラインがすぐそこまで戻ってきているのを感じた。

「ある人に出会った。だが向こうはおれが存在していることを知らない」

「ほんとに？」

「ああ、本当だ。なんでもないんだよ。ただの妄想だ」

キャロラインは眉根を寄せた。「あなたらしくない。上の空にさせられたことなんてないのに……高嶺の花に」

抑えきれずに虚ろな声で笑った。「高嶺の花なんかじゃないさ——どんなに想像をたくましくしても」

こっちを見もしない、内気な娘だ。

ウエイターがカクテルを手に現れた。

「最後に食事をしたのは？」おれの問いに無言で肩をすくめたキャロラインを見て、おれは首を振った。「ミセス・ブレイクはカリカリしているだろうな。さあ、なにか食べよう。すまない、メニューを」ウエイターに言うと、青年はうなずいて足早に去っていった。

話題を変えたくて、おれはキャロラインのグラスにグラスを掲げた。「ここにいない、愛された者たちに」

「キットに」キャロラインがささやくように言い、おれたちは悲しい笑みを交わした。同じ人物への愛をきずなに。

フラットに戻ったときには午前二時になっていた。二人とも泥酔していた。キャロラインは自分の家に帰りたがらなかった。帰りたくない、キットのいない家になんてと言って。

反論できなかった。

二人ともふらふらしながら玄関ホールに入り、おれは警報装置の暗証番号を入力して、鳴りつづける警報音を止めた。

「コカインは？」キャロラインがろれつの回らない舌で言う。

「ないよ。今日はない」

「お酒はなにがあるの？」

「今日はもうじゅうぶん飲んだだろう」

キャロラインは酔っぱらいのよじれた笑みを浮かべた。「わたしを心配してるの？」

「いつでも心配しているよ、カロ。知ってるだろう」

「じゃあベッドに連れてって、マキシム」言うなりおれの首に両腕を回すと、ぼんやりした期待をこめて顔をあげ、焦点の定まらない目でおれの唇を見つめた。

参ったな。おれは彼女の両肩をつかんでやんわりと押し返した。「だめだ。今日はもう寝ろ」

「どういう意味?」キャロラインは顔をしかめた。

「きみは酔ってる」

「だから?」

「キャロライン。こんなことはもうやめないと」そう言って彼女のひたいにキスをした。

「どうして?」

「言わなくてもわかるだろう」

キャロラインの顔がくしゃくしゃになって目に涙があふれ、ふらつく脚で後じさった。

おれはうめいた。「頼むから泣くな」引き戻して体に腕を回す。「こんなこと、もうやめよう」

いつから良心に苛まれて女を抱かなくなった?

今夜は出かけて、セクシーで積極的な女を見つけるんじゃなかったのか?

「あなたがだれかと出会ったから?」

「そうじゃない」

いや、そうだ。

たぶん。

わからない。

「行こう。寝かしつけてやるから」華奢な肩に腕を回し、めったに使うことのない予備の寝室に連れていった。

夜のどこかの時点で、マットレスがたわんでキャロラインがとなりに入ってきた。パジャマのズボンを穿いていてよかったと思いつつ、腕のなかに抱き寄せる。

「マキシム」キャロラインのささやき声には誘いがこめられていた。

「おやすみ」おれはつぶやくように言い、目を閉じた。

兄の妻だろうと関係ない。これは親友にして、だれよりもおれを知っている女性なのだ。しかもその体は温かく、おれも悲しみに暮れている――だが二度と抱くことはしない。

もう二度と。

キャロラインが胸板に頭をのせてきたので、髪にキスをして、そのまま眠りに落ちた。

第6章

アレシアは興奮を抑えられなかった。傘を握りしめてあの人《ミスター》のアパートメントに入る。今日は警報装置が鳴らなかったので、うれしくなった。

ここにいるのだ。

昨夜は狭いベッドでまた彼の夢を見た。マラカイトグリーンの目、まぶしい笑顔、表情豊かな顔——音楽に没頭してピアノを弾く姿。目覚めたときには息が切れて、欲望に満ちていた。最後に会ったときは親切にも傘を貸してくれたし、おかげで帰り道だけでなく昨日一日も濡れずにすんだ。ロンドンに来てからこれほどの親切を受けたことはないので——もちろんマグダは別だけれど——彼の行為にはなおさら意味があった。ブーツを脱いで傘を玄関ホールに置き、急ぎ足でキッチンに向かう。早く会いたくてたまらない。

入り口で足が止まった。

そんな。

金髪の女性がコーヒーを淹《い》れていた。着ているものは男性用のシャツだけだ。あの人のシャツ。

女性が顔をあげてアレシアに気づき、礼儀正しいけれど温かな笑みを浮かべた。アレシアはどうにかまた動けるようになってキッチンを横切り、うつむいたまま洗濯室を目指した。衝撃を受けていた。

「おはよう」女性が声をかけてきた。たったいまベッドから出たように見える。

あの人のベッド?

「おはようございます」アレシアはつぶやくように言いながら女性のそばを通りすぎた。洗濯室に入ると、しばしその場に立ち尽くし、いまのできごとを理解しようとした。

大きな青い目をしたさっきの女性はだれ?

どうしてあの人のシャツを着ているの? つい先週、わたしがアイロンがけをしたシャツを。あの人と一緒に夜を過ごしたのだ。そうに違いない。でなければ、彼のシャツを着てうろうろしているわけがないのだから。二人は親密な関係なのだ。

親密。

あの人に相手がいるのは当然のこと。それも、美しい相手。

当の彼のように。

アレシアの夢は粉々に砕けて足元に散っていた。失望に胸を締めつけられ、顔が曇る。ため息をついて帽子と手袋を取ると、パーカーを脱いでいつもの部屋着をはおった。

なにを期待していたのだろう? あの人に興味をもってもらえるわけがないのに。わたしはただの掃除人。求められるはずがない。

さっきまで感じていた喜びの小さな泡は——久しぶりに感じた喜びは——弾けて消えてしまっ

た。スニーカーを履いて、アイロン台を用意する。先ほどの興奮がもはや遠い記憶となったいま、どうにか現実に直面した。乾燥機から乾いた衣類を取りだし、アイロンがけ用のかごに移す。ここがわたしの居場所。これがわたしの仕事。家事をして、男性の世話をすることが。

それでも、遠くからあの人に見とれることはできる。裸でベッドに横たわっている姿を見たときからしてきたように。それはだれにもやめさせられない。

失意のため息をつき、アイロンに水を足した。


アレシアが戸口に立っている。青い服をまとって。

ゆっくりとスカーフを外し、三つ編みをあらわにする。

おれのために髪をほどいてくれ。

アレシアがほほえむ。

こっちへおいで。一緒に横になろう。きみが欲しいんだ。

だが彼女は向きを変えて去り、次の瞬間にはリビングルームにいる。ピアノを磨いている。

おれの楽譜を眺めている。

着ているものはピンク色のパンティだけ。

おれは手を伸ばすが、彼女は消えてしまう。

彼女が玄関ホールに立っている。目を見開いて、ほうきを握っている。

生まれたままの姿で。

長い脚。その脚をおれの腰に巻きつけてほしい。

「コーヒーを淹れたわよ」キャロラインがささやいた。

まだ目覚めたくなくて、おれはうめいた。下半身も夢を楽しんでいる。幸いうつ伏せで眠っていたので、大きく育ったものはマットレスに押しつけられており、義理の姉には見えなかった。

「食べるものがないのね。朝食に出かける？　それともブレイクに頼んでなにか持ってこさせる？」

おれはまたうめき、どうでもいい、一人にしてくれ、と示した。だがキャロラインはしつこかった。

「新しい掃除婦に会ったわ。すごく若いのね。クリスティーナはどうしたの？」

しまった。アレシアがもう来ているのか？

寝返りを打つと、キャロラインはベッドの反対側に腰かけていた。「また添い寝してほしい？」キャロラインがなまめかしい笑みを浮かべて尋ね、あごで枕を示す。

「いや」おれは言い、美しいが寝乱れた彼女の姿を眺めた。「そんな格好でコーヒーを淹れたのか？」

「そうよ」キャロラインが眉をひそめる。「どうして？　わたしの体が迷惑？　それとも勝手にシャツを着たから怒ってるの？」

おれは笑い、手を伸ばしてキャロラインの手を握った。「きみの体を迷惑に思う人なんていないよ、カロ。知ってるだろう」

だがアレシアは誤解するかもしれない……。

待て。なぜ気にする？

キャロラインが口元を歪めて皮肉っぽい笑みを浮かべた。「でも、したいとは思わないのね」急に静かな声になる。「だれかに出会ったから？」

「カロ。頼むから、もうその話はやめてくれ。それに、きみは生理中なんだろう？」

「生理なんて気にしたことないくせに」キャロラインはあざ笑うように言った。

「参ったな、そんなこといつ話した？」両手を頭に当てて、愕然として天井を見あげた。

「何年も前に」

「しゃべりすぎて悪かった」

まったく、女性の記憶力ときたら！

「それに、どうしてわざわざそのことを思い出させるのよ」キャロラインの顔からユーモアが消えて、また悲しみが訪れた。見るともなく窓の外を見ながら、やわらかく生々しい、悲痛な声で言う。「二年も子どもをつくろうとがんばったのに。まるまる二年よ。彼もわたしも子どもを望んでた」涙が頬を伝い落ちる。「それなのに彼は逝ってしまって、わたしはすべてを失った。なんにも残ってない」両手に顔をうずめ、すすり泣きはじめた。

やってしまった。おれはろくでなしだ。起きあがってキャロラインを抱き寄せ、泣きたいだけ泣かせた。ナイトテーブルのボックスティッシュから何枚かつかみとる。

「ほら」そう言って手渡した。命綱のごとくティッシュを握りしめるキャロラインに、おれは低い声で続けた。やさしく悲しい声で。「お互い悲しんでいるときに、こんなことは続けるべきじゃない。おれたち自身にとっても、キットに対してもフェアじゃない。それにきみはすべてを失ったわけじゃないぞ。自分の金はあるし、家だって。必要なら、領地の収入からいくらかを定期的に支払うよう整えることもできる。実際、ロウィーナはメイフェアのアパートメントブロックのインテリアデザインをきみに任せたがっている」言葉を切って、キャロラインの髪にキスをした。「おれはいつだってきみのそばにいる。だが気晴らしとしてじゃない。友達として、義理の弟として、だ」

キャロラインは鼻をすってティッシュをあてがった。体を引き、痛々しい、潤んだ青い目で見つめる。「わたしが彼を選んだからね？」

胸が沈んだ。「もうその話はやめよう」

「じゃあ、あなたがだれかに出会ったから？　いったいだれなの？」

この話はしたくない。「朝食に出かけよう」

記録的な速さで、シャワーを浴びて服を着た。キャロラインがまだ予備の寝室にいることに安堵しつつ、空のコーヒーカップを手にキッチンに入る。アレシアに会えると思うと胸の鼓動が高まった。

なぜ緊張している？　それともこれは興奮か？

ところがキッチンにアレシアの姿はなかったので、洗濯室をのぞいてみた。案の定、彼女はそこでおれのシャツにアイロンをかけていた。こっそり観察する。アイロンがけをしていても、このあいだと同じ、なめらかで優雅な動きだ。集中しているのだろう、眉間にしわを寄せて、流れるような長いストロークで作業をこなしていく。シャツを仕上げて不意に顔をあげたとき、おれに気づいて目が丸くなった。頬がバラ色に染まる。

　きれいだ。

「おはよう」おれは声をかけた。「驚かせて悪かった」

アレシアはアイロンを置いて、じっとそれを見つめた。おれではなく、アイロンを。眉間のしわを深くして。

どうした？　なぜおれを見ない？

「義理の姉を朝食に連れていってくる」そしておれは、なぜわざわざ彼女に知らせる？

アレシアのまつげがまばたきに合わせて動いたのを見て、彼女がこの情報を咀嚼《そしゃく》しているのがわかった。おれは急いで続けた。「予備の寝室のシーツも替えておいてくれると助かるんだが」

アレシアが硬直し、おれの目を避けたままうなずいた。そして上唇を噛んだ。

ああ……その歯を肌で感じたい。

「お金はいつもどおりの場所に——」

不意に彼女が顔をあげて、表情豊かな美しいコーヒー色の目をこちらに向けた。とたんにおれは言葉を失った。

「ありがとうございます、ご主人さま《ミスター》」アレシアがささやくように言った。

「名前はマキシムだよ」あの魅惑的な訛りで名前を呼んでほしかったが、彼女はいつもの不格好な部屋着姿で立ち尽くし、無言でこわばった笑みを浮かべるだけだった。

「マキシム！」キャロラインが言いながら洗濯室に入ってきたので、広いとはいえないこの部屋は、いまや混み合っていた。「あら、また会ったわね」アレシアに向けて言う。

「アレシア、こちらは友人で義理の姉……キャロラインだ。キャロライン、彼女はアレシア」

どうにも気詰まりだった。紹介しながら、驚くほど自分を意識した。

キャロラインに戸惑った顔で見られたが、おれは気づかないふりをした。するとキャロラインはやさしい笑顔をアレシアに向けた。

「アレシア。きれいな名前ね。ポーランド系？」キャロラインが尋ねる。

「いいえ、イタリア系です」

「じゃあイタリア人なの」

「いいえ、アルバニア出身です」アレシアは一歩後じさり、部屋着のほつれた糸をいじりはじめた。

アルバニア？

本人は話したくないのだろうが、おれはこの機に乗じた。「ずいぶん遠くまで来たね。留学かな？」

アレシアは首を振り、今度は糸を引っ張りはじめた。そこまでだんまりを決めこまれては、これ以上は聞きだせそうにない。

「マキシム、行きましょう」キャロラインが言い、まだ戸惑った顔でおれの肘をつつくと、アレシアに向けてつけ足した。「会えてよかったわ」

おれはためらった。彼女を置いていきたくなかった。それでもこう言うしかなかった。「行ってくる」

「行ってらっしゃい」アレシアはささやくように言い、キャロラインに続いて出ていく彼を見送った。

義理の姉？

玄関ドアが閉じる音が聞こえた。

義理の姉。

クナータ。

アイロンがけに戻りながら、英語とアルバニア語で声に出して言い、その音と意味で笑顔になった。けれど義理の姉がここにいて、彼のシャツを着ているというのは不自然だ。アレシアは肩をすくめた。アメリカのテレビ番組をたくさん見てきたから、西側では男女の関係性が異なるのは知っている。

アイロンがけが終わると、予備の寝室のベッドからシーツを剝がした。この部屋もほかの部屋と同様、現代的でしゃれていて、白で統一されているものの、もっとも喜ばしい点は、実際に使われたということだ。安堵の笑みを浮かべたまま、リネン用のクローゼットから白いシーツを取りだして、ベッドを整えなおした。

キャロラインに遭遇してからずっと、ある疑問に悩まされていた。彼の寝室に入れば答えがわかる。両腕で自分を抱くようにして、そろそろとごみ箱に歩み寄った。深く息を吸いこんで、なかをのぞく。

満面の笑みが浮かんだ。

コンドームはなかった。

さっそく掃除に取りかかり、彼の寝室を片づけはじめた。今朝感じていた喜びの一部が戻ってきた。

「あの娘なの？」キャロラインが尋ねた。

「なにが？」キングスロードへ向かうタクシーのなかで、おれは軽い口調で言った。

「あなたの掃除婦《デイリー》」

来たな。

「うちの掃除婦がどうした？」

「彼女なの？」

「馬鹿言うなよ」

キャロラインが腕組みをした。「否定しないのね」

「それにはわざわざ答えない」タクシーの曇った窓越しに、どんよりしたチェルシーの通りを見つめたが、首筋を赤みがのぼっていくのがわかった。

どうしてばれた？

「あんなに使用人を気にするあなたは初めて見た」

おれはしかめっ面で振り返った。「使用人といえば、クリスティーナをうちの掃除婦に選んだのはミセス・ブレイクだったよな」

「と思うけど。どうして？」

「いや、いきなり辞めてさよならも言わずにいなくなったと思ったら、代わりにミス・アルバニアが現れたから、驚いただけだ。だれからも、なにも聞いていない」

「マキシム、あの娘が気に入らないなら辞めさせればいいだけよ」

「そんなことは言ってない」

「ふうん。あの娘のことになると、なんだかすごく妙な態度をとるのね」

「そんなことはない」

「そうかしら」キャロラインが唇を引き結んで腕組みをし、タクシーの曇った窓越しに外を見つめはじめたので、おれは一人、思いにふけった。

本当に求めているのは、アレシア・デマチに関する情報だ。知っていることを挙げてみる。事実その一、ポーランド人ではなくアルバニア人。アルバニアについて知っていることはほとんどない。彼女はなぜイギリスに来たのだろう。年齢は？　住んでいる場所は？　おれのフラットまでは遠いのか？　一人暮らしか？

帰りを尾行すればわかる。

それではストーカーだ！

だったら本人に訊け。

事実その二、話をしたがらない。それともおれと話したくないだけか。そう思うと気が滅入ってきたので、雨に打たれる通りを見つめた。ふてくされた十代のように。

なぜあの小娘にこれほど混乱させられるのだろう？

謎めいているから？

まったく違う環境で育ったから？

使用人だから？

……そのせいで手出し禁止だ。

忌々しい。

要するに、彼女と寝たい、その一心だ。認めよう。求めているのはそれで、事実、欲求不満で爆発しそうだった。おまけに、どうしたら欲求を満たせるのかわからずにいる。なにしろ彼女は話をしたがらないどころか、こちらを見もしない。

嫌悪されているのだろうか？

そうかもしれない。純粋に、おれのことが嫌いなのかも。

彼女にどう思われているのか、さっぱりわからなかった。立場もじつに不利だ。いまごろ向こうはおれの部屋をくまなく歩いて、ますますおれを知っているかもしれない。おれがどんな人間かを。そう思うとしかめっ面になった。あるいは、それが嫌悪の理由か。

「あなたを怖がってるみたいだった」キャロラインが唐突に言った。

「だれが？」尋ねたものの、だれのことかはよくわかっていた。

「アレシアが」

「おれは雇い主だ」

「あの娘のことになるとずいぶん神経質なのね。怖がってるのは、あなたに憧れてるからだと思うわよ」

「なんだって？　幻覚でも見たのか？　彼女はおれと同じ部屋にいるのも耐えられないんだぞ」

「ほらね、証明終わり《QED》」キャロラインは肩をすくめた。

おれは眉をひそめて彼女を見た。

キャロラインがため息をつく。「同じ部屋にいられないのは、あなたのことが好きで、それに気づかれたくないからよ」

「カロ、彼女はうちの掃除婦。それだけだ」おれはきっぱり言った。キャロラインをごまかすのは容易ではないが、おかげで希望が芽生えた。小馬鹿にした笑みを浮かべるキャロラインとおれを乗せて、タクシーはカフェ〈ブルーバード〉の前で停まった。おれはキャロラインの表情を無視して、運転手に二十ポンド紙幣を渡した。

「釣りはいらない」言いながらタクシーをおりる。

「チップが多すぎよ」キャロラインが不満そうに言ったが、おれはなにも返さなかった。アレシア・デマチのことで頭がいっぱいだった。カフェのドアを開けて、キャロラインを先に通す。

「それで、あなたのお母さんは、わたしが仕事に復帰して自活するべきだと思ってるの？」テーブルに案内されながら、キャロラインが言う。

「きみには才能があって、メイフェアの仕事をすれば少しは気が晴れるんじゃないかと思ってるんだよ」

キャロラインは唇を引き結んだ。「わたし自身は、時間が必要だと思ってるけど」ささやくように言って、悲しみに目を陰らせた。

「そうだよな」

「埋葬してまだ二週間よ」キットのセーターをつかんで鼻に当て、吸いこむ。

「ああ、わかってる」おれは言いながらも、セーターにまだ兄のにおいが残っているのだろうかと考えた。

おれだって悲しんでいる。それから厳密には、埋葬からは今日で十三日だ。突然の死から二十二日。

おれはつばを飲み、ざらついて固いのどのつかえも呑みこんだ。


今朝はワークアウトができなかったので、部屋まで階段を駆けあがった。思っていたより朝食に時間がかかってしまったし、そろそろオリバーが来る。心の一部は、アレシアがまだいてくれるようにと祈っていた。玄関に近づくと、室内から音楽が聞こえてきた。

音楽？　どういうことだ？

錠に鍵を挿しこんで、そっとドアを開けた。バッハの、前奏曲ト長調の一つだ。アレシアがおれのパソコンで音楽をかけているのだろうか。だがどうやって？　ログインしようにもパスワードを知らないはずだ。もしかしたら自分の携帯電話をアンプにつないで鳴らしているのかもしれないが、あの古びたパーカー姿からは、スマートフォンを持っているようには思えない。持っているところを見たこともない。音楽は部屋中に響き渡り、暗い隅々まで照らしているかのようだった。

まさかおれの掃除婦《デイリー》がクラシック好きだったとは。

アレシア・デマチというパズルの、ほんの小さなピースを手に入れた。おれは静かにドアを閉じたが、玄関ホールにたたずんでいると、音はスピーカーから聞こえているのではないのがわかってきた。そう、実際のピアノからだ。流れるように軽やかなバッハの旋律が、コンサート級のピアニストにしか備わっていない巧みさと理解をもって、奏でられている。

もしや、アレシアが？

自分のピアノをこんな風に歌わせられた例《ためし》はない。靴を脱いでそっと廊下を進み、戸口からリビングルームをのぞきこんだ。

アレシアがいつもの部屋着とスカーフ姿でピアノの前に座り、少し体を揺らしながら、完全に音楽に没頭していた。目を閉じて集中し、両手は優雅に美しく鍵盤の上を舞っている。音楽はアレシアの体から流れだし、壁と天井に反響していた。非の打ち所のない演奏は、まさにコンサートピアニストのそれだ。頭をさげて演奏するアレシアを、おれは圧倒されて見つめた。

すばらしい女性だ。

あらゆる面で。

すっかり魅了されてしまった。

前奏曲が終わると、アレシアが顔をあげるかもしれないのでおれは廊下に身を引き、壁に背中を押し当てた。息さえ止めた。ところが一瞬の間も空けずにフーガが始まった。おれは壁にもたれて目を閉じ、アレシアの技巧と、フレーズにこめられた感情に驚嘆した。演奏に心を奪われたまま耳を傾けているうちに、彼女は楽譜が読めるだけではないと気づいた。暗譜で弾いているのだ。

信じられない。驚きの才能じゃないか。

ふと、アレシアがピアノを掃除しながらおれの楽譜をじっと見つめていたことを思い出した。間違いない、曲をチェックしていたのだ。

冷や汗が出る。これほどの腕前の人間に、自作の曲を見られたとは。

フーガが終わると、またしても間を空けずに次の曲が始まった。これもバッハで、たしか前奏曲嬰ハ長調だ。

こんなにうまく弾けるのに、なぜ掃除婦などしているのだろう？

そのとき玄関のチャイムが鳴って、ピアノの音がぱたりとやんだ。

邪魔者め。

ピアノ椅子の脚が床をこする音が響いたので、おれは盗み聞きをしていたのがばれないように、靴下のまま廊下を急いで戻り、玄関を開けた。

「どうも」オリバーだった。

「どうぞ」おれは少し息を切らして言った。

「エントランスは勝手に入らせてもらった。かまわなかったかな？」尋ねながら入ってきたオリバーが、廊下に立つアレシアに気づいて動きを止めた。アレシアは、リビングルームの戸口から漏れる光を受けて、影法師になっている。なにか言おうとおれは口を開いたが、アレシアはキッチンに駆けこんでしまった。

「ああ、かまわない。先に奥へ行っていてくれ。ちょっと掃除婦に話がある」

オリバーは戸惑った顔になったが、それでもリビングルームへ向かった。

おれは一つ息を吸いこむと、両手で髪をかきあげて、抑えようとした……感動を。

大股でキッチンに入ってみると、慌てふためいたアレシアがパーカーをはおろうとしていた。

「ごめんなさい。ごめんなさい。ごめんなさい」謝罪の言葉をつぶやいて、こちらを見あげようともしない。顔は青ざめてこわばり、必死に涙をこらえているかのようだ。

ちょっと待て。

「謝らなくていい。ほら、手を貸そう」穏やかな口調で言い、彼女のパーカーをつかんだ。見るからに安っぽくて薄い、お粗末な代物だ。〝ミハウ・ヤネチェク〟という名前が襟のところに縫いつけてある。ミハウ・ヤネチェク？　ボーイフレンドか？　頭皮がひりついて、うなじの毛が逆立った。だからおれとは話したがらないのか。ボーイフレンドがいるから。

がっかりだ。

パーカーの袖に腕を通させて、はおらせてやった。

あるいは、純粋におれのことが好きではないのか。

アレシアはぎゅっとパーカーを引き寄せて、おれの手の届かない距離にさがりながら、部屋着と荷物をあたふたとビニール袋に突っこんだ。

「すみませんでした、ご主人《ミスター》さま」もう一度、謝罪する。「二度としません。約束します」その声は震えていた。

「アレシア、おれの話を聞いてくれ。きみの演奏が聴けてよかったよ。今後はいつでも弾いていい」

たとえボーイフレンドがいても。

じっと床を見つめたままのアレシアに、おれは我慢できなくなった。前に出て手を伸ばし、そっとあごをすくう。顔が見えるように。

「本当だ」おれは言った。「いつでも弾いていい。すごくうまいんだな」そして抑えきれず、親指でふっくらした唇をなぞった。

ああ、なんとやわらかい。

触れたのは失敗だった。

瞬時に体が反応した。

アレシアは鋭く息を吸いこみ、眼球が転がりだすかと思うほど目を見開いた。

おれは手をおろし、ささやくように言った。「悪かった」この女性に馴《な》れなれしく触れた自分が信じられなかった。だがそこへ、キャロラインの言葉がよみがえってきた。

〝あなたのことが好きで、それに気づかれたくない〟

「帰ります」アレシアはそう言うと、頭に巻いたスカーフも取らずに、おれのそばをすり抜けて玄関のほうへ駆けだした。

ドアが閉じる音が聞こえたとき、彼女がブーツを忘れていったことにおれは気づいた。急いでつかんで玄関に走り、ドアを開けたものの、アレシアの姿はすでになかった。手のなかのブーツを見おろして、ひっくり返してみたおれは、靴底がすり減るほど履き古されているのを見て胸を痛めた。

だから濡れた足跡か。

こんな靴を履いているなら、貧しいに違いない。おれは顔をしかめてブーツをキッチンに戻し、非常階段へと続くガラスのドア越しに外を見た。今日は晴れているから、スニーカーでも足は濡れないだろう。

それにしても彼女に触れるなんて、おれはいったいどうしてしまった？　あれは失敗だった。

親指と人差し指をこすり合わせて、唇のやわらかさを思い出す。うめき声を漏らして、やれやれと首を振った。一線を越えた自分が信じられないばかりか、恥ずかしかった。深く息を吸いこんでから、リビングルームで待っているオリバーのもとへ向かった。

「さっきのは？」オリバーが尋ねる。

「掃除婦だ」

「従業員名簿に載せていないな」

「いけないね。支払いはどうしている？　現金か？」

「いけないのか？」

どういう意味だ？

「ああ、現金だ」おれはやや鋭い口調で言った。

オリバーは首を振った。「きみはいまやトレヴェシック伯爵だ。彼女も従業員名簿に載せる必要がある」

「どうして？」

「だれにであろうと、きみが現金を支払うことは、英国歳入関税庁がよしとしないからさ。嘘じゃない、帳簿はすべてチェックされる」

「わからないな」

「あらゆる従業員は名簿で管理されなくてはならない。彼女を手配したのはきみか？」

「いや、ミセス・ブレイクだ」

「そこは問題にはならないだろう。ただし、彼女の情報は必要だな。イギリス人だね？」

「いや、その、本人はアルバニア人だと言っている」

「そうか。では労働許可証が必要だな――もちろん留学中なら話は別だが」

まずい。

「そっちはおれが調べておくよ。今日はほかの従業員について話さないか？」おれは提案した。

「喜んで。じゃあまずは、トレヴェリアンハウスのスタッフからだ」


アレシアはバス停まで走った。なぜ走るのか、だれから逃げているのか、わからなかった。ピアノを弾いているところを見つかってしまうなんて、わたしの馬鹿。弾いてもかまわないと言われたけれど、信じていいのかわからない。あの人《ミスター》がいまごろマグダの友人に電話をかけて、わたしをクビにしている可能性もある。ドキドキする胸と困惑を抱えてバス停のベンチに腰かけ、クイーンズタウンロード駅まで運んでくれるバスを待った。心拍数があがったのは、チェルシー・エンバンクメントを猛ダッシュしたからか、それともあの人のアパートメントで起きたことのせいか。

指先でそっと下唇を撫でた。目を閉じて、触れられたときに体を駆け抜けた甘美な感覚を思い出す。また心臓がドキンと跳ねて、息を呑んだ。

あの人に触れられた。

夢のなかと同じように。

妄想のなかと同じように。

そっと。

やさしく。

望んでいたことでしょう?

もしかしたら好かれているのかも……。

また息を呑んだ。

そんなことを考えてはだめ。

ありえないのだから。

好きになってもらえるわけがない。ただの掃除婦なんて。

けれどパーカーを着せてくれた。いままで、そんなことをしてくれた人はいない。ふと足元に視線を落とした。

たいへん《ゾート》!

アパートメントにブーツを忘れてきてしまった。取りに戻るべきだろうか? 持っている靴は、いま履いているスニーカーとあのブーツだけだ。故郷から持ってきた、数少ない自分の荷物。けれどだれか来たようだったから、戻らないほうがいいだろう。無断でピアノを弾いたせいで怒らせてしまったなら、邪魔をすればますます怒りを招くだけだ。遠くにバスが見えたので、ブーツを取り戻すのは金曜にしようと決めた。そのときまだ解雇されていなければ。

上唇を噛んだ。この仕事を失うわけにはいかない。クビにされたら、マグダに追いだされるだろうか?

いや、それはないだろう。

マグダがそこまで残酷なことをするはずはないし、まだミセス・キングスベリーとミセス・グッドの家の掃除を請け負っている。まあ、どちらの家にもピアノはないけれど。とはいえアレシアに必要なのはピアノだけではない。お金もだ。マグダとその息子のミハウは、じきにカナダへ移住する。トロントで働いているマグダの婚約者、ローガンのところへ行くのだ。そうなればアレシアはほかに住む場所を見つけなくてはならない。いま住んでいる小さな寝室にマグダがつけた賃料は週に百ポンドで、ミハウのパソコンで調べたところによると、格安らしい。ロンドンでそれだけ安い部屋を見つけるのは、至難の業だろう。

ミハウのことを考えると、いつも胸が温かくなる。気前よく時間を割いて、パソコンの使い方を教えてくれた。家にあった古いパソコンは、父に使用を厳しく制限されていたので、インターネット空間に関するアレシアの知識は少ない。だがミハウは別で、あらゆるソーシャルメディアに通じている。フェイスブック、インスタグラム、タンブラー、スナップチャット——どれも大好きだ。昨日、二人で撮った自撮り写真《セルフィー》を思い出してほほえんだ。ミハウはセルフィーも大好きだ。

バスが来た。あの人《ミスター》に触れられた余韻でまだめまいを覚えつつ、アレシアはバスに乗りこんだ。

「よし、以上で全従業員のチェック終了だ。あとはさっきの掃除婦のことがわかれば、従業員名簿に加えられる」オリバーが言った。一緒にリビングルームの小さなダイニングテーブルに着いていたおれは、今日はこれで終わりであるようにと祈った。

「ところできみに提案があるんだが」オリバーが続けた。

「提案？」

「きみの直接の管理下にある二つの領地を、くまなく視察したほうがいいと思うんだ。ティオクについては、あのアメリカ人が立ち退いたら視察すればいい」

「オリバー、おれはどの領地でも暮らしたことがある。どうしていまさら視察する必要があるんだ？」

「それは、マキシム、いまやきみがボスだからだ。視察することによって、きみが彼らを気にかけていること、領地の繁栄と永続のために専心していくつもりだということを、スタッフたちに示せるから」

なにを言いだす？　そういうことを大事にしなければ、母が激怒するだろう。昔から、彼女にとって重要なのは、伯爵位と血統と家族だった――それらすべてを捨てたのだから、皮肉なものだ。だがその前に、一家の歴史と遺産への情熱をキットに植えつけることは忘れなかった。巧みに導き、キットも自分の義務を理解していた。そして善人らしく、困難に立ち向かった。

メアリアンもそうだった。妹も一家の歴史を知っている。

おれは、それほどではない。

メアリアンは自然に学んでいった。好奇心旺盛な子だった。

おれはいつも上の空で、自分だけの世界に浸っていた。

「もちろん従業員にも領地にも専心していくつもりさ」おれはうなるように言った。

「だが彼らはそれを知らない」オリバーが穏やかに指摘する。「なにしろ……最後に領地で過ごしたときは……」あとは言葉を濁した。オリバーがほのめかしているのは、キットの葬儀の前夜のことだ。おれがトレシリアンホールのキットのワイン蔵で泥酔した夜。あのときのおれは怒っていた。キットの死が自分にどんな影響を及ぼすか、わかっていた。責任など負いたくなかった。

そして衝撃を受けていた。

心にぽっかり穴が空いていた。

穴はいまも空いたままだ。

「あのときは悲しみに暮れていたんだ」弁解するように言う。「いまだってそうだ。望んでこうなったわけじゃない」

大きすぎる責任を負うには、まだ心の準備ができていない。

なぜ両親はこういう事態を予測しなかったのだろう？

母は、おれがなにかを上手にできるようになるとは、一度も思わせてくれなかった。兄のことしか頭になかった。下の二人の子の存在も大目に見ていたし、彼女なりに愛しもした。

だが溺愛したのはキットだけだった。

だれもがキットを愛した。金髪に青い目で、賢く自信に満ちていて、甘やかされすぎた長男。

唯一の跡取り。

オリバーがまあまあと両手をあげた。「ああ、わかってる。だがいくつか修復すべき橋があるだろう？」

「まあ、二、三週間のうちに行ってみるよ」

「早いほうがいいと思う」

ロンドンを離れたくなかった。アレシアとの関係にわずかながら進展があったいま、何日か会えなくなると思うと……不愉快だった。

「じゃあ、いつだ？」苛立った声で尋ねた。

「いますぐにでも」

「冗談だろう」

オリバーは首を振った。

本気か？

「考えさせてくれ」つぶやくように言った。自分が甘ったれた子どものようにふくれているのはわかっていた。

のように、どころか、まさにそのものだ。

なんでも好きなことをできる日々は終わった。

オリバーに八つ当たりするべきではない。

「かまわないとも。ちなみにぼくも同行できるよう、今後数日の予定はすべてキャンセルしてある」

すばらしい。

「わかったよ」不満の声で言った。

「では、明日出発ということで」

「明日か。いいとも。伯爵の巡幸だ」おれは歯を食いしばった。

「マキシム、やるべきことが山のようにあるのはわかるが、従業員全員の意識を高めることで、間違いなく大きな変化がもたらされるんだ。なにしろ、彼らはきみのある一面しか知らない」オリバーがそこで言葉を切ったので、傷だらけの評判のことを言っているのは訊かなくてもわかった。「領地の管財人たちと、彼らのホームグラウンドで話をするだけでも、彼らにとっては大きな意味がある。先週は、顔を合わせる時間が短すぎた」

「ああ、ああ、言いたいことはわかったよ。行くと言っただろう?」自分が苛立っているのがわかった。心の底ではロンドンを離れたくなかった。

いや、離れたくないのはアレシアからだ。

おれの掃除婦《デイリー》。

第7章

寒くて陰気な火曜の午後。疲れ果てたおれは、古い錫鉱山の大きな煙突に寄りかかって海を眺めた。空は暗く不吉で、コーンウォール特有の厳しい風は身を切るようだ。嵐になるのだろう、海は荒れて眼下の崖にぶつかっている。低くうなるような音が、荒廃した建物のなかに響く。来《きた》る嵐の前触れのみぞれが顔に落ちてきた。

子どものころ、キットとメアリアンとおれは、トレヴェシック領の端にあるこの錫鉱山の廃墟でよく遊んだものだ。キットとメアリアンはいつも善玉で、おれはいつも悪玉だった。じつにふさわしい。あのころから、すでにはまり役だった。思い出すと笑みが浮かぶ。

これらの鉱山は莫大な財を生み、数世紀にわたってトレヴェリアン家の金庫を潤《うるお》してきた。だが一八〇〇年代に利益が落ちてきたため、鉱山は閉鎖され、労働者はオーストラリアや南アフリカといった鉱山業が栄えている地域へ移っていった。いま、おれは大きな煙突の古びた石に手をのせた。時代を経て、冷たくざらついた感触になってもなお、こうして立っている。

歴代のトレヴェシック伯爵のように……。

領地訪問は大成功に終わった。両方へ行くべきだというオリバーの主張は正しかった。彼に対していだいていた疑念も、いまでは見なおす気持ちになっている。オリバーは、まさにおれを正しい方向へ導いてくれた。どうやら彼も、トレヴェシック伯爵領とその長きにわたる繁栄について真剣に考えているらしい。いまや従業員たちも、おれが彼らの味方で、急進的な変化は望んでいないことを理解している。自分が〝壊れていないなら直すな〟という考え方の熱心な信奉者だったことに、いまごろ気づいた。悲しい笑みが浮かんだ。いまのところはそれ以外のなにかになるには、おれは怠け者すぎる。だが実際、キットの力と抜け目ない管理のおかげで、トレヴェリアン家の領地はどれも栄えている。自分がそれを維持できるよう、祈るばかりだ。

この数日、みんなを励ましたり陽気にふるまったり、大勢の話に耳を傾けたりで、疲れきっていた。そういう前向きな態度をとることには慣れていない。ここととオックスフォードシャーのアングウィンで、じつに多くの人と会った。それぞれの領地で働く、いままで会ったことのなかった人たちと。両方とも、子どものころから幾度となく訪れていた地だというのに、裏でどれほどの人が働いているか、知りもしなかった。全員に会って、大いに消耗した。話して、聞いて、元気づけて、ほほえんで――ほほえみたい気分ではないときに。

海へくだる小道を見おろして、少年だったころにキットと二人、やわらかな砂浜まで競争したことを思い出した。いつもキットが勝った。いつも。まあ、キットは四歳上だったが。それから八月の終わりになると、ボウルやバケツや、とにかく入れ物になるものをわんさと抱えてやって来て、この小道の両側に並ぶ茂みから、三人でブラックベリーを摘んだものだ。すると料理人のジェシーが、ブラックベリーとりんごのクランブルを作ってくれた。キットの好物を。

キット。キット。キット。

いつだってキット。

後継者。予備ではなく。

うんざりだ。

なぜ凍えるほど寒い夜に、滑りやすい道路をバイクで走った？

なぜ？　なぜ？　なぜ？

いま、キットはトレヴェリアン家の聖堂地下室で、冷たく固いスレートの下に横たわっている。

悲しみでのどが狭まった。

キット。

そのへんにしておけ。

口笛を鳴らしてキットの猟犬を呼んだ。小道ではしゃいでいたアイリッシュセッターのジェンセンとヒーレーがこちらへ駆けてくる。二匹は車にちなんで名付けられた。キットは四輪車に夢中で、なかでも速いのが好きだった。幼いころから、あっという間にエンジンを分解して元通りにすることができた。

本当に多才だったのだ。

犬が飛びついてきたので、両方の耳をごしごしとこすってやった。二匹ともトレヴェシック領地内のトレシリアンホールに住んで、キットの家屋管理人である女性、ダニーに面倒を見てもらっている。いや、いまではおれの家屋管理人か。二匹をロンドンへ連れていこうかとも思ったが、コーンウォールの田舎を駆けまわったり狩猟の興奮を味わったりすることに慣れている元気な犬に、あのアパートメントは酷だろう。猟犬としては役立たずだが、キットは二匹を愛していた。キットは狩猟も好きだった。

嫌悪感で、おれは鼻にしわを寄せた。狩猟は儲かるビジネスで、別荘は一年を通じて予約でいっぱいだ。狩猟解禁期間になると、銃に不慣れな銀行家やヘッジファンドマネージャーがスリルを求めてやってくる。春から秋にかけては、別荘を借りるのは大量のサーファーとその家族だ。サーフィンは楽しいし、クレー射撃もおもしろい。だが罪のない鳥を殺すのは趣味ではない。一方、父も兄と同じで、狩猟を好んだ。父からは撃ち方を教わったし、狩猟が稼ぎになることも理解している。

襟を立て、両手をコートのポケットに突っこむと、向きを変えて屋敷のほうへ戻りはじめた。暗く落ちつかない気持ちで濡れた芝を歩くと、すぐ後ろから犬たちがついてきた。

ロンドンに帰りたい。

彼女のそばに帰りたい。

あのかわいい掃除婦《デイリー》のことばかり考えていた。濃い色の目と美しい顔、並外れた音楽の才能。

金曜日。金曜には会える。怖がらせてしまっていなければ。

アレシアは傘を振って雪片を落とした。あの人《ミスター》のアパートメントへ向かうあいだに、雪は猛烈に降りはじめていた。今日、彼はいないだろう。先週、今日のぶんのお金も置いていったから。けれどそれでも期待していた。あの人の悩ましい存在感が恋しかった。笑顔が恋しかった。彼のことばかり考えていた。深く息を吸いこんで、玄関ドアを開けた。出迎えた静寂に、心臓が跳ねる。

警報装置の音がしない。

あの人がいるのだ。

帰ってきたのだ。

早めに。

玄関ホールに打ち捨てられた革製のダッフルバッグも、廊下に残された泥だらけの足跡も、彼がいることを裏づけている。アレシアの心臓は早鐘を打ちはじめた。うれしい。また会える。

ドアのそばの傘立てに、用心深く傘を置いた。万一倒れて、眠っているかもしれないあの人を起こしてしまわないように。この傘は月曜の夜に借りた。許可はとらなかったが、彼が気にするとは思えなかったし、おかげで家まで帰る道中も冷たい雨に濡れずにすんだ。

家?

まあ、当面はマグダの家が、家だ。クカスではなく。かつての家のことは考えない。

ブーツを脱ぐと、忍び足で廊下を進み、キッチンを抜けて洗濯室に入った。スニーカーに履き替えて部屋着をはおり、スカーフを巻いたら、なにから取りかかろうと考えた。彼は金曜から留守だったので、どこも散らかっていない。アイロンがけと洗濯は終わっているし、クローゼットはぎゅう詰めだけれどようやく片づいた。キッチンも、月曜の午後にここを出たときと変わらず、染み一つない。なにも触れられていないのだ。廊下にモップをかけなくてはならないが、先にレコード棚のほこりを払って、リビングルームの窓を磨くことにしよう。バルコニーのガラス窓からは、テムズ川とその向こうのバタシー公園が見渡せる。そういうわけで、ガラス磨き用のスプレーと布を戸棚から取り、リビングルームに向かった。

戸口でぴたりと足が止まった。

あの人《ミスター》がいた。L字型のソファに身をあずけている。目を閉じて唇を薄く開き、くしゃくしゃに乱れた髪で、ぐっすり眠っている。服は着たままで、コートさえ脱いでいないが、前が開いているのでセーターとジーンズが見えた。汚れたブーツを履いた足は、ラグの上にでんと置かれている。壁一面のガラス窓から射しこむ淡く白い光のなか、乾いた泥の筋が戸口からソファまで伝っているのがわかった。

心を奪われてじっと見つめ、少し近づいてさらに見とれた。顔はリラックスしているがやや血色が悪く、あごには無精ひげが生えて、ふっくらした唇は呼吸のたびにかすかに震えている。眠っている彼はいつもより若く映り、いつもほど手が届かないようには見えなかった。勇気を出して手を伸ばせば、頬の短いひげに触れることもできる。やわらかいだろうか、それともちくちくする？　自分の愚かさに笑みが浮かんだ。そんな勇気はないし、そそられはするけれど、起こして怒られたくはない。

それよりも、具合が悪そうに見えるのが気にかかった。ふと、起こしてベッドへ行かせたほうがいいのではと思ったが、そのとき彼が身じろぎしてまぶたを開き、ぼんやりした目でアレシアの目を見た。アレシアの呼吸は止まった。

色濃いまつげが眠そうな目の上で震えたと思うや、彼がほほえんで手を差し伸べ、つぶやくように言った。「そこにいたのか」眠そうな笑みにうながされて、アレシアは動いた。きっと立ちあがりたいのだと思い、前に出て手を取った。とたんにぐいと引き寄せられて短くキスをされ、片腕に抱かれた。気がつけばアレシアは彼の上に重なって、胸板に頭をのせていた。なにやらつぶやく声が聞こえたが、きっとまだ眠っているに違いない。「会いたかった」彼がつぶやき、片手でアレシアのウエストからヒップまで撫でおろして、やさしく抱き寄せた。

本当に眠っているの？

アレシアは身動きもできず、たくましい脚のあいだに両脚を挟まれたまま、じっと横たわっていた。心臓が常軌を逸した速さで脈打ち、片手にはいまもガラス磨きのスプレーと布を握っていた。

「すごくいいにおいだ」ほとんど聞き取れない声が言う。彼が深く息を吸いこむと、アレシアの下にある体がリラックスして、息遣いは睡眠中のそれに落ちついた。

夢を見ているのだ！

ああ、どうしよう？　上に重なったままじっとして、怯《おび》えながらも夢心地だった。だけどもし……。もしも彼が……。恐ろしい筋書きが頭のなかを駆けめぐり、アレシアは目を閉じて不安を静めようとした。これは望んでいたことでしょう？　夢のなかで求めていたことでしょう？　一人きりの時間に、密かに欲していたことでしょう？　彼の息遣いに耳を澄ます。吸って、吐いて、吸って、吐いて。ゆっくりと安定している。本当に眠っているのだ。上に重なったまま頭を整理しようとしていると、少しずつ緊張が解けてきた。Tシャツとセーターのネックから、ちょっぴり胸毛が見える。魅惑的。胸板に頬をのせて目を閉じ、いまでは馴染《なじ》み深くなった香りを吸いこんだ。

心が安らぐ。

サンダルウッドと、クカスの樅《もみ》の木の香り。風と雨と、疲労のにおい。気の毒に。

とても疲れているのだ。

唇をすぼめて、肌にそっとキスをした。

瞬間、心拍数が跳ねあがった。

キスしてしまった！

正直なところ、こうして重なりあったまま、胸躍る新しい体験に浸っていたかった。けれどそれはできない。間違いだとわかっている。この人は夢を見ているのだから。

それでもあと少しだけ目を閉じて、体の下で胸板が上下する感覚を味わった。たくましい体に両腕を回して、すり寄りたくてたまらなかった。けれどそれもできない。手にしていたガラス磨きのスプレーと布をソファの上に置くと、肩に手を伸ばしてそっと揺すり、ささやきかけた。

「すみません、ご主人さま《ミスター》」

「うーん」彼がうなる。

もう少し強く揺すった。「お願いです。ご主人さま《ミスター》、起きてください」

彼が首をもたげてまぶたを開いた。疲れて困惑した目が現れる。直後にその表情は混乱から恐怖に変わった。

「お願いです、起きてください」アレシアはもう一度言った。

大きな両手がぱっと離れた。「くそっ！」瞬時に体を起こした彼が、慌てて離れるアレシアを、完全にうろたえた顔で見つめる。アレシアは逃げだそうとしたが、その前に手をつかまれた。

「アレシア！」

「いや！」思わず叫んでいた。

即座に手が離れた。

「悪かった」彼が言う。「てっきり……その……夢を見ているんだと」ゆっくりと立ちあがった顔には深い後悔の念があふれ、両手は降伏するように掲げられていた。「すまない。怖がらせるつもりはなかった」両手で髪をかきあげて、自分の目を覚まさせようとするかのように顔をこする。アレシアはもう手の届かない距離までさがっていたが、その様子を見れば、彼がどれほどの緊張と疲労を感じているかがわかった。

彼が眠気を払うように首を振った。「本当に悪かった。一晩中、運転していたんだ。帰ってきたのは朝の四時で、ブーツの紐をほどこうとソファに座った瞬間、眠ってしまったんだと思う」

二人同時に、ブーツと乾いた泥のあとを見おろした。

「おっと、すまない」彼が言い、気まずそうに肩をすくめた。

アレシアの心の奥で、この男性への深い同情が芽生えた。疲れ果てているのに、自分の部屋を汚したことを謝るなんて。なんだか間違っている。この男性はやさしさを示してくれた。傘を貸し、パーカーを着せてくれ、無断でピアノを弾いてるところを見つけたときはお世辞を述べて、いつでも弾いていいとまで言ってくれた。

「座ってください」同情に背中を押されて、アレシアは言った。

「ええ？」

「座ってください」今度はやや強い口調で言うと、彼は言われたとおりにした。アレシアはその足元に膝をつき、ブーツの紐をほどきはじめた。

「だめだ」彼が言う。「そんなことはしなくていい」アレシアはその言葉を無視して彼の手を払いのけ、片方ずつ紐をほどいてブーツを脱がせた。立ちあがったときには、正しいことをしているのだという自信を得ていた。

「寝てください」そう言うと、片手でブーツをつかみ、彼を助け起こすべくもう片方の手を差し伸べた。

彼の視線がアレシアの目と手を行き来する。ためらっているのは間違いない。それでもついに手をつかんだので、アレシアはソファから引っ張り起こした。先に立って廊下を進み、寝室へ向かう。寝室に入ると手を離し、羽毛布団をめくってマットレスを指差した。「寝てください」そう言って彼のそばをすり抜け、ドアに向かった。

「アレシア」部屋を出る前に呼びかけられた。振り返ると、気落ちしたような不安なような顔で、彼が言った。「ありがとう」

アレシアはうなずいて、泥だらけのブーツを持ったまま寝室を出た。ドアを閉じてそこに背中をあずけ、のどに手を当てて感情を抑えようとする。深く息を吸いこんで、心を落ちつかせた。

短いあいだに、まずは不安と困惑を、次に喜びと驚きを、最後は同情と自信を感じた。

そしてあの人にキスされた。

こちらからもキスをした。

指先で唇に触れる。短いけれど、不快ではなかった。

ちっとも不快ではなかった。

〝会いたかった〟

もう一度、深く息を吸いこんで、激しく脈打つ心臓を落ちつかせようとする。現実を見つめなくては。あの人は夢を見ていて、自分がなにを言っているか、なにをしているか、わかっていなかったのだ。相手はだれでもよかったのだ。こみあげる落胆を振り払う。わたしはただの掃除婦。そんなわたしに、彼がなにを見いだすというの？　少ししょんぼりしながらも心の平静を取り戻し、革製のダッフルバッグをつかむと、洗濯室へ戻った。ブーツをきれいにして、洗濯に取りかかろう。

閉じたドアを見つめるおれは、とんでもない愚か者の気分を味わっていた。なぜあんな真似をした？　彼女を怖がらせてしまったじゃないか。

馬鹿野郎。

これで希望はなくなった。

彼女は青い服を着て夢のなかに現れた。あのみっともない部屋着もはおっていた。そしておれは大喜びで彼女を迎えた。

もどかしくて顔をこすった。昨夜は十一時にコーンウォールを発ち、五時間車を走らせて、へとへとになった。愚かなことをしたものだ。何度か眠ってしまいそうにもなった。起きているために、凍えるほど寒いなか車の窓を開けて、ラジオから流れる曲に合わせて大声で歌いもした。皮肉なのは、そこまでして帰ってきたのは彼女に会いたかったからという点だ。天気予報でめずらしく猛吹雪になりそうだと知り、一週間もコーンウォールに足止めを食らうのはごめんだと思って……早めに帰ってきた。

それなのに。

大失敗だ。

だがアレシアは足元に膝をついてブーツの紐をほどき、子どものようにベッドまで連れてきてくれた。寝かしつけるために。思わず鼻で笑ってしまった。寝かしつける！

だれかが最後にそんなことをしてくれたのは、いったいいつだろう？

おれを一人でベッドにもぐらせて出ていった女性など、一人もいなかった……。

それなのに、アレシアを怖がらせてしまった。

自己嫌悪に首を振りながら服を脱ぎ、重力に任せて床に放る。いまは疲れすぎて、ベッドにもぐることしかできなかった。目を閉じるとつい、アレシアが服をすべて脱がせて一緒に横たわってくれたら、などと思っていた。うめき声を漏らしつつ、甘く健全な香りを思い出した。あれはローズとラベンダー。それから、腕に抱いたやわらかな感触も思い出す。苛立ちと興奮の両方を感じながら、あっという間に眠りに落ちて、夢のなかで彼女に溺れた。


はっと目覚めたおれは、妙な罪悪感をいだいていた。携帯電話がナイトテーブルの上で鳴っている。そこに置いた記憶はない。手に取ったが遅かった。キャロラインからの不在着信。携帯電話をナイトテーブルに戻すと、そこには財布と小銭、それにコンドームもあった。眉をひそめたところで思い出した。

そうだ、アレシア。

彼女にちょっかいを出してしまった。

ひどい男だ。

ぎゅっと目を閉じて、押し寄せる羞恥心から逃れようとした。

いったいどうしてあんなことを。

起きあがって見まわすと、案の定、脱いだ服は片づけられていた。ジーンズのポケットも空けてくれたに違いない。そんな風に持ち物を点検するというのは、じつに親しい行為に思えた。アレシアの手がおれの服やものに触れるというのは。

おれの体にも触れてほしい。

だがそんなことは実現しない。かわいそうなあの娘を怖がらせてしまったのだから。

それより、アレシアはいくつの家を掃除しているのだろう？　いくつのポケットを点検している？　想像すると不快になった。アレシアをフルタイムで雇うべきだろうか。そうすれば腹の底の鈍い痛みはけっして消えなくなるだろう。ただし……その痛みを取りのぞく方法が一つだけある。

だから、それは実現しないというのがわからないのか。

いま何時だろう。天井にはいつもの光の揺らめきがない。窓の外に目を向けたが、見えたのは白い壁だけだった。

雪だ。

天気予報が告げた猛吹雪がやって来たのだ。目覚まし時計を見ると、午後一時四十五分を示している。アレシアはまだいるに違いない。ベッドを飛びだしてウォークインクローゼットに入り、ジーンズと長袖のTシャツを着た。

アレシアはリビングルームで窓を掃除していた。泥だらけのブーツを引きずったおれの痕跡はどこにも見当たらない。

「やあ」おれは声をかけ、彼女の反応を見守った。心臓が激しく脈打つ。まるで十五歳の坊やに戻った気分だ。

「起きたんですね。よく眠れましたか？」アレシアは読み取りにくい表情でちらりとこちらを見て、手にした布に目を落とした。

「よく眠れたよ、ありがとう。それと、さっきはすまなかった」滑稽なような、照れくさいような気分で、自分が恥ずべき行為をしたソファのほうを手で示した。アレシアはうなずき、小さな固い笑みを見せてから、頬をきれいなピンク色に染めた。

彼女の後ろにある窓の向こうに目をやったが、渦巻く雪片で景色はぼやけていた。吹雪は猛烈な勢いで訪れており、外はじつに真っ白だ。

「ロンドンで、ここまでの雪はめずらしい」おれは言い、窓辺に立つアレシアのとなりに歩み寄った。

このおれが天候の話題？　なんとまあ。

アレシアは手の届かない距離までさがったが、窓の外を見つめていた。あまりの雪で、下の川もほとんど見えない。

アレシアが身震いして、両腕で自分を抱いた。

「遠くまで帰るのか？」この嵐のなかを一人で帰るのかと思うと心配になった。

「ウエストロンドンです」

「ふだんはどうやって家まで帰る?」

アレシアは何度かまばたきをしながらおれの言葉を理解して、答えた。「列車で」

「列車? どこから?」

「ええと……クイーンズタウンロード駅から」

「列車がまだ走っていたら驚きだ」

おれは部屋の隅の机へ向かい、マウスを軽く動かして、iMacを目覚めさせた。キットとキャロラインとメアリアンとおれ、それにキットのアイリッシュセッター二匹の画像がデスクトップに現れたのを見て、懐かしさと悲しみの波が押し寄せてくる。首を振って感情を払い、ロンドン近郊の交通機関の最新情報をインターネットで検索した。「ええと……サウスウエスタン・レールウェイ?」

アレシアがうなずく。

「全線、運休だそうだ」

「うん、きゅう?」かわいい眉間にしわが寄る。

単語が難しかったたか。

「列車は走っていない、ということだ」

「ああ」アレシアはまた眉間にしわを寄せ、おれの聞き間違いでなければ、何度か小声で〝運休〟とつぶやいた。唇がそんな風に動いている。

「ここにいればいい」唇に注目するなと自分に言い聞かせつつ提案したが、断られるのはわかっていた。朝のふるまいを考えれば当然だ。おれは身をすくめ、つけ足した。「なにもしないと約束する」

アレシアは即座に首を振った。おれとしては気落ちするほど即座に。「いけません。帰らないと」そう言って手のなかの布をよじる。

「どうやって帰る？」

アレシアは肩をすくめた。「歩きます」

「馬鹿を言うな。低体温症になるぞ」

とりわけ、あんなブーツと薄っぺらいパーカーでは。

「帰らなくちゃいけないんです」アレシアは譲らなかった。

「車で送ろう」

考える前に、言葉が口から飛びだしていた。

「だめです」そう言ってまた強く首を振り、目を大きく見開く。

「だめとは言わせない。おれはきみの……その、雇い主だぞ」

アレシアは青ざめた。

「よし。じゃあ上着を取ってくる」ちらりと足元を見おろした。「そうしたらすぐに出発だ。よかったら――」そう言ってピアノを手で示した。「弾いているといい」向きを変えて寝室に戻りながら、考えた。なぜ送るなどと言ったのだろう？

それが正しいことだから？

いや、もっと彼女と一緒にいたかったからだ。

裸足でリビングルームから出ていく彼の背中を、アレシアは見つめた。驚いていた。車で送ってくれる？　車のなかで、男性と二人きり？

許されること？

母さんはなんて言うだろう？

腕組みをして、かすかに不満そうな表情をたたえた母の姿が頭に浮かんだ。

父さんは？

とっさに頬を手で覆った。

父は絶対によしとしないだろう。

父が認めた男性は一人だけ。

残酷な男だった。

ああ、あの男のことを考えてはだめ。

あの人《ミスター》が車で家まで送ってくれる。マグダの家の住所を覚えていてよかった。紙切れに走り書きされた、きれいとは言えない母の筆跡が、いまも目に浮かぶ。あれが命綱だった。身震いが起きて、アレシアはもう一度、窓の外を見た。寒いだろうが、急げば彼が着替えているあいだにここを出て、迷惑をかけずにすむ。それでもあの距離を歩くと思うと、なかなか決心がつかなかった。マグダの家まで、もっと遠くから歩いてたどり着いたことはある。あのときは盗んだ地図を頼りに、六日か七日かかった。また身震いが起きた。あの日々のことは、できれば忘れたい。それに、ピアノを弾いていいと言われた。スタインウェイに熱いまなざしを注いで興奮に両手を組んだ直後、洗濯室に駆けこんで、またたく間に着替えていた。パーカーとスカーフと帽子をつかむなり、ピアノのそばへ駆け戻る。

近くの椅子に荷物を置いてピアノ椅子に腰かけると、心を落ちつかせるべく息を吸いこんだ。それから鍵盤に両手をのせて、ひんやりと馴染み深い象牙の感触を味わう。アレシアにとって、ピアノは礎《いしずえ》だ。わが家であり、安らぎの場所だ。もう一度、窓の外に目を向けて、大好きなリストの曲『エステ荘の噴水』を弾きはじめた。音はピアノの周りに流れだし、窓外の雪片と同じ純白で踊った。父のことも、路上で過ごした六日間の記憶も、母の不満も、真っ白な音の色の渦に溶けて消えた。


おれは戸口にもたれてアレシアを見つめた。魅了されていた。驚くべき演奏で、どの音も考え抜かれた正確さと深い感情をもって奏でられている。あたかも彼女を通してスムーズに流れだしているかのようだ。彼女自身から。あらゆるニュアンスを美しい顔と演奏で表現しながら、アレシアは曲を紡いでいく。おれの知らない曲を。

アレシアはスカーフを外していた。宗教的な理由から巻いているのだろうかと思っていたが、どうやら掃除をするときのためだったらしい。髪は豊かで、その色は黒に近い。演奏していると、三つ編みから一筋がほつれて頬にかかった。あの三つ編みをほどいてあらわな肩におろした姿は、どんなだろう？　目を閉じて、夢のなかで見た裸のアレシアを想像しながら、音楽に浸った。

彼女の演奏に飽きるときなど来るだろうか？

目を開けて、アレシアを見つめた。美を。才能を。

これほど複雑な曲を暗譜で弾くとは、天才だ。

ロンドンを離れているあいだ、彼女の演奏を記憶のなかで美化しているのではと思ったこともあった。だが違った。アレシアの技術には非の打ち所がない。

アレシアに、非の打ち所がない。

あらゆる面で。

曲が終わると、頭をさげて目を閉じているアレシアに、おれは拍手を送った。「すばらしい。こんなに上手に弾けるとは、どこで習った？」

目を開けたアレシアは頬を赤く染めたが、恥ずかしそうな笑みを浮かべて肩をすくめ、簡潔に答えた。「家です」

「車のなかで、もっと詳しく聞かせてくれ。出発できるかな？」

アレシアが立ちあがったとき、初めてあのみっともない部屋着を着ていない姿を目にした。口のなかが乾く。思っていたよりスリムだが、繊細な曲線はいかにも女性らしい。ぴったりした緑色のVネックセーターは、ウールを押しあげるやわらかな胸のふくらみと細くくびれたウエストを引き立て、タイトなジーンズはしなやかなヒップの張りを見せつけている。

ああ、この女性は本当にすばらしい。

アレシアは急いでスニーカーを脱ぎ、ビニール袋に入れると、ぼろぼろの茶色のブーツを履いた。

「靴下は履かないのか？」おれは尋ねた。

アレシアは下を向いてブーツの紐を結びながら首を振ったが、その頬はまた赤くなった。

アルバニアでは、靴下は履かないものなのかもしれない。

窓の外を見たおれは、車で送ることにして正解だったと思った。もう少し一緒にいられるうえに、住んでいるところがわかるし、足を霜焼けにさせずにすむ。

片手を差しだして言った。「パーカーを」このあいだのように着せてやると、今日はおずおずとした笑みが返ってきた。

この薄さでは、とうてい寒さをしのげないだろうに。

アレシアが振り返ったとき、その首に小さな金の十字架がかかっていて、セーターには記章があることに気づいた。まさか、学校の記章？

もしかして完全にアウトか。

「きみ、年齢は？」動揺して、唐突に尋ねた。

「二十三歳です」

よかった、未成年ではない。

安堵して首を振った。「行こうか」

アレシアがうなずいてビニール袋を手にしたので、おれは先に立ってフラットを出た。

地下の車庫までおりるため、無言でエレベーターを待つ。

やって来たエレベーターに乗りこむと、アレシアはできるだけ離れて立った。なんとも信頼されていないらしい。

今朝、あんなふるまいをしておいて、驚く話か？

そう思うと気が沈んで、なるべく冷静に、平然としたふりを装ったものの、実際は強く彼女を意識していた。彼女のすべてを。この狭い空間で。

もしかしたら、おれだけではないのかもしれない。男全般が嫌いなのかもしれない。ぱっと浮かんだその考えにはますます動揺させられたので、忘れることにした。

地下の車庫は大きくはないが、うちが所有している建物なので、おれは二台分のスペースを確保していた。二台は必要ないのだが、それでもランドローバーディスカバリーとジャガーFタイプを停めている。おれはキットのような車好きではない。兄は熱心なコレクターだったので、希少なヴィンテージカーの数々がいまやおれのものになったのだが、おれは新しくて問題なく走る車でさえあればそれで満足だ。キットのコレクションをどうしたものか、見当もつかない。オリバーに相談しよう。売るべきか、キットの名前で博物館に寄贈するのがいいか。

考えにふけりながらディスカバリーのリモートキーを押すと、歓迎するように車のライトがついて、ロックが解除された。この車なら、雪に覆われたロンドンの通りも難なく進んでくれるに違いない。ところがいまごろになって、車内が汚いことを思い出した。コーンウォール行きのせいで、いまも泥だらけだ。アレシアのために助手席のドアを開けると、足元はぶざまに散らかっていた。「ちょっと待ってくれ」そう言って、空のコーヒーカップやポテトチップスの空き袋、サンドイッチの包みなどを急いで拾う。座席の上にあったビニール袋にすべてを突っこんで、後部座席に放った。

どうしてもっときれい好きじゃないんだ?

生まれたときから乳母がいて、その後は寄宿学校に入り、いつでもだれかが掃除をしてくれる生活を送ってきたつけ《ヽヽ》だ。

安心させようとほほえみながら、アレシアにどうぞと助手席を手で示した。断言はできないが、彼女は笑いをこらえているように見えた。散らかっているのがおもしろかったのかもしれない。どうかそうであってくれ。

アレシアは助手席に身を収め、目を見開いてダッシュボードを眺めた。

「住所は？」イグニッションを押しながら、おれは尋ねた。

「ブレントフォード、チャーチウォーク43番地」

ブレントフォード！　辺鄙《へんぴ》な場所だ。

「郵便番号は？」

「TW8、8BV」

カーナビで目的地を設定して、駐車スペースから車を出した。バックミラー下部のボタンを押すと、車庫の扉がゆっくりとあがって、表の白い渦が現れる。雪はすでに十センチ近く積もっており、いまもどんどん降っていた。

「すごいな」おれは独り言のように言った。「こんな景色は初めて見た」アレシアのほうを向いて尋ねる。「アルバニアでは雪は降る？」

「はい。わたしが生まれた場所ではもっと降ります」

「それはどこ？」車を通りに進めて、道の先へ向かう。

「クカスです」

聞いたことのない地名だ。

「小さな町です。ロンドンとはぜんぜん違う」アレシアが続けた。

そのとき警告音が鳴った。「シートベルトを締めてくれるかな」

「あら」アレシアは驚いた声で言った。「生まれた場所では締めないので」

「そうか。ここでは法律で義務づけられているから、締めてくれると助かるよ」

アレシアは急いでストラップを胸の前に引っ張り、視線を落としてバックルを探してから、先端を挿しこんだ。「できました」うれしそうな声で言うので、今度はこちらが笑みをこらえた。きっと車で移動することはめったになかったのだろう。

「ピアノは家で習ったと言ったね」おれは切りだした。

「母が教えてくれました」

「お母さんもきみと同じくらい上手？」

アレシアは首を振った。「いいえ」そして身震いした。寒いのか、それともなにかに怯えたのか。わからなかったのでエアコンの設定温度をあげてから、チェルシー・エンバンクメントを走りだした。アルバートブリッジの明かりが渦巻く雪のなかでまたたいている。

「きれい」通りすぎるとき、アレシアがつぶやくように言った。

「ああ、きれいだな」

きみのように。

「ゆっくり行こう」おれはつけ足した。「ロンドンはこういう雪に慣れていないから」幸い、エンバンクメントから折れた道も比較的空いていた。「それで、きみはどうしてロンドンへ？」

アレシアが大きな目でぱっとこちらを見て、すぐに顔をしかめてうつむいた。

「仕事かな？」うながすつもりで尋ねる。

アレシアはうなずいたが、まるで風船がしぼんだかのごとく、元気がなくなった。まずい。ひりひりする感覚が背筋を駆けおりた。なにかがおかしい。それもひどく。

彼女を安心させようとして言った。「いや、この話はやめよう」急いで続ける。「それより聞きたかったんだ、どうしたらあんなにたくさんの曲を覚えていられる？」

アレシアが顔をあげた。間違いなく、この話題のほうがはるかに気楽なようだ。アレシアはこめかみを指先でとんとんとたたいた。「音楽が見えるんです。絵みたいに」

「写真的な記憶力《フォトグラフィックメモリー》、ということ？」

「フォト……？　わかりません。ただ、音が色で見えるんです。色のおかげで覚えるのが簡単になります」

「すごいな」聞いたことがあった。「共感覚《シナスタジア》か」

「シナス――？」

「シナスタジア」

アレシアは小声でくり返し、今度は少しうまく言えた。「それはなんですか？」興味深そうに尋ねる。

「曲を聞くと、色が見えるんだろう？」

「はい、そうです」熱心にうなずく。

「それが共感覚だ。なるほどな、卓越した音楽家の多くは共感覚をもっていると聞いたことがある。ほかに、色で見えるものはある？」

アレシアは困惑した顔になった。

「文字とか、数字とか」

「いえ、音だけです」

「そうか。たいしたものだ」にっこりして続けた。「このあいだ言ったことは本当だよ。うちのピアノはいつでも弾いてかまわない。きみの演奏をもっと聞きたい」

ぱっと咲いたまぶしい笑顔は、おれの下半身を直撃した。「わかりました」アレシアはささやくように言った。「わたし、あなたのピアノを弾くのが好きです」

「おれは聞くのが好きだ」にやりとして、その後は心地いい静寂に包まれた。

四十分後、ブレントフォードの袋小路に車を入れると、質素な二軒一棟の家が現れた。日は暮れていたが、正面側の部屋の窓が開くのがわかり、街灯の光に照らされた青年の顔がはっきりと見えた。

ボーイフレンドか？

意地でも突き止めてやる。

「あれはきみのボーイフレンド？」ずばり尋ねると同時に心臓が激しく脈打ちはじめ、おれは強い鼓動を聞きながら返事を待った。

アレシアは笑った。やわらかい楽の音のようなその声に、思わず笑みが浮かぶ。笑い声を聞いたのはこれが初めてだが、すぐにもう一度聞きたくなった。一度と言わず、何度でも。

「いえ、あれはミハウです。マグダの息子で、十四歳です」

「十四にしては大きいな！」

「そうなんです」アレシアの顔が輝くのを見て、一瞬、嫉妬が胸を刺した。彼女は間違いなくあの少年が好きだ。そんなおれの思いなどつゆ知らず、アレシアがつけ足した。「ここはマグダの家です」

「そうか。マグダというのは友達？」

「はい。母の友達で、二人は……ええと――ペンフレンド？」

「そんなものがまだ存在してるとは知らなかった。二人が会ったことは？」

「ありません」アレシアはそう言うと唇を引き結び、じっと爪を見つめた。「送ってくれて、ありがとうございます」ささやくように言って、この会話を打ち切りにした。

「楽しかったよ、アレシア。それから今朝は本当に悪かった。ちょっかいを出すつもりはなかった」

「ちょっ、かい？」

「ええと……ぱっと手を出すことだ。猫のように」

アレシアがまた笑った。その顔は輝いていて、美しかった。

この声をずっと聞いていたい。

「あなたは夢を見ていた。ですね？」アレシアが言う。

ああ、きみの夢をね。

「なかに入って、紅茶を飲みますか？」

今度はおれが笑う番だった。「いや、それは遠慮しておこう。それに、どちらかと言うとコーヒー派なんだ」

アレシアは一瞬眉をひそめた。「コーヒーもあります」

「今夜は帰ったほうがよさそうだ。道がこんな状況だから、ふだんより時間がかかるだろうし」

「それなのに送ってくれて、ありがとうございました」

「また金曜に」

「ええ、金曜に」そう言ってアレシアが浮かべたまばゆい笑みは、美しい顔をいっそう輝かせ、おれの心は完全にノックアウトされた。

アレシアが車をおりて、家の玄関に向かう。たどり着く前にドアが開いて、やわらかな光が雪の積もった小道を照らし、戸口に背の高い若者が現れた。ミハウだ。十四歳の少年ににらまれながら、おれは車のエンジンをかけた。

笑いが漏れた。

そうか、ボーイフレンドではなかったか。ディスカバリーの向きを変えて音楽のボリュームをあげ、どうしようもなく浮かぶにやけ顔で、ロンドン目指して走りだした。

第８章

「いまのは？」ミハウがきびきびした冷ややかな声で尋ね、表の車をにらんだ。まだ十四歳なのに、アレシアよりずっと背が高く、もじゃもじゃの黒髪にひょろりと長い手足をしている。

「わたしが掃除をしてる家の人よ」アレシアは答え、走り去る車を玄関の隙間から見送った。それから完全にドアを閉じたが、喜びを抑えきれなくて、ミハウをすばやく抱きしめた。

「ふうん」そう言ってアレシアの腕から抜けだしたミハウの顔は赤くなっていたが、茶色の目は照れ混じりの喜びで輝いていた。にっこりしたアレシアに恥ずかしそうな笑みを返したのを見れば、年上の彼女に憧れていることがよくわかる。過剰に愛情を示すのはよくないと、アレシアは一歩さがった。ミハウの心を傷つけたくはない。彼もその母親も、本当に親切にしてくれている。

「マグダは？」アレシアは尋ねた。

「キッチンにいるよ」ミハウの表情だけでなく、声まで暗くなった。「なにかおかしい。やけに煙草を吸うんだ」

「ええ？」いやな予感がして、アレシアの脈はあがった。パーカーを脱いで狭い玄関ホールのフックの一つにかけてから、キッチンに向かう。マグダは煙草を手に、小さなフォーマイカのテーブルに着いていた。その頭上に煙がゆらゆらと立ちのぼっている。キッチンは狭いがいつもどおりきちんと片づいていて、ラジオからはポーランド語のおしゃべりが聞こえる。マグダが顔をあげ、アレシアに気づいてほっとした顔になった。

「この雪のなか、帰ってこられてよかった。心配してたのよ。いい一日だった?」マグダはさりげなく尋ねたが、その笑顔も煙草を長々と吸う唇も、緊張しているのをアレシアは見逃さなかった。

「ええ。そっちは? 婚約者は元気?」

マグダはアレシアの母より二、三歳下でしかないが、ふだんは十歳も若く見える。金髪に曲線美で、榛色の目をいたずらっぽいユーモアで輝かせ、アレシアを路上生活から救ってくれた。ところが今日は疲れて見える。肌は青ざめて唇はすぼまっているし、キッチンは煙草臭い。ふだんのマグダなら許さない状況だ――たとえ自分は煙草を吸うとしても。

マグダがふうっと煙を吐いた。「ええ、元気よ。あの人のことはいまはいいの。ドアを閉じて、座ってくれる?」

アレシアの背筋を震えが駆けあがった。ああ、出ていってくれと言われるのだ。キッチンのドアを閉じてプラスチック製の椅子を引き、腰かけた。

「入国管理局の人間が、今日、ここへあなたを探しに来たの」

そんな。

アレシアは青ざめた。耳の奥で血管が脈打つ音が聞こえる。

「あなたが仕事へ出たあとに」マグダがつけ足した。

「それで……あなたは……なにを話したの？」両手の震えを必死に抑えつつ、尋ねた。

「わたしは話してないわ。おとなりのミスター・フォレスターが話したそうよ。うちが留守だったから、彼の家のドアをノックしたのね。ミスター・フォレスターは、訪ねてきた人たちの見た目が気に入らなかったから、あなたのことは知らないと言ったんですって。それで、ミハウとわたしはポーランドにいると」

「その人たちは信じたかしら」

「ええ。ミスター・フォレスターはそう言ってる。男たちは帰っていったって」

「どうしてわたしの居場所がわかったの？」

「さあね」マグダは顔をしかめた。「こういうことの仕組みなんて知れたものじゃない」また長々と煙草を吸う。「あなたのお母さんに手紙を書かなくちゃ」

「やめて！」アレシアはマグダの手をつかんだ。「お願い」

「あなたが無事に到着したことはもう知らせたわ。嘘だったけど」

アレシアは赤くなった。ブレントフォードまでの道のりについて、マグダはすべてを知っているわけではない。「お願いよ」もう一度言った。「母さんを心配させたくないの」

「アレシア、もしあの人たちに見つかったら、アルバニアに強制送還されて——」マグダは言葉を切った。

「わかってる」アレシアはささやくように言った。汗が背筋を伝い、恐怖がのどを締めつける。

「アルバニアには帰れない」小声でつぶやいた。

「ミハウとわたしは二週間後にはいなくなるのよ。どこかほかに住む場所を見つけなくちゃ」

「わかってる。わかってるわ。かならず見つけるから」胃のなかで不安が渦を巻く。毎晩ベッドに横たわって、選択肢を考えていた。これまでに、掃除の仕事で三百ポンドを貯めた。そのお金は部屋を借りるときの敷金として必要になるだろう。ミハウの助けと彼のノートパソコンを借りて、なんとしても住む場所を見つけなくては。

「夕食の支度をするわ」マグダはため息とともに言い、煙草をもみ消した。灰皿から煙が立ちのぼり、室内の緊張感に混じる。

「手伝うわ」アレシアは言った。


その夜、アレシアは折りたたみ式の簡易ベッドで丸くなり、天井を見つめた。首からさげた金の十字架を指でいじくる。街灯の光が薄いカーテン越しに射し、剝げかけた古い壁紙を照らしていた。動揺を静めようとするものの、思考は駆けめぐる。一時間ほどインターネットで調べた結果、キューブリッジ駅近くの家に貸し部屋を見つけた。マグダによれば、ここからそう遠くないらしい。そこで、金曜の夜、あの人《ミスター》のアパートメントの掃除から戻ったあとに部屋を見せてもらう約束をした。部屋代はかろうじて払える額だが、引っ越さなくてはならない。とりわけ、入国管理局が追ってきているのなら。強制送還されるわけにはいかない。アルバニアには帰れない。

絶対に。

射しこむ光から逃れようと向きを変え、薄い羽布団にくるまって、できるだけ暖まろうとした。頭のなかを駆けめぐる思考に圧倒されそうだ。静まってほしいのに。

アルバニアのことは考えない。

あの旅のことは考えない。

ほかの娘たちのことも……ブレリアナのことも。

目を閉じると、とたんにソファで眠っているあの人の姿が浮かんだ。髪は乱れ、唇は開いている。その上に重なったことを思い出した。短いキスのことも。いま、またあの人の上に重なっているのだと想像する。彼の香りを吸いこんで、肌にキスをして、一定の鼓動を胸に感じているのだと。

〝会いたかった〟

ため息が漏れた。

毎晩、彼のことで頭がいっぱいだ。ハンサムな人。ハンサムなだけでなく、美しくてやさしい。

〝きみの演奏をもっと聞きたい〟

車で家まで送ってくれた。そんな必要はないのに。

〝ここにいればいい〟

あなたのそばに?

もしかして、あの人になら助けを求められるかもしれない。

なにを考えているの？　この状況はわたしの問題。自分が引き起こしたわけではないけれど、自分で対処するべきことだ。ここまで、自分の知恵と工夫だけで切り抜けてきた。それに、なにがあってもクカスへは戻らない。あの男のもとへは。

激しく揺すぶられたときの記憶がよみがえった。やめて。お願い。

あの男のことを考えてはだめ！
あの男のせいで、いまイングランドにいる。できるかぎり遠くまでやって来た。
いやな記憶は忘れて、あの人のことを考えよう。あの人のことだけを。
手が自然と体を下へ這っていった。
彼のことだけを……。
なんと言っていたっけ。なんという単語だった？
シナスタジア……その単語をくり返しながら手を動かして、高みへのぼっていった。

翌朝、アレシアが目覚めると外は真っ白だった。とても静かな世界。遠くを行き交う車の音さえ、輝く雪でくぐもって聞こえる。布団にくるまったまま、寝室の窓から外を見ていると、幼いころにクカスで雪が降るといつも感じていた喜びがこみあげてきた。たしか今日はミセス・キングスベリーの家を掃除する日だ。うれしい点は、あの家が同じブレントフォードにあって、歩いてすぐの距離だということ。残念な点は、ミセス・キングスベリーがアレシアにつき歩いて、掃除のやり方をいちいち批評すること。けれど、あの老婦人が口うるさいのは寂しいからではないかとアレシアは思うようになっていた。それに、あれこれ文句を言いつつも、掃除が終わるとかならず紅茶とビスケットでもてなしてくれる。一緒に座っておしゃべりをして、できるだけ長居をさせようとする。ミセス・キングスベリーがなぜ一人暮らしをしているのか、アレシアにはわからなかった。マントルピースには家族の写真が飾られている。どうして家族は面倒を見ないのだろう？　アレシアの祖父が亡くなったあと、祖母は両親の家に越してきた。もしかして……ミセス・キングスベリーには間借り人が必要なのでは？　だれか面倒を見てくれる人が。部屋があるのは間違いないし、白状すれば、アレシアも寂しい。

　ミハウのお古の〈スポンジボブ・スクエアパンツ〉のパジャマズボンに、これもミハウのお古の〈アーセナルＦＣ〉のサッカーシャツという格好で、着替えを抱えて階段を駆けおり、キッチンを抜けてバスルームに入った。

　マグダは気前よくミハウのお古をくれた。息子の成長が早過ぎるとしょっちゅう文句を言っているけれど、アレシアにとっては幸運でしかない。いま持っている服のほとんどはミハウのおさがりだ。靴下以外は。あの少年はたいてい靴下に大きな穴を開けてしまうので、こればかりはおさがりにできない。そういうわけで、アレシアが持っている靴下は二足だけだった。

〝靴下は履かないのか？〟

　昨日のあの人《ミスター》の言葉が頭に浮かんで、顔が赤くなった。とてもではないが、新しいのは買えないのだとは言えなかった。部屋の敷金を貯めているうちは無理なのだとは。

　浴槽の上方に取りつけられている電気瞬間湯沸かし器のスイッチを入れ、水が湯に変わるまでしばし待つ。服を脱いで浴槽に入り、乏しい湯量でいそいそと体を洗いはじめた。

　両手をシャワールームの壁に当て、息を弾ませながら全身に熱い湯を浴びる。シャワーを浴びながら自分で処理した……また。

　いったいおれの人生はどうなってしまった？

　なぜ出かけていって、女をあさらない？

彼女の目――濃いエスプレッソ色のあの目が、長いまつげの下からおれを見あげる。うめき声が漏れた。

いいかげんにしなくては。彼女はうちの掃除婦《デイリー》だぞ。

昨夜もベッドで一人、何度も寝返りを打って過ごした。夢のなかでは彼女の笑い声がくり返し響いた。明るく楽しげに、おれのためにピアノを弾いていた。身に着けているのはあのピンク色のパンティだけで、長くつややかな髪は胸のふくらみの下まで流れ落ちていた。

ああ……。

今朝はへとへとになるまでワークアウトしたというのに、それでも彼女を頭から追いだせない。こうなったら方法はただ一つだが、それは現実にはならない。

それでも、車からおりるときに彼女が投げかけた笑顔には希望を与えられたし、明日になればまた会える。その思いを支えに、シャワーを止めてタオルをつかんだ。ひげを剃りながら携帯電話をチェックすると、オリバーからメールが届いていた。悪天候のせいでコーンウォールに足止めを食らっているとのことだったので、午前中はお悔やみのメールに返信をして過ごし、キャロラインとメアリアンとランチをとることにした。そして今夜は仲間と外出だ。

「ようやく巣穴から出てきたな。それで、今後は〝ロード・トレヴェシック〟とか〝閣下《ミロード》〟と呼ぶべきか？」ジョーは言い、挨拶代わりに〈フラーズ〉のパイントグラスを掲げた。

「ややこしい。〝トレヴェシック〟と呼ぶべきか、それとも〝トレヴェリアン〟がいいのか、さっぱりわからん」トムが低い声で言う。

「どう呼ばれても返事をするさ」おれは肩をすくめた。「名前で呼ばれても。これまでどおり、マキシムと」

「今後はトレヴェシックと呼ぶことにしよう……慣れるには時間がかかりそうだが。なにしろそれがおまえの肩書だし、うちの父は自分の肩書にひどく敏感だからな！」

「おまえの父親じゃなくてよかった」おれは言い、片方の眉をあげた。

トムは天を仰いだ。

「キットがいなくなって、これからいろいろ変わるな」ジョーがつぶやくように言った。その漆黒の目は暖炉の火明かりを受けてきらめき、このときばかりは真剣な表情をたたえていた。

「そうだな。キットよ、安らかに眠れ」トムも言った。

ジョセフ・ディアロとトーマス・アレクサンダーは幼いころからの親友だ。イートン校を追いだされたおれは、父の命令で共学のベダレス校へ行かされた。そこでジョーとトム、そしてキャロラインに出会った。男三人は音楽への情熱だけでなく、当時はキャロラインへの欲望でもつながっていた。おれたちはバンドを結成し、キャロラインは……最終的におれの兄を選んだ。

「キットよ、安らかに眠れ」おれもつぶやき、小声でつけ足した。「こんなに早くいなくなりやがって、馬鹿野郎」

おれたち三人はいま、〈クーパーズアームズ〉の個室でくつろいでいる。おれのフラットからそう遠くない、温かで気さくな雰囲気のパブだ。赤々と燃える火のそばで二杯目のパイントグラスを手に、おれはほろ酔い気分になっていた。

「それで、調子は？」ジョーが尋ね、肩までのドレッドヘアを払った。ジョーはフェンシングの腕前が抜群なだけでなく、将来有望な紳士服デザイナーでもある。父親はセネガルからの移民にして、イギリス国内でもっとも成功したヘッジファンドマネージャーの一人だ。

「順調、だと思う。しかし、これほどの責任を負う覚悟ができているかどうか」

「だよな」トムが言う。赤毛に琥珀色の目をしたトムは、准男爵の三男で、一家の伝統に従って軍に入隊した。歩兵連隊〈コールドストリームガーズ〉の中尉として、アフガニスタンで二度兵役につき、数えきれない仲間が倒れていくのを見てきた。それが二年前、傷病兵として免役になった。その二年前に、カブールで手製爆弾により負った傷のせいだ。左脚はチタンでしっかり固定されているものの、癇癪《かんしゃく》のほうはあまり言うことを聞かない。トムの目に好戦的な光が宿ったときは、ジョーもおれもそれとわかるようになったし、話題を変えたり、トムを部屋の外へ連れだしたりしたほうが賢明なときも、わかるようになった。トムの希望で、爆発事故のことはけっして口にしないことになっている。

「追悼式はいつだ？」トムが尋ねた。

「ランチの席で、キャロラインとメアリアンと相談した。イースターのあとを考えてる」

「キャロラインはどうしてる？」

おれはソファの上で身じろぎした。「悲しんでるよ」肩をすくめ、まっすぐトムの目を見た。トムはまぶたを狭めておれを観察した。好奇心を刺激されたのがわかる。「おれたちになにか隠してるな？」

図星。

爆発事故のあと、トムは喧嘩っ早くなったばかりか、不快なほど洞察力が鋭くもなった。「言えよ、トレヴェリアン。正直に答えてみろ。なにがあった？」

「おまえたちに知らせるようなことはなにもない。それより、ヘンリエッタはどうしてる？」

「ヘンリーか？　元気にしてるが、ことあるごとにそれとなくプロポーズを要求してくるよ」トムは憂鬱そうな顔で答えた。

ジョーもおれもにやりとした。「運命が決まったな」ジョーが言い、トムの背中をたたいた。

三人のなかでトムだけが長期的な関係を続けている。ヘンリエッタは聖人だ。負傷したあと、精神的に苦しんでいたトムを支え、くだらない話にも心的外傷後ストレス障害《PTSD》にも癇癪にも耐えている。トムにはもったいないような女性だ。

かたやジョーとおれは不特定多数との交際を好む。というか、以前のおれはそうだった。不意に、黒髪のアレシア・デマチの姿が頭に浮かんだ。

最後にセックスをしたのはいつだ？

思い出せなかったので、しかめっ面になった。なんてことだ。

「メアリアンは？」ジョーの声で我に返った。

「元気だよ。まあ、もちろんあいつも悲しんでるが」

「慰めたほうがいいかな」

おれがキャロラインを慰めたのと同じやり方で？

「おい！」おれは警告をこめて笑った。

仲間内のルールとして、姉妹には手を出さないことになっている。おれは首を振った。ジョセフはいまもおれの妹に執心している。いいやつだし、メアリアンにはもったいないくらいだが、希望の芽は摘んでおくことにした。「妹はカナダでスキー中にある男と出会った。シアトルに住んでいるらしい。臨床心理医かなにかだ。近々、会う予定だと思う」

ジョーは戸惑った顔でおれを見た。「本当か？」粋なやぎひげ《ゴーティ》をこすり、なにやら考えているような目になる。「じゃあ、もしそいつがこっちへ来ることがあれば、どれだけの男かチェックしなくちゃいけないな」

「来月、来るかもしれない。メアリアンはそれでかなり興奮していた」

「なあ、伯爵になったからには、跡継ぎと予備を作らないといけないぞ」トムが言う。

「ああ、わかってる。だがまだそんな余裕はない」

おれは昔からそれだった。予備《スペア》。キットがおれにつけたあだ名。

どうやら一家の肩書と土地には、予備が必要だったらしい。

「だろうな。おまえがもう落ちつく気になってるわけがない。おれに負けないほど、次から次へと女遊びをしているんだから。ナンパのときには欠かせないサポート役だよ」ジョーが言い、にやりとした。

「たしかに。トレヴェリアンは、ロンドンの女性の大半を落としてきた」トムがあざけるように言ったが、この友がうんざりしているのか感心しているのか、おれにはよくわからなかった。

「うるさいぞ、トム」おれは言い、全員で笑った。

パブの女主人がバーの上方のベルを鳴らした。「そろそろ閉店の時間よ」

「うちに来るか？」おれが誘うと、トムもジョーも乗ったので、三人ともすばやくグラスを空けた。「歩きで平気か？」トムに尋ねた。

「なに言ってる。一人でここまで来ただろうが」

「平気という意味だと解釈するからな」

「四月には五キロ走るんだぞ」

降参して両手を掲げた。友人が肉体的には癒えていることを、つい忘れてしまう。


今朝はすっきりと晴れたが、ひどく寒かった。吐いた息が白いもやになるのを追いかけるように、アレシアはチェルシー・エンバンクメント沿いを急いだ。歩道にはいまもあちこちに、雪が凍って滑りやすくなった部分が残っているものの、道路には除雪用の砂が撒かれたのだろう、交通量はふだんどおりで、ロンドンはふたたび活気に満ちていた。今朝はいつも乗る列車が遅れたので、少しばかり遅刻気味だ。けれどあの人《ミスター》に会えるなら、ブレントフォードからでも喜んで歩いただろう。

笑みが浮かんだ。ようやくアパートメントの玄関にたどり着いた。この世でいちばん好きな場所に。鍵を錠に挿して、警報音に備えたが、静寂に出迎えられてほっとした。けれどもドアを閉じたとたん、においに気づいてぎょっとした。酒臭い。

予期せぬ悪臭に顔をしかめつつ、ブーツを脱いで、裸足でキッチンに入っていった。調理台の上には、ビールの空き瓶と油の染みたピザの空き箱が散らかっている。

ふと視線を移すと、開いた冷蔵庫の前にたくましい体つきの魅力的な若い男性がいたので、またぎょっとした。オレンジジュースを紙パックからじかに飲んでいる。肌は浅黒く、肩までの髪はからまり合っていて、着ているものはボクサーショーツだけだ。アレシアは啞然として見つめた。男性が振り返ってアレシアに気づき、大きな笑みを浮かべて完璧な白い歯をのぞかせた。

「やあ、どうも」そう言って、品定めするように黒い目を見開く。

アレシアは真っ赤になってもぐもぐと挨拶の言葉をつぶやき、洗濯室に駆けこんだ。

いまのはだれ？

急いでパーカーを脱ぎ、ビニール袋から掃除用の服を取りだす。ぶかぶかの部屋着とスカーフだ。最後に、むきだしの足にスニーカーを履いた。

洗濯室からキッチンをのぞくと、部屋の主が黒いTシャツと破れたジーンズ姿で冷蔵庫のそばに立っていた。先ほどの見知らぬ男性がしていたように、紙パックから直接オレンジジュースを飲んでいる。

「たったいま、裸足のお手伝いさんを怯えさせてしまった。もうつばはつけたのか？　なかなかそそる娘じゃないか」

「黙れ、ジョー。彼女がおまえに怯えるのも当然だ。さっさと服を着ろ、この露出狂め」

「すみません、旦那さま」見知らぬ男性は自分の髪の毛を引っ張り、深々とお辞儀をした。

「やめろって」彼が穏やかに言い、またオレンジジュースを飲んだ。「おれの部屋のバスルームを使っていいぞ」

笑いながら出ていこうとした黒髪の男性が、二人のやりとりをのぞいていたアレシアに気づいた。またにっこりして手を振ったので、あの人までこちらを向いてアレシアを見つけてしまう。とたんに彼の目が輝き、ゆっくりと笑みが広がった。これにはアレシアも隠れているわけにはいかなくなった。

「ジョー、こちらはアレシアだ。アレシア、ジョーだよ」彼の口調には警告するような響きがあったが、それが向けられているのが自分なのかジョーという男性なのか、アレシアにはわからなかった。

「おはよう、アレシア。こんな格好で申し訳ない」ジョーがそう言って大げさにお辞儀をした。起きなおったときには、黒い目はいたずらっぽい光で楽しげに輝いていた。肉体はみごとに引き締まっている――この部屋の主と同じように。腹筋もくっきりと割れていた。

「おはようございます」アレシアはささやくように言った。

部屋の主が怖い顔でジョーを見たものの、ジョーはそれを無視してアレシアにウインクをしてから、口笛を吹きながらぶらぶらとキッチンを出ていった。

「すまなかった」エメラルドグリーンの目をアレシアに向けて、彼が言った。「それで、元気だったかな」ふたたびゆっくりと笑みが広がる。

アレシアの頬はますます熱くなり、心臓はとんぼ返りを打った。様子を尋ねられるたびに、それがどんなにありふれたことでも、舞いあがってしまう。

「元気です。ありがとうございます」

「無事にここまでたどり着けてよかった。列車は順調に走っているかな」

「少し遅れが」

「おはよう」真っ赤な髪の男性がふらふらとキッチンに入ってきた。こちらも着ているのはボクサーショーツだけで、しかめっ面だ。

「勘弁してくれ」部屋の主が小声で言い、片手で髪をかきあげた。

アレシアは、新たに現れた男性を見つめた。長身でハンサムで、すらりとした手脚は白く、左脚と左半身には鉄道線路の分岐合流点のようなジグザグの傷跡がくっきりと残っている。

アレシアが傷跡を見つめていることに男性が気づいて、うなるように言った。「戦争の傷だ」

「お気の毒に」アレシアはささやいて視線を落とした。床にぽっかりと穴が空いてわたしを呑みこんでくれたらいいのにと思いつつ。

「トム、コーヒーでも飲むか？」部屋の主が尋ねた。アレシアには、急に室内を満たした緊張感をごまかすためのように思えた。

「ありがたい。このひどい二日酔いをどうにかしないと」

このときとばかりにアレシアは洗濯室に戻り、アイロンがけを始めた。これで少なくとも男性陣の視界から消えて、これ以上、あの人《ミスター》の友人たちに不快な思いをさせずにすむ。

アレシアが大急ぎで洗濯室へさがるのを、おれは見つめた。ウエストまで届く三つ編みが左右に揺れるさまを。

「いまのきれいな娘は？」

「うちの掃除婦《デイリー》だ」

トムは興味ありげにうなずいた。アレシアが持ち場へ帰ってくれてよかった。トムにもジョーにもじろじろ見られなくてすむ場所へ。二人の反応で、おれは不安にさせられていた。なぜか突然、所有欲に駆られたのだ。慣れない感情ではあるが、友人たちに好色な目で彼女を見てほしくなかった。なぜならアレシアはおれのものだから。いやその、おれの使用人だから。

〝きみはいまやトレヴェシック伯爵だ。彼女も従業員名簿に載せる必要がある〟

忘れていた。

アレシアはほぼおれの使用人だった。この状況をなるべく早く解決しなくては。オリバーにも歳入関税庁にも監視されたくない。

「クリスティーナはどうした？　感じのいいおばさまだったのに」トムが言い、顔をさすった。

「クリスティーナはポーランドへ帰った。いいから、さっさと服を着ろ。ここにはレディがいるんだぞ」おれはうなるように言った。

「レディ？」

おれの形相を見てトムは青ざめ、今回ばかりは引きさがった。「悪かった。向こうで着替えてくる。ああ、コーヒーにはミルクだけで、砂糖はいらない」そう言うと、いそいそとキッチンを出てゲストルームへ向かった。一人残されたおれは、アレシアがここへ来る前夜に友人たちを招いた自分を心のなかで叱責した。二度と同じ過ちは犯すまい。


午前中、どうにか男性陣を避けつづけたアレシアは、ようやく二人が去ったのでほっとした。一度など、入室を禁じられている部屋に隠れようかとさえ思ったが、クリスティーナに厳命されている以上、入るわけにはいかなかった。

リビングルームのソファから毛布を片づけて、予備の寝室のベッドはシーツを剥がして整えなおした。あの人《ミスター》の寝室はもう掃除が終わり、ごみ箱には今日も使用済みのコンドームがなかったので、驚きと喜びを感じていた。けれど、もしかしたら別の方法で捨てているのかもしれない。

それについてはあまり考えないことにした。考えると落ちこむから。ウォークインクローゼットに入って、アイロンをかけた服をつるし、汚れた衣類を拾い集める。ほんの数日で、また散らかっていた。

あの人はいま、パソコンに向かって仕事をしている。なんの仕事かはわからないけれど。どうやって生計を立てているのか、いまだに見当もつかない。ふと、今朝最初に顔を合わせたときに彼が浮かべた笑顔を思い出した。あのまぶしい笑顔には伝染性がある。一人きりなのににこにこしながら、クローゼット内の床に積まれた衣類を眺めた。しゃがんでシャツを一枚手に取り、半分閉じたドアのほうをちらりと見る。だれもいないことを確認してから、シャツを顔に近づけて目を閉じ、香りを吸いこんだ。

なんていいにおい。

「そこにいたのか」あの人の声がした。

驚いたアレシアは慌てて立ちあがろうとしたが、勢いあまって後ろによろめいた。倒れると思ったとき、とっさに二つの力強い手が伸びてきて両腕をつかまえた。

「危ない」彼が言い、アレシアがバランスを取り戻すまでやさしく支えてくれる。体勢が落ちつくと、残念ながら手は離れたが、その感触は全身に響き渡っていた。「セーターを探しに来たんだ。今日は晴れているが、寒くてね。きみは寒くない？」彼が尋ねた。

アレシアはがくがくとうなずいて、呼吸を整えようとした。いま、この狭い空間に彼と二人きりでは、暑すぎるくらいだった。

彼が床の上の服の山を見おろして、顔をしかめた。「うん、ひどいな」恥ずかしそうな顔でつぶやく。「病的にだらしないんだ」

「びょう――？」

「びょう、てき」

「知らない単語です」

「そうか。ええと……ふつうでは考えられないほど、という意味だ」

「わかりました」アレシアは言い、自分も床の上の衣類を見おろしてうなずいた。「そうですね。病的です」ひょいと唇を歪めてみせると、彼は笑った。

「片づけるよ」彼が言う。

「いえ、そんな。わたしがやります」アレシアは追い払うように手を振った。

「きみはやらなくていい」

「仕事ですから」

その答えに彼はにやりとして、手を伸ばすと、棚の一つに置かれていた分厚いクリーム色のセーターをつかんだ。その拍子にたくましい腕が肩に触れたので、アレシアは凍りつき、心臓は猛スピードで駆けだした。

「すまない」彼が言い、やや落胆したような顔でクローゼットを出ていった。

ふたたび一人になると、アレシアは心の平静を取り戻そうとした。

あの人にどんな影響を及ぼされるか、気づかれていないわよね？

シャツの香りを嗅いでいるところを見つかってしまった。両手で顔を覆う。とんでもない間抜けだと思われたに違いない。羞恥心と自分への腹立ちを感じつつ、床に膝をついて服の山に向き合うと、洗わなくていい服はたたんで、汚れ物は洗濯かごに放りこんでいった。


手を出さずにはいられない。どうしても。

いいから放っておいてやれ。

それに、少し触れただけで凍りつかせてしまったじゃないか。おれは暗い気持ちですごすごとリビングルームに戻った。彼女は純粋におれのことが嫌いなのだ。

そんなのは初めてじゃないか？

おそらく。これまで女性相手に手こずったことはない。おれにとって女性は常に気軽な娯楽だった。多額の預金残高と、チェルシーにあるフラットと、整った顔と、貴族の血筋のおかげで、苦労したことはなかった。

一度たりとも。

それが今回は。

食事に誘ってはどうだろう？

なにしろ彼女はまともな食事をしたほうがよさそうに見える。

だがもし、ノーと言われたら？

そうしたら、せめて答えはわかるじゃないか。

リビングルームの、天井から床まで届く窓の前を行ったり来たりしていたおれは、足を止めてしばし平和塔を眺め、勇気を呼び覚まそうとした。

なぜこんなに難しい？　なぜ彼女なんだ？

たしかに美しいし、才能もある。

そしてこちらに関心がない。

もしかしたら、それだけのことなのかもしれない。

ノーと言った初めての女性。

だが実際にノーと言われてはいないし、チャンスをくれるかもしれない。

食事に誘え。

深く息を吸いこんで、ゆっくり廊下へ戻った。すると、洗濯かごを抱えた彼女が暗室の前に立ち、閉じたドアをじっと見つめていた。

「そこは暗室だ」言いながらそちらへ歩いていった。

きれいな茶色の目がおれの目を見あげた。きっと部屋のなかに興味があるのだろう。そういえば、ここは掃除しないようにとクリスティーナに言ったことがある。おれ自身、最後になかへ入ったのはずいぶん前だ。

「見せてもいい」いつものように彼女が後じさらなかったので、うれしくなった。「見たいか?」

アレシアがうなずいたので、おれは洗濯かごに手を伸ばした。指と指が触れたとたん、心臓が飛び跳ねる。「貸せ」ぶっきらぼうに言ってかごを受け取り、激しい鼓動を静めようとした。かごを背後の床に置いて、暗室の明かりをつけると、脇にさがってアレシアをなかへ通した。

アレシアを出迎えたのは小さな部屋だった。赤い照明がついていて、嗅いだことのない化学的なにおいと、長く使われていない空間特有のほこりっぽいにおいがする。黒いカウンターキャビネットが壁の一面を占め、その上には大きなプラスチック製のトレイがのせられている。キャビネットの上方には棚があり、瓶や紙の束や写真がひしめいていた。棚の下には物干し綱が一本渡されていて、洗濯ばさみがいくつかぶらさがっている。

「ただの暗室だ」彼が言ってスイッチを押すと、頭上の薄暗い明かりがついて、赤い光が消えた。

「写真、ですか？」アレシアは尋ねた。

彼がうなずく。「趣味でね。仕事にしようかと思ったときもあった」

「アパートメントにある写真は――あなたが撮ったんですか？」

「ああ。全部。いくつか仕事の依頼もあったが……」声が途切れた。

風景写真とヌード写真。

「父は写真家だった」彼はそう言って振り返り、カメラがいくつも収められているガラス製の棚のほうを向いた。扉を開けて、一つを取りだす。前面に〈ライカ〉という名称が記されているのが、アレシアにも見えた。

おれはカメラを目に当てて、レンズ越しにアレシアを見た。色濃い目、長いまつげ、高い頬骨、わずかに開いたふっくらした唇。下半身が固くなる。

「きれいだ」ささやくように言って、シャッターを押した。

アレシアは驚いたように口を開け、両手で頬を覆って首を振ったが、笑みは隠せなかった。おれはもう一枚、撮った。

「本当だよ。見てごらん」カメラの背面をアレシアのほうに差しだして、像を見せてやる。アレシアは細かに自分をとらえたデジタル画像をしばし見つめていたが、やがておれのほうを見あげた。とたんにおれは溺れた――色濃い瞳の魔法に。「やっぱり」つぶやくように言った。「はっとするほどきれいだ」手を伸ばしてアレシアのあごを傾け、少しずつ顔を近づけていった。少しずつ。もしそうしたいなら逃げられるように。ついに唇と唇が触れた瞬間、アレシアが息を呑んだので、おれは身を引いた。アレシアが目を見開いて、指先で自分の唇に触れる。

「いまのはおれの気持ちだ」ささやくように言った。心臓が激しく脈打つ。

おれをひっぱたくか？　ここから逃げだすか？

ところがアレシアはじっとこちらを見つめるだけだった。淡い光のなかに立つ姿は、この世のものとも思えない。彼女がおずおずと手を伸ばしてきて、指先でおれの唇をなぞった。おれは目を閉じて凍りつき、やさしく触れる指先の感覚が全身に広がっていくのを感じた。

息さえ止めていた。

アレシアを怖がらせたくなかったから。

羽のように軽く触れる指先を、いたるところで感じる。

そう、いたるところで。

自分を抑える前に、腕のなかに引き寄せて抱きしめていた。やわらかな体がぴったりと寄り添ってきて、ぬくもりが全身に染み渡る。

ああ、なんと気持ちいい。

スカーフの下に指を滑りこませてそっと頭から取り去ると、うなじの部分の三つ編みをつかまえて軽く引っ張り、上を向かせた。「アレシア」ささやくように名前を呼んで、もう一度キスをした。やさしく、ゆっくりと、怖がらせないように。アレシアは腕のなかでじっとしていたが、やがてそろそろと両手をあげておれの二の腕をつかみ、目を閉じて受け入れた。

おれがキスを深め、舌で唇を翻弄すると、アレシアは口を開いた。

ありがたい。

ぬくもりと優雅さと甘い誘惑の味がした。小さな舌はためらいがちで、おっかなびっくりだ。じつに魅惑的で、興奮させられる。

自分を抑えなくては。いまは彼女のなかにうずめたい一心だが、彼女がそれを許すとは思えない。身を引いて、唇越しに尋ねた。「おれの名前は?」

「ご主人《ミスター》さま」ささやき声で答えたアレシアの頬を、親指で撫でおろした。

「マキシムだ。言ってごらん」

「マキシム」かすれた声が応じた。

「いい子だ」彼女の訛りで名前を呼ばれるのは、なんとも耳に心地よかった。

ほら、それほど難しくなかっただろう?

そのとき突然、しつこく玄関をたたく大きな音が響いた。

いったいだれだ? どうやってエントランスを通り抜けた?

しぶしぶアレシアから離れた。「ここにいろ」警告をこめて人差し指を立てた。

「ドアを開けろ、ミスター・トレヴ……アン!」外から声がわめく。「入国管理局だ!」

「そんな」アレシアがささやき、のどに両手を当てた。目は恐怖で見開かれている。

「怖がらなくていい」

またドアを激しくたたく音。「ミスター・トレヴ……アン！」先ほどより大きな声だ。

「おれに任せろ」邪魔が入ったことに腹を立てつつ、アレシアを暗室に残して廊下に出た。

玄関ドアののぞき穴に目を当てると、外には二人の男がいた。一人は背が低く、もう一人は長身で、どちらも安っぽい灰色のスーツに黒のフードつきジャケットという出で立ちだ。役人には見えない。応じたものか無視したものかと一瞬迷ったが、二人がなぜここへ来たのか、アレシアに関係のあることなのか、たしかめなくてはならないと判断した。

そこで、頑丈なチェーンロックをかけてからドアを開けた。

男の一人が駆けこんでこようとしたが、こちらは体重をドアにかけていたし、チェーンも持ちこたえた。突進してきたのは背の低いほうだ。ずんぐりした体型にはげ頭で、全身の毛穴とずる賢そうな目から攻撃性を発散させている。「女はどこだ？」吠えるように言った。

おれは後じさった。

この下等動物はなんだ？

はげ頭の相棒が後ろにぬっと現れた。痩せ型で静かで、恐ろしげに見える。おれはうなじの毛が逆立つのを感じた。

「身分証は？」負けじと恐ろしげな声で要求した。

「ドアを開けろ。入国管理局の者だ。違法な政治亡命希望者がここへ逃げこんだことはわかってる」背の低いほうが怒りに鼻の穴をふくらませて言った。東欧訛りが顕著だ。

「ここを調べるには令状が必要だ。見せろ」長い特権生活と、イギリス屈指のパブリックスクールの一つで過ごした数年間のたまものによる、堂々たる声で言った。

長身のほうが一瞬ためらったのを見て、怪しく思った。

いったい何者だ?

「令状を見せろと言っている」威圧的な声でおれはたたみかけた。

はげ頭が不安そうにちらりと相棒を見る。

「女はどこだ?」痩せ型の長身が尋ねた。

「ここにはおれしかいない。だれを探している?」

「女――」

「それはみんなだろう?」おれは嘲るように言った。「さあ、一度撤退して令状を持って戻ってくるか、さもないとこっちが警察を呼ぶかだ」尻ポケットから携帯電話を取りだして、二人に掲げて見せる。「だがはっきり言っておく。ここに女性はいないし、違法な移民などもってのほかだ」なめらかに嘘をついた。これもまた、イギリス屈指のパブリックスクールの一つで過ごした数年間によって得られた技術だ。「警察を呼ぼうか?」

二人組が一歩さがった。

そのとき、となりのフラットの玄関ドアが開き、隣人のミセス・ベクストロムがよく吠える愛玩犬ヘラクレスを連れて出てきた。

「ごきげんよう、マキシム」こちらに声をかける。

このタイミングで現れたミセス・ベクストロムに、幸あれ。

「いいだろう、ミスター・トレヴ……トレヴ」おれの名前が発音できないらしい。

だがしかし、おまえが呼ぶなら〝ロード・トレヴェシック〟だよ！

「令状を持って戻ってくる」長身がきびすを返し、相棒に頭で合図をすると、二人はミセス・ベクストロムのそばをすり抜けて階段のほうへ歩きだした。ミセス・ベクストロムは二人をにらみつけてから、おれにほほえみかけた。

「ごきげんよう、ミセス・B」おれは言って手を振り、ドアを閉じた。

連中はどうやってアレシアがここにいることを知った？ なぜ彼女を追っている？ 彼女はなにをした？ 入国管理局などない。あるのは国境部隊《ボーダーフォース》で、何年か前からそうだ。深く息を吸いこんで不安を静めようとし、暗室へ戻った。きっとアレシアが隅で震えているに違いない。

アレシアはそこにいなかった。

キッチンにもいなかった。

心配が大きな動揺に変わり、おれは彼女の名前を呼びながらフラット中を駆けまわった。どの寝室にも、リビングルームにもいない。最後に洗濯室をのぞくと、非常階段へ続くドアが少し開いていて、いつものパーカーとブーツが消えていた。

アレシアは逃げたのだ。

第9章

アレシアは非常階段を飛ぶようにおりていった。心臓は早鐘を打ち、アドレナリンと恐怖が背中を押す。地上にたどり着くと、横手の路地に入った。ここなら安全なはずだ。建物の裏の、通りへつながる門には内側から鍵がかかっている。けれど念のため、大型ごみ容器二つのあいだにうずくまった。ミスター・マキシムと同じブロックに住む人たちが、ごみを捨てる場所だ。レンガの壁に寄りかかり、肺に酸素を吸いこんで、呼吸を整えようとした。

どうしてここがわかったの？

ダンテの声だとすぐに気づき、と同時に抑えつけてきた記憶がすさまじい勢いでよみがえってきた。

暗闇。

におい。

恐怖。

寒さ。

ああ、あのにおい。

目に涙がこみあげて、まばたきでこらえようとした。どうしよう、あの人《ミスター》のところへ連れてきてしまった！　彼らがどれほど冷酷で、どこまでやれるかを知っている。嗚咽が漏れて、こぶしを口に押し当てると、冷たい地面にうずくまった。

あの人が怪我をしたかもしれない。

それだけはいや。

確認しなくては。彼が怪我をしていたら、このまま逃げるわけにはいかない。

考えるのよ、アレシア。考えるの。

ここにいるのを知っているのはマグダだけ。

ああ、マグダ！

もしや彼らはマグダとミハウも見つけてしまった？

いったいどんな仕打ちをしたの？

マグダ。

ミハウ。

ミスター……マキシム。

動揺でのどが狭まり、浅く短い呼吸しかできなくなる。このまま気を失うかと思ったが、そのとき不意に胃が暴れて苦いものがこみあげ、気がついたときには腰を折って地面に朝食を戻していた。両手をレンガの壁につき、胃が空になるまで戻しつづける。そのせいで体のほうは消耗したが、心は少し落ちついた。手の甲で口を拭い、軽いめまいを感じつつ体を起こしてから、だれかに気づかれなかっただろうかと路地をのぞく。依然としてだれもいない。

ああ、よかった。

考えて、アレシア。考えて!

最初にやるべきは、彼の無事を確認することだ。深く息を吸いこんで、ごみ容器のあいだから出ると、非常階段を戻りはじめた。自衛本能から、慎重に進む。なにごともなかったことをたしかめなくてはならないが、彼らに見つかるわけにもいかない。目指すのは六階で、五階まで来たときには息が切れていた。次の階段は少しずつのぼり、金属製の手すりの隙間からそっと最上階の部屋をのぞいた。洗濯室のドアは閉じているが、リビングルームのなかは見える。最初は人の気配がなかったものの、急にあの人が駆けこんできて、机からなにかをつかみとるなり、また駆けだしていった。

アレシアは金属製の手すりにへなへなと寄りかかった。彼は無事だった。

神さま、感謝します。

知りたかったことが確認できて良心の咎めが薄れたいま、ふらつく脚でまた非常階段をおりていった。次はマグダとミハウの無事を確認しなくては。

ふたたび地上にたどり着いて先ほどの路地に入ると、ブーツに履き替えて、建物の裏口にある門に向かった。ここから出られるのは裏通りで、チェルシー・エンバンクメントではない。一瞬、足を止めた。もしもダンテとイーリィが待ち構えていたら? だけど、いるとしたら表側のはず……でしょう? 駆ける鼓動を聞きながら門を開けて裏通りをのぞいたが、動くものといえば、通りの端へ疾走していく濃い緑色のスポーツカーだけだった。ダンテもその相棒のイーリィもいない。袋から毛糸の帽子を取りだして深くかぶり、髪をなかに押しこむと、バス停のほうへ歩きだした。

走りたい衝動をこらえて、きびきびと歩く。余計な注目を集めてはならない。下を向いて両手をポケットに突っこみ、一歩ごとにマグダとミハウの無事を祖母の霊に祈った。母国語と英語で、何度も。

ルアーイ、ゾート。

ルアーイ、ゾート。

二人を守って、神さま。

おれは玄関ホールに立ち尽くした。恐怖で胸がいっぱいで、耳の奥では血流がどくどくと鳴っている。

アレシアはどこへ行った？

いったいなにに関わっている？

おれはどうしたらいい？

彼女はあんな連中に一人で立ち向かう気か？

なんとしても見つけなくては。

行くとしたら、どこだ？

家。

ブレントフォード。

よし。

廊下を走ってリビングルームに向かい、机から車のキーをつかみとると、玄関に駆け戻った。途中で一瞬足を止めて、コートを取る。

吐き気がした。胃が渦を巻いている。

あの連中が〝入国管理局〟の人間であるはずがない。

地下の車庫まで来ると、車のリモートキーを押した。ディスカバリーが反応すると思っていたが、音をたてて目覚めたのはジャガーだった。

くそっ。急いでいたせいで違うキーを持ってきてしまった。

正しいキーを取りに上へ戻っている時間はない。ジャガーFタイプに乗りこんでイグニッションを押した。エンジンがうなりをあげて目覚めたので、駐車スペースから滑りだす。徐々に開いていく車庫の扉をくぐって左折し、通りへ出ると、道路の端まで猛スピードで走ってまた左折し、チェルシー・エンバンクメントに出た。だが順調に進めたのもそこまでだった。金曜の午後でそろそろラッシュアワーが始まるため、車の流れは遅かった。渋滞のせいで不安がかきたてられ、苛立ちが募る。二人組とのやりとりを何度も思い返し、アレシアになにがあったのかを知る手がかりを探した。東欧訛り。荒っぽい風体。逃げだしたアレシア——二人組を知っているのか、それとも本当に〝入国管理局〟から来たと思ったのか。後者であれば、法を犯してイギリスに入国したことになる。驚きはしない。ロンドンでなにをしているのかという話題になると、アレシアはいつも急に会話をやめた。

ああ、アレシア。いったいなにに関わっている？

いま、どこにいる？

ブレントフォードに戻っているといいのだが。いま目指しているのはそこだから。

列車の座席に腰かけて、アレシアは首にかけた金の十字架をそわそわといじくっていた。大好きな祖母のもので、唯一の形見だ。この宝物は、緊張したときに安らぎを与えてくれる。両親は信心深くないものの、祖母は……。いま、アレシアはその十字架をいじくりながら、祈るようにくり返していた。

どうか二人を守って。

どうか二人を守って。

不安に押しつぶされそうだ。ついに見つかってしまった。どうして？　どうやってマグダのことを知ったの？　マグダとミハウの無事をたしかめなくては。いつもなら楽しい列車の旅も、今日はやけに進むのが遅く感じられた。列車がパトニーに到着したということは、ブレントフォードまであと二十分かかる。

お願いだから、急いで。

ふたたびミスター・マキシムのことが頭に浮かんだ。少なくとも彼は無事だ。いまのところは。

心臓がドキンと跳ねた。

マキシム。

彼にキスされた。

二度。

二度！

すてきな言葉をかけてくれた。わたしについて、すてきな言葉を。

〝きれいだ〟

〝はっとするほどきれいだ〟

そしてキスをした。

〝いまのはおれの気持ちだ〟

こんな状況でさえなければ、有頂天になっていただろう。指先で唇に触れる。ほろ苦いひとときだった。ついに夢が叶ったのに、ダンテに打ち砕かれた――また。

あの人と関わってはいけないのだ。〝あの人〟ではなく、ミスター・マキシムと。そう、彼の名前はマキシム。

彼の家にとんでもない危険をもたらしてしまった。どうにかして守らなくては。

たいへん《ゾート》！　わたしの仕事。

働き口を失ってしまう。面倒に巻きこまれたり、ダンテのような悪党に脅されたりすることを望む人などいない。

どうしたらいいの？

マグダの家に帰るときは用心に用心を重ねよう。あそこにいるのをダンテに見つかってはならない。

絶対に。

自分の身も守らなくては。

恐怖に首を絞められて、身震いが起きた。自分を抱くようにして、苦悩を静めようとする。淡い希望も夢も消えてしまった。めずらしく自分を哀れんで、体を前後に揺らし、多少なりとも安らぎを見つけて恐怖をやわらげようとした。

どうしてこの列車はこんなに遅いの？

バーンズ駅に到着して、ドアが開く。

「お願いだから、急いで」アレシアはささやき、指はまた金の十字架をいじりはじめた。


幹線道路Ａ４に猛スピードで車を走らせた。ほかの車を巧みによけながら、思いはアレシアから二人組の男へ、さらにキットへと飛ぶ。

なあキット、兄貴ならどうする？

キットなら答えを知っていただろう。兄はいつでも答えを知っていた。

クリスマス休暇を思い出す。キットは元気はつらつとしていた。メアリアンとおれは、ハバナでのジャズフェスティバルを見に行っているキットとキャロラインに合流した。数日後、全員でセント・ビンセント島へ飛び、船でベキア島に移動して、プライベートヴィラでクリスマスを過ごした。メアリアンはそこからカナダのウィスラーへ飛んで、友人たちと一緒にスキーと大晦日を楽しみ、キャロラインとキットとおれはイギリスに帰って大晦日《ホグマネイ》を迎えた。

すばらしい一週間だった。

そして迎えた新しい年の二日目、キットは死んだ。

あるいは自殺した。

そう、その考えは何度も頭をよぎる。

声に出せない疑念。

キットの馬鹿野郎。

Ａ４から高速道路Ｍ４に入ってしばらくすると、ブレントフォードの景観を占める高層ビル群が見えてきたので、ウインカーを出した。幹線道路から折れて、時速五十マイルでランプに入る。スピードを落としたものの、幸い合流点の信号は青だったので、スムーズに信号機の下を通過した。週の初めにアレシアを家まで送っていてよかった。場所は覚えている。

六分後、アレシアの家の前で車を停めて外に飛びだし、短い小道を走った。芝生にはまだあちこちに雪が残り、哀れな雪だるまの残骸が立っている。玄関のチャイムを押すと、家のなかのどこかで音が鳴ったが、だれも出てこない。家は空っぽだ。

そんな。彼女はどこにいる？

そのときはたと思い至った。どこにいるかは決まっている！

そうとも、ここまで列車で帰ってくるのだから。

チャーチウォークの角を曲がったとき、駅の表示を見た気がする。急いで小道を駆け戻り、右折して通りに出た。駅は二百メートルほど先の左手にあった。

近くて助かった。

駅の階段を駆けおりると、向こう側のホームに列車が止まっているのが見えたが、あれはロンドン行きだ。足を止めて見まわすと、この駅にはホームが二つしかなく、いま立っているのはロンドンから来る列車が停まる側だとわかった。となれば、あとは待つのみ。頭上の電光表示によれば、次の列車が到着するのは十五時七分。腕時計を見ると、いまは十五時三分だ。

駅の屋根を支える白い鉄柱の一本に寄りかかり、待った。ほかにも数人、列車を待つ者がいる。ほとんどはおれと同様、悪天候を避けて屋根の下にいた。凍てつくような風が、捨てられたスナック菓子の袋をホームの端に吹き寄せ、線路の向こうへ飛ばす。だがそれを眺めていられるのもつかの間だ。数秒おきに空っぽの線路を見ては、ロンドンからの列車が現れるよう祈る。

早く、早く。早く来い。

ついに列車が角を曲がって現れたが、その進みは腹が立つほど遅く、ようやくホームに入ってきて停まった。おれは鉄柱から離れ、不安で胃が渦を巻くのを感じながら、列車のドアが開いておりてくる数人を凝視した。

全部で十二人。

アレシアはいない。

嘘だろう。

列車が駅を出ていくと、おれはふたたび電光表示を確認した。次の列車は十五分後。

そう先ではない。

だが永遠に思える。

急いでフラットを出てきたが、コートを忘れなかったのは運がよかった。両手に息を吐きかけて足踏みをし、コートの襟を引き寄せて、暖を取ろうとする。両手をポケットに突っこみ、ホームを行ったり来たりして待つ。

携帯電話が鳴ったときは、ありえないとわかっているのに、アレシアからかと思った。だがもちろん、彼女は番号を知らない。かけてきたのはキャロラインだったが、いまは応じていられないので、無視して待ちつづけた。

とてつもなく長い十五分が過ぎて、十五時二十二分、ロンドンウォータールー駅からの列車が角を曲がって見えてきた。列車は駅に近づくにつれて速度を落とし、歯がゆい一分間が経過した後、ホームの前で停まった。

時間が止まる。

列車のドアが開いて、真っ先にアレシアがおりてきた。

ああ、よかった。

安堵で地面に膝をつきそうになったものの、彼女の姿を目にしただけで、心は落ちついた。

彼の姿を目にしたとき、アレシアは仰天して凍りついた。列車をおりたほかの乗客がそばを通りすぎていくなか、二人はただ見つめ合う。列車のドアがシューッと閉じて、ゆっくりと駅を出ていくと、二人だけが残された。

「やあ」彼が沈黙を破り、近づいてきた。「さよならも言わずにいなくなったから」

アレシアの表情は曇り、目には涙がこみあげて、頬を伝った。

アレシアの悲痛な様子に、おれの心は引き裂かれた。

「おいで」ささやくように言って腕を広げると、アレシアは両手で顔を覆って泣きだした。途方に暮れたおれは腕のなかに彼女を包んで抱きしめた。「大丈夫だ。おれがついている」緑色の毛糸の帽子に顔を押し当ててささやく。アレシアが鼻をすすったので、かわいいあごをすくって、ひたいにそっとキスをした。「本当だ。おれがついているから」

アレシアが目を見開いて、身を引いた。「マグダは？」警戒した声で言う。

「行こう」彼女の手をつかみ、一緒に金属製の階段を駆けあがって道路に出た。手のなかの手は冷たく、どこか安全なところへ連れていきたい一心だったが、まずは状況を把握しなくてはならない。アレシアがどんなトラブルに巻きこまれているのかを。心を開いて打ち明けてくれることを祈るしかなかった。

無言のまま、足早に通りを渡って、チャーチウォーク43番地に戻ってきた。玄関の前でアレシアがポケットから鍵を取りだし、錠を開けて、一緒になかへ入る。

玄関ホールは狭く、隅に置かれたダンボール箱二つのせいでさらに窮屈だ。アレシアが帽子とパーカーを脱いだので、受け取って壁のフックの一つにかけてやった。

「マグダ！」アレシアが階段のほうに呼びかけるそばで、おれはコートを脱いで彼女のパーカーのとなりにかけた。呼びかけに返事はない。やはりだれもいないのだ。歩きだしたアレシアに続くと、そこは小さなキッチンだった。

なんて狭い家だ！

時代遅れだが清潔で片づいている一九八〇年代風のキッチンの入り口に立ち、アレシアがやかんに水を入れるのを見つめた。このあいだと同じ、タイトジーンズに緑色のセーターという姿だ。

「コーヒーを飲みますか？」アレシアが尋ねた。

「もらおう」

「ミルクとお砂糖は？」

おれは首を振った。「いや、いらない」インスタントコーヒーは大嫌いで、ブラックならなんとか飲めるのだが、いまはそれを告げるときではなかった。

「座ってください」アレシアが言い、小さな白いテーブルを指差した。おれは言われたとおりにして待ちながら、飲み物を用意する彼女を眺めた。急《せ》かすつもりはなかった。

アレシアは、自分には紅茶を用意した。濃いめに淹れて、砂糖とミルクを足す。それから〈ブレントフォードＦＣ〉の文字とチームロゴの入ったマグをおれに差しだした。向かいの椅子に腰かけて、自分のマグのなかを見おろす。そちらのカップには〈アーセナル〉のエンブレムが刻印されている。二人のあいだに気まずい沈黙が流れた。

ついに耐えられなくなって、おれは口を開いた。「どういうことなのか、話してくれるのか？それともこちらで考えなくてはいけない？」

アレシアは黙ったまま、上唇を噛んでいた。ふつうの状況下ならまた興奮させられていただろうが、彼女がこれほどうろたえているいまは、それどころではなかった。

「おれを見ろ」

ようやく大きな茶色の目がおれの目を見た。

「話してくれ。力になりたい」

アレシアの目がおそらくは恐怖で見開かれ、彼女は激しく首を振った。

ため息が出た。「わかった。じゃあ二十の質問ゲームをしよう」

アレシアが困惑した顔になった。

「どの質問にもイエスかノーで答えるんだ」

ますます困った顔になって、アレシアは首からさげた小さな金の十字架を握りしめた。

「きみは違法な政治亡命希望者なのか?」

アレシアはじっとおれを見つめ、やがて小さく首を振った。

「そうか。じゃあ次。きみは合法的にイギリスへ来た?」

アレシアが青ざめたので、答えはわかった。「合法的にではない、か」

一瞬の間が空いて、アレシアがうなずいた。

「しゃべれなくなったのか?」声にこめたかすかなユーモアを感じ取ってくれるよう祈りつつ、尋ねた。

アレシアの表情がわずかに明るくなり、かすかな笑みが浮かんだ。「いいえ」そう言うと、青ざめていた顔に多少なりとも色が戻った。

「よかった」

アレシアは一口紅茶を飲んだ。

「話してくれ。頼む」

「警察に言いますか?」アレシアが尋ねた。

「いや、まさか。心配していたのはそのこと?」

アレシアがうなずいた。

「警察には言わない。約束する」

アレシアはテーブルに両肘をついて両手を組み、その上にあごをのせた。相反するさまざまな感情が顔をよぎり、静寂が広がってキッチンを満たす。おれは黙ったまま、話してくれと無言で訴えつづけた。ついにおれの目を見た茶色の目は、決意に満ちていた。アレシアが背筋を伸ばし、両手を膝に置いた。「あなたのアパートメントに来た男は、ダンテという名前です」苦しげなささやき声で言う。「わたしと、ほかにも女性を何人か、アルバニアからイングランドへ連れてきました」言葉を切り、紅茶の入ったマグを見おろす。

背筋から頭皮まで震えが駆けあがり、不快感で胃が沈んだ。これからなにが語られるのか、わかった気がした。

「仕事をするために行くんだと思ってました。もっといい生活のために。クカスでの生活は、女性にとっては楽じゃないんです。わたしたちをここへ連れてきた男たちは……。わたしたちは騙《だま》されて――」やわらかな声が途切れた。苦いものがのどにこみあげ、おれは嫌悪感に目を閉じた。考えうるかぎり、最悪だ。

「人身売買か？」ささやくように尋ね、反応を見守った。

アレシアは一度うなずいて、固く目を閉じた。「体のために、買われたんです」ほとんど聞こえないくらいの声だったが、そこにひそむ羞恥心と恐怖は聞き取れた。

これまでに感じたことのない激しい怒りが胸のなかで燃えあがった。おれは両手をこぶしに握りしめ、怒りを抑えようとした。

アレシアは青ざめている。

いろいろなことが腑《ふ》に落ちた。

口が重いこと。

怯えがちなこと。

おれを怖がっていたこと。

男を。

そういうことだったのか。

「どうやって逃げてきた？」どうにか落ちついた声で尋ねた。

そのとき、玄関の鍵ががちゃがちゃいう音がして、二人ともはっとした。警戒した顔でアレシアが椅子を立ち、おれは立ちあがった勢いで椅子を床に倒した。

「ここにいろ」うなるように言ってキッチンのドアを引き開けた。

玄関ホールには四十代と思しき金髪の女性がいた。おれを見て、驚きに息を呑む。

「マグダ！」アレシアが叫んだ。おれのそばをすり抜けて女性に駆け寄り、抱きしめる。

「アレシア！」マグダと呼ばれた女性が言い、アレシアを抱きしめ返した。「帰ってきたのね。てっきり……わたし……ごめんなさい。本当にごめんなさい」苦悩の声で言いながら、さめざめと泣きだす。「またここへ来たの。例の男たちが」

アレシアがマグダの肩をつかんだ。「話して。なにがあったのか」

「その人は？」マグダが疑わしげに、涙に濡れた顔をおれに向けた。

「こちらは……ミスター・マキシムよ。この方のアパートメントを掃除してるの」

「あいつら、その人のアパートメントにまで押しかけたの？」

「ええ」

マグダはごくりとつばを飲み、両手を口元に押し当てた。「ああ、ごめんなさい」細い声で言う。

「マグダにも紅茶を淹れてあげたらどうかな。そのあと、なにがあったのかゆっくり聞こう」おれはそっと言った。


三人でテーブルに着き、マグダはおれの知らない銘柄の煙草を吹かした。一本どうかと勧められたが断った。最後に煙草を吸ったときは、そこから連続的にいろいろなことが起きて、最終的に退学処分を受けた。当時のおれは十三歳で、イートン校の敷地内に地元の女の子といた。

「あの連中、入国管理局の人間じゃないと思うの。ミハウとあなたの写真を持ってた」マグダがアレシアに言う。

「写真？ どういうことだ？」おれは尋ねた。

「フェイスブックで見つけたらしいの」

「そんな！」アレシアは言い、恐怖に手で口を覆った。おれのほうを向いて言う。「ミハウはわたしと一緒にセルフィーを撮ったんです」

「自撮り写真を？」おれはくり返した。

「ええ。フェイスブック用に」そう言って顔をしかめた。おれは愉快に思ったが、顔には出さなかった。

マグダが続ける。「ミハウがどこの学校に通ってるか、知ってると言ってたわ。実際、あの子のことならなんでも知ってた。個人的なことだろうと、なんでもフェイスブックに書きこんじゃうから」長々と煙草を吸ったが、その手はかすかに震えていた。

「ミハウを傷つけると言って脅したの?」アレシアの顔が青ざめる。

マグダはうなずいた。「どうしようもなかった。怖くて怖くて。ごめんなさい」聞こえないくらい小さな声だった。「あなたに連絡をとる方法はなかった。仕方なく、あなたが働いてる場所の住所を男たちに教えてしまった」

なるほど、そういうことか。

「ねえアレシア、あんな連中があなたになんの用があるっていうの?」マグダが問う。

アレシアが一瞬、助けを求めるような目でおれを見た。つまりマグダは、アレシアがどうやってロンドンにたどり着いたかを完全には知らないのだろう。おれは髪をかきあげた。

さて、どうする? 予想外の事態だが……。

「警察に通報は?」おれは尋ねた。

マグダとアレシアが同時に答えた。「警察はだめ」きっぱりした口調で。

「本気か?」アレシアの反応は理解できるが、マグダは。おそらく彼女も違法に滞在しているのだろう。

「警察はだめ」マグダがくり返し、ばしんとテーブルをたたいたので、アレシアもおれもたじろいだ。

「わかった」おれは言い、なだめるように片手をあげた。警察を信用しない人に出会ったのは初めてだ。

とはいえこれ以上、アレシアがブレントフォードにいられないのは明らかだし、マグダとその息子も同様だ。フラットに押しかけてきた二人組は、荒っぽさをむきだしにしていた。「ここに住んでいるのは三人だけか？」おれは尋ねた。

二人とも、うなずく。

「息子さんは、いまどこに？」

「友達の家。あの子なら安全よ。家に帰る前に電話で確認したわ」

「アレシアがここにいるのは安全じゃないと思う。その点で言えば、マグダ、あなたも。あの連中は危険だ」

アレシアがうなずき、ささやくように言った。「とても危険よ」

マグダの顔が蒼白になった。「だけど仕事は？　息子の学校は？　それに、わたしたちはあと二週間で――」

「マグダ、だめ！」アレシアが黙らせようとした。

「――カナダへ行くのよ」アレシアの制止を無視してマグダは言い終えた。

「カナダ？」おれはちらりとアレシアを見てから、視線をマグダに戻した。

「そうよ。ミハウと二人で移住するの。再婚するのよ。婚約者がトロントで働いていてね」つかの間、マグダの顔に幸せそうな笑みが浮かんだ。おれはおめでとうを言い、ふたたび視線をアレシアに向けた。

「きみはどうするんだ？」

アレシアは問題ないと言いたげに肩をすくめた。「別の部屋を探します。たいへん《ゾート》！　今夜、その部屋を見せてもらう約束だった」キッチンの時計を見あげる。「行かなくちゃ！」慌てて立ちあがった。

「いい考えとは思えない」おれは口を開いた。「それに率直な話、いまのきみがいちばん心配するべきことはそれじゃないだろう」違法にこの国に滞在しているのなら、どうやって住む場所を見つけるというのだ？

アレシアがまた椅子に腰をおろした。

「連中がいつ戻ってくるかわからない。きみが通りを歩いているところをさらわれる可能性もある」身震いが起きた。アレシアは狙われている。邪悪なやつらに。

おれになにができる？

考えろ、考えろ。

チェイニーウォークのトレヴェリアンハウスに全員を隠すこともできるが、キャロラインに詮索されるだろうし、それは望まない。ややこしくなりすぎる。アレシアをフラットへ連れて帰るか――しかしあそこはすでに知られている。別の場所？　メアリアンの家？　だめだ。それならコーンウォールへ連れていくというのはどうだ？　あそこならだれにも見つからない。

そうして選択肢を吟味しているうちに、目が届かない場所へアレシアを行かせたくないと思っている自分に気づいた。

この先もずっと。

我ながら驚いた。

「おれと一緒に来てほしい」アレシアに言った。

「ええ？」アレシアが目を丸くする。「でも――」

「住む場所ならおれが見つける。その点については心配ない」なにしろ土地なら山ほど所有している。「ここにいては危険だ。一緒に来い」

「そんな――」

口ごもるアレシアをひとまず置いて、おれはマグダのほうを向いた。「マグダ、警察に関わりたくないと言うのなら、考えうるかぎり、あなたには三つの選択肢がある。当面、このあたりのホテルに部屋をとるか、ロンドンに泊まることにするか。あるいは、ここに残ることにして、あなたと息子さんのためにおれがボディガードを手配するか」

「ホテルに泊まるお金なんてないわ」マグダは啞然としておれを見つめ、消え入りそうな声で言った。

「お金のことは心配いらない」おれは返した。

頭のなかで計算する。全体を考えればささやかな出費だし、なによりアレシアの安全を確保できる。

むしろ、理にかなった出費だ。

それに、トムなら割引してくれるかもしれない。なんといっても親友だ。

マグダが真剣な目でおれを観察し、戸惑った声で尋ねた。「どうしてそこまでしてくれるの？」

おれは咳払いをして、自分でもなぜだろうと思った。

これが正しいことだから？

いや、それほど利他的な人間ではない。

アレシアと二人きりになりたいから？　そう、それが本当の理由だ。だが彼女が経験してきたことを考えると、おれと二人きりにはなりたくないかもしれない。ありえる話だ。

悩ましくなって、片手で髪をかきあげた。自分の動機についてはあまり検証したくない。「それは、アレシアが貴重な人材だからだ」どうにか答えた。

いいぞ、これなら説得力がある。

マグダは疑いの目でおれを見ていた。

「一緒に来るか？」それを無視して、アレシアに尋ねた。「おれといれば安全だ」


アレシアは圧倒されていた。彼の目は嘘偽りなく見えるし、解決法を差しだしてくれている。この男性のことはほとんど知らないけれど、わざわざチェルシーから無事をたしかめに来てくれた。駅で待っていてくれた。泣くあいだ、抱いていてくれた。これまでそんなことをしてくれた人は祖母と母だけだし、イングランドに来て以来、これほど親切にしてくれた人はマグダしかいない。寛大な申し出。寛大すぎる。ダンテとイーリィはアレシア自身の問題で、この人には関係ないのに。こんな厄介事に巻きこみたくなかった。むしろ遠ざけて守りたかった。それでも、わたしは違法にイングランドに滞在している。パスポートさえない。ダンテがほかの荷物と一緒に持っていってしまったから、こうして行き詰まっている。

マグダもじきにここを去り、トロントへ行ってしまう。

ミスター・マキシムは返事を待っている。

助けと引き換えに、なにを求められるのだろう？

この男性について、ほぼなにも知らない。職業さえわからない。知っていることといえば、彼の送っている人生がアレシアのそれとは大違いということだけ。

「きみの安全を確保することだけが目的だ。紐つきじゃない」

紐つき？

「きみにはなにも求めない」まるでアレシアの思考を読んだかのごとく、わかりやすく言い換えた。

〝紐つきじゃない〟

この男性のことは好きだ。好き以上だ。ほんの少し、恋している――もちろん単なる憧れにすぎないけれど。そして、どうやってイングランドに来たかを打ち明けた相手はこの人だけ。

「アレシア、答えてくれ」彼が言う。その表情は不安そうで、見開いた目は誠実そのものに思えた。全身から心配がにじみだしている。信用していいの？

男性すべてが怪物ではないはず、でしょう？

「はい」気が変わる前に、小さな声で答えた。

「よし」ほっとした声で彼が言う。

「なんですって？」マグダが驚いた顔でアレシアを見た。「この人のことをよく知ってるの？」

「おれといれば、アレシアは安全だ」彼がマグダに言う。「きちんと面倒を見る」

「わたしは行きたいの、マグダ」アレシアは小声で言った。自分さえいなくなれば、マグダとミハウは安全だ。

マグダがもう一本、煙草に火をつけた。

「あなたはどうしたい？」ミスター・マキシムが、困惑顔でアレシアと彼を見比べているマグダに尋ねた。

「あの連中がなにしに来たのか、まだ話してもらってないわ、アレシア」マグダが言った。イングランドに来た経緯を、マグダには曖昧にしか語っていない。そうするしかなかったからだ。母とマグダは親友だから、実際に起きてしまったことを、マグダが母に知らせるのを避けたかった。真実を知れば、母はきっと打ちのめされてしまう。

アレシアは首を振り、すがるように言った。「話せないの。ごめんなさい」

マグダは煙を吐きだした。「お母さんには？」尋ねて、長々と煙草を吸う。

「知らせるわけにはいかない」

「どうかしら」

「お願いよ」アレシアは必死に言った。

マグダはあきらめのため息をつき、マキシムのほうを向いた。「わたしはこの家を離れたくない」

「わかった。じゃあボディガードを手配しよう」立ちあがった彼は、長身でたくましく、信じがたいほどハンサムだった。ジーンズのポケットから携帯電話を取りだす。「何本か電話をかけてくる」そう言ってテーブルを離れ、キッチンを出ていった。背中を見つめる二人の前で、キッチンのドアが閉じた。

傷病兵として免役されたとき、トム・アレクサンダーはロンドン中心部を拠点にした警備保障会社を設立した。顧客は身元のはっきりした富裕層だ。そこにいま、おれが加わった。

「トレヴェリアン、いったいなにに首を突っこんだ?」

「さあな、トム。おれに言えるのは、ブレントフォード在住の女性とその息子に毎日二十四時間、護衛をつけてほしいということだけだ」

「ブレントフォード?　今晩から?」

「ああ」

「おれが力になってやれるとは、おまえも運がいいな」

「わかってる、わかってるよ、トム」

「うちで最高の一人を連れていく。ディーン・ハミルトン、会ったことがあるはずだ。おれと一緒にアフガニスタンで従軍した」

「ハミルトンか。覚えてる」

「一時間後に会おう」


玄関ホールに立つアレシアは、マグダの息子のパーカーをはおって、手にはビニール袋二つをさげていた。

「それで全部か?」思わず声に当惑が出てしまった。

まさかこれが全財産だとは、信じられない。

アレシアは青くなり、目を伏せた。

おれは顔をしかめた。

本当に、これで全部なのだ。

「よし」おれは気持ちを切り替えるように言った。「荷物はおれが持つ。さあ行こう」アレシアは袋を二つとも差しだしたが、まだおれの目を見ようとしなかった。荷物の軽さに、おれは驚いた。

「どこへ行くの？」マグダが尋ねた。

「西のほうにちょっとした家を持っている。しばらくそこで過ごして、これからどうするかを考える」

「アレシアにはまた会える？」

「おそらく」だがあの連中が野放しのあいだは、断じてここへは帰らせない。

マグダはアレシアのほうを向き、ささやくように言った。「さよなら、かわいい子」

アレシアはマグダに抱きついた。「どうもありがとう」涙が頰を伝う。「わたしを助けてくれて」

「なに言ってるの」マグダがあやすように言う。「あなたのお母さんのためなら、わたしはなんだってする。知ってるでしょう」抱きしめていた腕をほどき、アレシアの肩をつかんで、腕を伸ばした長さまで体を離す。「あなたは本当に強くて勇敢な娘よ。お母さんもきっと誇りに思うわ」アレシアの頰に手を添えて、ひたいにキスをした。

「ミハウにさよならと伝えて」アレシアの声は切なげでやさしく、悲しみに満ちていて、おれの胸は締めつけられた。

おれは正しいことをしているのか？

「あの子もわたしも寂しくなるわ。いつかカナダに来て、わたしの大事な人に会ってくれる？」

アレシアはうなずいたが、胸が詰まってなにも言葉を返せないまま、涙を拭いながら玄関を出た。おれは彼女の全財産をさげて、そのあとに続いた。

小道に出ると、ディーン・ハミルトンが通りを監視していた。長身で肩幅が広く、黒髪を短く刈っており、その肉体からは洗練された灰色のスーツでも隠しきれない危険さがにじみだしている。トムと同じく元軍人で、それは姿勢に表れていた。夜が明けたらもう一人のボディガードが来て、交代することになっている。マグダとミハウがカナダに旅立つまで、トムの会社の人間が二十四時間体制で守ってくれる手はずだ。

おれは足を止めて、ハミルトンと握手をした。

「任せてください、ロード・トレヴェシック」なにも見逃さないハミルトンの黒い目が、街灯の光を受けてきらめいた。

「ありがとう」おれは言った。肩書で呼ばれると、いまだに面食らってしまう。「おれの電話番号は知ってるな。なにかあったらいつでも連絡してくれ」

「わかりました」ハミルトンが優雅にお辞儀をし、おれはアレシアを追いかけた。華奢な肩に腕を回すと、アレシアは顔を背けた。まだ泣いていたのを隠すためだろう。

おれは正しいことをしているのか？

玄関の外の階段に立つマグダに大きく手を振り、ハミルトンにも手を振ってから、アレシアをジャガーFタイプまで案内した。ロックを開けて、助手席のドアを開けてやる。アレシアは緊張の面持ちで躊躇《ちゅうちょ》した。おれは手を伸ばし、甲で彼女のあごを撫でた。「おれがついている」やさしい声で、安心させるように言った。「怖くない」

突然、アレシアが首に飛びついてきて、ぎゅっと抱きしめた。「ありがとう」ささやくように言うと、驚いているおれが反応する前に腕をほどき、車に乗りこんだ。おれはのどのつかえを無視して、袋二つを車のトランクに収めると、運転席に乗りこんだ。

「冒険の始まりだ」雰囲気を明るくしようとして言った。だがおれを見つめるアレシアの目は悲しみに満ちていた。

それを見て、おれはごくりとつばを飲んだ。

おれは正しいことをしている。

そうさ。

そのとおり。

だが理由は正しくないかもしれない。

息を吐きだしてイグニッションボタンを押すと、エンジンがうなりをあげて目覚めた。

第10章

　ジャガーを左折させて幹線道路Ａ４に乗り、三車線の道路を疾走した。アレシアは助手席で背中を丸め、両腕で自分を抱くようにしているが、シートベルトを締めることは覚えていてくれたらしい。窓の外を過ぎていく産業ビル群や車のショールームを眺めているものの、ときどき袖で顔を拭うところから、まだ泣いているのがわかる。

　どうして女性はこんなに静かに泣けるのだろう？

「車を停めて、ティッシュを買ってこようか？」おれは尋ねた。「車内にはないんだ」

　アレシアは首を振ったが、こちらを見ようとはしなかった。

　感情的になるのも無理はない。たいへんな一日だった。今日のできごとにおれが驚いたとしたら、彼女は圧倒されていることだろう。完全に。いまはそっとしておいて、考えをまとめさせたほうがいいかもしれない。それに、もう遅い時間だし、電話をかけなくてはならない。

　タッチパネルの受話器のアイコンに触れて、ダニーの番号を探した。ハンズフリー機能を通して、車内に呼出音が響く。二度鳴らないうちに、彼女が応じた。

「トレシリアンホールです」聞き慣れたスコットランド訛りで言う。

「ダニー、マキシムだ」

「ミスター・マキシム……いえ――」

「いいんだ、ダニー、気にするな」遮ってちらりと助手席に目をやると、アレシアはこちらを見ていた。「今週末、〈隠れ家《ハイドアウト》〉か〈見張り小屋《ルックアウト》〉は空いていないかな」

「両方空いているはずですよ、旦那《マィ》――」

「来週は？」

「〈ルックアウト〉のほうは、週末のクレー射撃で予約が入っていますね」

「じゃあ〈ハイドアウト〉のほうを使わせてもらう」

隠れ家か。なんとふさわしい。

「部屋を――」また助手席に目をやって、アレシアの青い顔を見た。「――二つ用意してくれ。それから、おれの服と洗面用具をホールから運んでおいてほしい」

「ホールにお泊まりにならないんですか？」

「ああ、いまは」

「二部屋ですね？」

本当は一部屋が望ましいが……。

「ああ、頼む。それから冷蔵庫に朝食と、できたら軽い夜食も入れておくよう、ジェシーに伝えてくれ。ワインとビールも少しあるといいな。あとは適当に」

「わかりました。到着はいつごろでしょう？」

「今夜遅くだな」

「けっこうです。ほかにご用は？」

「これでじゅうぶんだ。いや、もう一つ。ピアノの調律をしておいてもらえるか？」

「昨日、すべて調律させました。こちらへいらっしゃったときに、それが望ましいとおっしゃっていたので」

「すばらしい。ありがとう、ダニー」

「喜んでいただけて光栄――」彼女が言い終える前に、通話停止ボタンを押した。

「音楽でも聞くか？」アレシアに尋ねた。こちらを向いた目の縁が赤くなっているのを見て、胸が締めつけられる。「よし、聞こう」返事を待たずに言った。メディア画面のなかから心が安らぎそうなアルバムを見つけて、演奏ボタンを押す。アコースティックギターの音が車内を満たすと、少し緊張がほぐれた。これから長いドライブが待っている。

「だれの曲ですか？」アレシアが尋ねた。

「ベン・ハワードというシンガーソングライターだ」

アレシアはしばし画面を見つめていたが、やがてまた窓の外に目を向けた。

今日、アレシアから聞いた話を踏まえて、これまでの彼女とのやりとりを思い出してみる。なぜあれほど話したがらなかったのか、いまなら理解できるし、胸がずしりと重くなる。妄想のなかでは、ついに二人きりになれたときには、アレシアはのびのびと笑い、愛らしい目でおれを見つめているはずだった。ところが現実は。

大違いだ。

それでも……かまわない。この女性と一緒にいたい。

危険から守りたい。

それから……。

そういうことだ。

こんな気持ちは初めてだった。

なにもかもがあっという間に起きた。いまだに自分が正しいことをしているのか、わからずにいる。だがあんな見下げ果てた連中に彼女をゆだねるわけにはいかない。守りたいのだ。

なんという騎士道精神。

アレシアがどんな目に遭わされてなにを見てきたのか、考えると恐ろしい想像ばかりが浮かんで、陰惨な気持ちになった。この若い女性が、怪物どものなすがままだったと思うと。

胃のなかで怒りが硫酸のごとくうねり、ハンドルを握る手に力がこもる。

連中をつかまえたら……。

この怒りは激烈だ。

あいつらは彼女になにをした？　ぜひ知りたい。

いや、知りたくない。

知りたい。

知りたくない。

ちらりとダッシュボードを見ると、制限速度を超えていた。

無意識のうちにアクセルを踏みこんでいた足を、緩める。

落ちつけ。

深く息を吸いこんで、心を静めようとした。

冷静に。

どんな目に遭わされたのか、なにを目にしたのか、アレシアに訊きたかった。だがいまはそのときではない。どんな計画も妄想も、彼女が男と一緒にいることに耐えられないなら、なんの意味もなくなる。

そのとき気づいた。この女性には触れられない。

なんてことだ。


抑えようとしても涙は止まらなかった。頭がぼうっとして、ひたすら感情に呑まれる。

恐怖に。

希望に。

絶望に。

となりに座っている男性を信じていいのだろうか？　この男性の手に身をゆだねてしまった。自分から。前にも同じようにダンテの手に身をゆだね、そのときはいい結果にならなかった。

ミスター・マキシムのことはよく知らない。けれど出会って以来、示されたのはやさしさだけだし、マグダにしてくれたのは論理を超えた親切だ。マキシムに出会うまで、イングランドで信頼できる人はマグダだけだった。マグダは命を救ってくれた。家に迎え入れ、食事と衣服を与えたばかりか、ウエストロンドンで支え合って生きているポーランド人女性のネットワークを通じて仕事まで見つけてくれた。

そしていま、アレシアはその安らぎの場所から遠くへ遠くへ向かっている。アレシアがロンドンを離れているあいだ、ミセス・キングスベリーとミセス・グッドの家の掃除はほかの子に任せるから心配ない、とマグダは請け合った。

どれくらいのあいだ、離れていることになるのだろう？

どこへ連れていかれているのだろう？

体がこわばった。もしもダンテに追われていたら？

ぎゅっと自分を抱きしめた。ダンテのことを考えると、悪夢のようなイングランドまでの旅を思い出してしまう。それについては考えたくない。二度と。けれど静かな時間や悪夢に、それは決まってつきまとった。ブレリアナはどうなっただろう？　フロラは、ドリナは、ほかの娘たちは？

どうかみんな逃げていますように。

ブレリアナはいちばん若くて、ほんの十七歳だった。

身震いが起きる。カーステレオから流れる曲は、恐怖という檻のなかで生きることについて歌っていた。固く目を閉じる。ずっと抱えてきた恐怖で胃がよじれ、涙は流れつづけた。

高速道路M5のサービスエリア〈ゴーダーノサービシズ〉に入ったのは、午後十時を過ぎたころだった。ブレントフォードを出る前に、マグダが作ってくれたチーズサンドイッチを食べたものの、腹が減っていた。アレシアは眠っている。車が停まったことに気づいて目を覚ますのではと、少し待ってみた。駐車場のハロゲンライトの光を受けた姿は穏やかで、まるで天使のようだ。きれいな曲線を描く澄んだ頬、その上でくっきりと扇形に広がる濃いまつげ、三つ編みからほつれてあごの輪郭に沿う黒髪。このまま眠らせておこうかとも思ったが、車に一人で置いていくのはよくないと判断した。

「アレシア」祈りのようにささやいた。頬を撫でたい気に駆られたが、ぐっとこらえてもう一度名前を呼ぶ。するとアレシアははっと目覚め、見開いた目で必死に周囲を見まわした。おれと目が合って、動きが止まる。

「大丈夫だ、おれが起こした。なにか食べて、トイレにも行っておこうと思う。一緒に来るか？」

アレシアは何度かまばたきをした。長いまつげが、表情豊かだがいまはぼんやりしている目の上ですばやく上下する。

なんてきれいなんだ。

アレシアは顔をさすり、駐車場を見まわした。とたんに凍りついて、全身から不安がにじみだす。「お願いです、ご主人《ミスター》さま、ここへ置いていかないで」か細い声で訴えた。

「置いていく気はないよ。どうした？」

アレシアはますます青くなって首を振った。

「行こう」おれは言った。

外に出て伸びをしていると、アレシアが急いで車からおりるなり、おれのほうへ小走りで来た。目は絶えず周囲を見まわしている。

なにがあった？

手を差しだすと、アレシアがぎゅっとつかんだ。さらにもう片方の手でおれの二の腕につかまる。これはうれしい驚きだ。

「なあ、少し前までおれは〝マキシム〟だっただろう」笑顔になってほしくて言った。「そのほうが、〝ご主人さま《ミスター》〟よりずっといい」

アレシアは不安そうな顔でちらりと見あげた。「マキシム」ささやくように言ったが、駐車場を見まわすことはやめない。

「アレシア、ここは安全だから」

それでも彼女は疑わしげだった。

このままではいけない。

つないでいた手を離し、両手で肩をつかんだ。「アレシア、どうした？　話してくれ」

すると表情が変わり、見開いた目に、怯えたような寒々しい色が浮かんだ。

「頼む」寒さのなか、二人のあいだで吐息が一つの白いもやになる。

「わたし、逃げてきたんです」アレシアがささやくように言った。

残りの話はここで聞くのか。高速道路のサービスエリアで。「続けて」

「こんな場所でした」また周囲を見まわす。

「つまり、高速道路のサービスエリア？」

アレシアはうなずいた。「車が停まって、手や顔を洗うよう言われたんです。きれいにしろと。

男たちは……その、親切でした。というか、親切だと思った子もいました。そんなことをするのは……英語でなんて言うんでしょう……わたしたちがため——じゃなくて、わたしたちのため、という風に見せかけていたんです。だけど本当は、きれいになると値段があがるから、でした」

なんて話だ。また腹が立ってきた。

「それより少し前、旅の途中で、わたしは偶然男たちの話を聞きました。英語でしゃべっていたんです。どうしてわたしたちをイングランドへ連れていくのか、という話でした。わたしが英語がわかることを、彼らは知らなかったんです。そのとき初めて、彼らがなにをしようとしているかを知りました」

「それで?」

「ほかの子たちに話しました。信じない子もいましたが、三人は信じました」

つまり、アレシアを含めて五人以上いたということ。

「いまみたいに、夜でした。男の一人が、ダンテが、わたしたちのうちの三人をトイレに連れていったんです。わたしたちは逃げました。全員。ダンテ一人では全員をつかまえることはできません。暗いなか、わたしは森に逃げこみました。走って走って……逃げ切ることができたんです。ほかの子がどうなったかはわかりません」アレシアの声には罪悪感がにじんでいた。

ああ、かわいそうに。

それ以上は耐えられなかった。この若い女性が立ち向かった困難に圧倒されて、おれは彼女を腕のなかに引き寄せて抱きしめた。「おれがついている」ささやくように言った。むきだしにされたような気分で、怒りに燃えていた。そうして寒い駐車場にどれくらい立ち尽くしていただろう。数秒か、数分か。ついにアレシアの腕がおずおずと背中に回され、やや緊張が解けたように抱きしめ返すのを感じた。小さな体は腕のなかで完璧にフィットして、そうしようと思えば頭のてっぺんにあごをのせられる。アレシアがこちらを見あげた。初めて本当に見つめられている気がした。色濃い目は真剣で、疑問に満ちている。期待に。

のどがつかえた。

なにを考えているのだろう？

アレシアがおれの唇に視線をおろし、そっとつま先立ちになった。なにを考えているかは明らかだ。

「キスしてほしいのか？」

アレシアがうなずく。

なんてことだ。

おれは迷った。触れないと誓ったのだ。それでもアレシアは目を閉じて唇を差しだしている。誘惑に負けてやさしく軽いキスをすると、アレシアは声を漏らしてとろけた。

リビドーを目覚めさせるにはそれだけでじゅうぶんだった。おれはうめき、わずかに開いた甘美な唇を見おろした。

だめだ。

いまは。

こんなところでは。

そんな目に遭わされた女性には。

高速道路のサービスエリアでは。

結局、アレシアのひたいにキスをした。「おいで。なにか食べよう」みずからの自制心に驚きつつ、アレシアの手をつかんで建物のほうへ歩きだした。

マキシムにしがみつくようにして、アスファルトの駐車場を横切った。先ほど抱きしめられたときの癒されるような感覚とやさしいキスのことだけを考えて、最後にサービスエリアへ来たときに起きたことは頭のなかから追いだそうとする。握った手に力をこめた。この男性はいやな記憶を忘れさせてくれる。本当にありがたい。入り口ホールに続くドアが開き、二人は建物のなかに入ったが、アレシアはそこでぴたりと足を止め、マキシムのことも引き止めた。

においい。ああ《ゾート》、このにおい。

揚げ物。

菓子。

コーヒー。

消毒薬。

トイレに急き立てられたことを思い出して、しかめっ面になった。苦境に気づいてくれる人は、周囲にはいなかった。

「大丈夫か?」マキシムが尋ねる。

「ちょっと、いろいろ思い出して……」アレシアは答えた。

マキシムが、握った手に力をこめる。「おれがついている。行こう。白状すると、本当にトイレに行きたいんだ」そう言って、哀れを誘う笑みを浮かべた。

アレシアは息を呑んだ。「じつはわたしも」恥ずかしそうに打ち明けて、彼に続いてトイレに向かう。

「残念ながら、なかまでは一緒に行けない」マキシムが言い、首を傾けて入り口のほうを示した。「だがきみが出てきたときには、かならずここにいる」安心させるように言う。「さあ、行ってこい」

アレシアは深く息を吸いこむと、女性用トイレのほうへ歩きだした。角を曲がる直前に一度だけ振り返ってから、勇気を出して足を踏み入れる。順番を待つ列はなかった。なかにいたのは二人だけで、一人は年配で一人は若い。どちらも洗面台で手を洗っていて、どちらも東欧から人身売買で連れてこられたようには見えなかった。

心のなかで自分をたしなめた。

なにを予期していたの？

五十歳は超えているだろう年配のほうの女性が、手を乾かそうとドライヤーに向きなおったとき、アレシアと目が合ってほほえんだ。それに励まされたアレシアは、自信をもって個室に入っていった。

トイレを出ると、約束どおりマキシムはそこにいた。たくましい長身を反対側の壁にあずけ、片手の親指をジーンズのベルトループに引っかけている。髪はくしゃくしゃに乱れ、鮮やかな緑の目は真剣だ。アレシアを見て浮かんだ笑顔は、まるで新年初日の少年のようだった。差しだされた手を、アレシアはありがたい気持ちで握った。

コーヒーショップは〈スターバックス〉だった。ロンドンでたくさん目にしているから、さすがのアレシアも知っている。マキシムは自分用にダブルエスプレッソを注文し、アレシアが選んだホットチョコレートも頼んだ。

「食べ物はなにがいい？」マキシムが尋ねる。

「お腹は空いてません」アレシアは答えた。

マキシムが眉をあげる。「マグダの家ではなにも食べなかったし、おれのフラットでもなにも食べていないだろう」

アレシアは眉をひそめた。おまけに朝食も戻してしまったが、それをこの人に言うつもりはない。ただ首を振った。今日一日で起きたあれこれのせいで、食べるどころではなかった。

マキシムはもどかしげにため息をつき、パニーニを注文した。「二つ、頼む」バリスタの女性に言って、ちらりとアレシアを見る。

「ただいま」バリスタが応じ、誘うような笑みをマキシムに投げかけた。

「持ち帰りで」マキシムが二十ポンド紙幣を差しだす。

「わかりました」バリスタはまつげをぱちぱちさせた。

「ありがとう」マキシムは笑顔も返さずにアレシアのほうを向いた。

「お金なら持ってます」アレシアは言った。

マキシムは天を仰いだ。「ここはおれが出す」

二人はカウンターの端に移動し、頼んだものができあがるのを待った。アレシアは、今後お金をどうしようと考えた。少しはあるが、それは部屋を借りるときの敷金に取っておかなくてはならない。けれどマキシムは、住む場所は見つけると言ってくれた。

それは、あのアパートメントの一室のこと？　それとも別のどこか？

　わからない。その点で言えば、いつまでロンドンを離れているのかも、どこへ向かっているのかも、いつになったらまた働いてお金を稼げるようになるのかも、わからない。尋ねたいが、男性に質問などできない。

「なあ、金のことは心配するな」マキシムが言った。

「でも――」

「いいから。頼む」真剣な表情だった。

　なんて寛大な人。いったいなんの仕事をしているのだろうと、あらためて思った。あれほど広いアパートメントに、二台の車。マグダにはボディガードまでつけてくれた。作曲家？　イングランドでは、作曲家はそんなに儲かるの？　わからない。

「なにか考えごとをしているな。どうした？　訊きたいことがあるなら訊けばいい。嚙みつきはしない」マキシムが言った。

「お仕事がなんなのか、知りたくて」

「仕事？」マキシムはほほえんだ。

「作曲家ですか？」

　マキシムが笑う。「ときどきは」

「作曲家だと思ってました。あなたの曲は好きです」

「本当に？」笑みが大きくなったものの、少し照れくさそうだった。「きみは英語が上手だね」

「そう思いますか？」予期せぬほめ言葉に、アレシアは赤くなった。

「ああ、思う」

「祖母がイギリス人だったんです」

「なるほど、そういうことか。イギリス人のおばあさんは、アルバニアでなにを?」

「祖母は一九六〇年代に友達のジョーンとアルバニアに来ました。ジョーンというのはマグダのお母さんで、マグダとわたしの母は小さいころに手紙のやりとりをして、友達になりました。住んでる国は違いますが、そのころからずっと親しい友達です。だけど会ったことはありません」

「一度も?」

「一度も。でも母は、いつか会いたいと思ってます」

「ハムとチーズのパニーニを二つ、お待たせしました」バリスタの声に会話を遮られた。

「ありがとう」マキシムが袋を受け取る。「行こう。話の続きは車のなかだ」アレシアに言って、自分のコーヒーを取る。「ホットチョコレートを忘れるな」

アレシアは自分のカップをつかみ、彼にぴったりくっついて〈スターバックス〉をあとにした。

車に乗りこむと、マキシムは一気にエスプレッソを飲み干して、空のカップをホルダーに収めた。続いて紙の包みから自分のパニーニの半分を取りだして、かぶりつく。

おいしそうな香りが車内に広がった。

「うーん」マキシムが大げさに賞賛の声を漏らし、咀嚼しながら横目でアレシアを見る。その口元をじっと見つめていたアレシアは、思わず唇を舐めた。

「食べてみるか?」マキシムが問う。

アレシアはうなずいた。

「どうぞ」二つ目のパニーニを手渡してから車のエンジンをかけた彼の顔には、得意げな笑みが浮かんでいた。アレシアはおそるおそる、一口かじった。溶けたチーズが糸になって唇にへばりついたので、指でからめ、口に含んで舐めとる。自分がどれほど空腹だったかにいまさら気づいて、もう一口食べた。おいしい。

「どうだ？」マキシムが低い声で尋ねる。

アレシアはにっこりした。「あなたは狼みたいに悪賢《カニング》いんですね」

「カニングはおれのミドルネームだ」そう言って悦に入った笑みを浮かべたので、アレシアは思わず笑ってしまった。


ああ、なんてすてきな響きだ。

ガソリンスタンドが見えてきたので、ハイオクの給油機のそばで停車した。「すぐに終わるから食べていてくれ」にっこりして車をおりたが、あとを追うようにアレシアもおりてきた。パニーニを手にしたまま、給油機の前に立つおれのそばに来る。

「もう寂しくなったのか？」雰囲気を明るくしようと、冗談めかして言った。アレシアの唇は笑みのようなものを浮かべたが、目はそわそわと周囲を見まわしていた。ただでさえ怯えているのに、場所のせいでますます警戒しているのだ。おれは給油しはじめた。

「高い！」金額を見て、アレシアが言う。

「うん、まあ、そうだな」そのとき初めて、自分はガソリンの値段に注意を払ったことがないのだと気づいた。その必要がないのだと。「おいで。支払いをする」

レジの列に並ぶと、となりにくっついて立つアレシアは、ときどきパニーニをかじりながら、驚いたような表情で棚を眺めはじめた。

「なにかほしいか？　雑誌、スナック菓子。甘いものとか」おれは尋ねた。

アレシアは首を振った。「買うものがすごくたくさんあるんですね」

言われて周囲を見まわした。なにもかも、ありふれて見える。「アルバニアには、店がないのかな？」からかうように尋ねた。

アレシアは唇をすぼめた。「まさか。クカスにもたくさんありますが、こういうお店はありません」

「こういう？」

「ここはきちんと片づいて、整ってます。すごくきれい。病的に」

おれはにやりとした。「病的に、だらしなくない？」

「ええ。あなたとは正反対」

これには笑ってしまった。「アルバニアの店は片づいていない？」

「クカスのお店は。こんな感じじゃありません」

レジの順番が来たので、クレジットカードを機械に挿しこんだ。細かな動きまでアレシアに見られているのを意識しながら。

「それは魔法のカードですね」アレシアが言う。

「魔法？」たしかにそのとおり。魔法だ。おれはガソリン代にあてる金を一ペニーも稼いでいない。裕福なのは、たまたまそういう風に生まれたから、それだけ。

「そうだな」つぶやくように言った。「魔法だ」

車に戻って乗りこむと、イグニッションボタンを押さずに待った。

「どうかしましたか？」アレシアが尋ねる。

「シートベルト」

「ああ、忘れてました。うなずいたり首を振ったりするのと同じですね」

どういう意味だ？

「アルバニアでは、イエスのときは首を振って、ノーのときはうなずくんです」アレシアが説明する。

「それはそれは。ずいぶん混乱させられるな」

「混乱させられるのはそちらのやり方です。マグダとミハウに教わらなくちゃなりませんでした」

おれは残りのパニーニをつかんでエンジンをかけ、側道からM５に戻った。

つまり、イエスとノーを混同しているのか？　新たな情報を得て、これまでの会話をおさらいするべきだろうかと考えた。

「どこへ向かってるんでしょう」アレシアが前方の闇夜を見つめたまま尋ねた。

「コーンウォールに、家族が所有する土地がある。あと三時間ほどで着くだろう」

「遠いですね」

「ロンドンから？　そうだな」

アレシアは一口ホットチョコレートをすすった。

「故郷のことを話してくれないか」

「クカスのことを？　小さな町です。たいしたことは起きません……その……ええと……英語でなんというのかしら。孤独している？」

「孤立している、かな」

「それです。孤立している。それから……田舎です」肩をすくめた。それ以上は言いたくないようだった。

「コーンウォールも田舎だよ。行けばわかる。さっき、おばあさんのことを話していたね」

アレシアが笑顔になった。祖母の話をするのは楽しいらしい。午後に脱走計画を立てたとき、おれが思い描いていたのはこれだ。気楽なくつろいだ会話で、アレシアについてもっと知る。シートの背もたれに寄りかかり、期待の目でアレシアを見た。

「祖母と友達のジョーンがアルバニアに来たのは、伝道のためです」

「伝道？　ヨーロッパで？」

「ええ。共産主義政権が宗教を禁止しました。アルバニアは最初の無神国家なんです」

「そうなのか。知らなかった」

「祖母はカトリック教会を助けるために来ました。コソボからアルバニアへ、本をこっそり持ちこんで。本というのは聖書のことです。祖母がしたのは危険なことでした。そうするうちにアルバニア人の男性と出会って、そして――」声が途切れ、表情がやさしいものになる。「――二人は恋に落ちました。それで……そう、英語の言い回しにありますね、続きはご存知のとおりで《ザ・レスト・イズ・ヒストリ》す」

「おばあさんがしたのは危険なことだった、と言ったね」

「ええ。祖母からは、身の毛もよだるような話をたくさん聞きました」

「身の毛もよだる？」おれはほほえんだ。「それはきっと、身の毛もよだつ、だな」

アレシアはにっこりした。「身の毛もよだつ」

「マグダのお母さんは？」

「彼女は伝道の旅をポーランドまで続けて、ポーランド人の男性と結婚しました」当然のように言う。「二人はいちばんの友達でした。その娘たちも、いちばんの友達になったんです」

「だからきみは逃げたとき、マグダのもとへ行ったのか」

「はい。わたしにとってもすばらしい友達だったので」

「頼れる人がいてよかった」

そしていまはおれがいる。

「パニーニの残り半分は食べないのか？」

「ええ、もうお腹いっぱい」

「少しもらっていいかな」

アレシアはしばしおれを見てから答えた。「もちろんです」袋から取りだして差しだす。

「最初の一口はきみが」

アレシアはほほえんでそのとおりにしてから、あらためて差しだした。

「ありがとう」おれはにっこりして受け取った。笑顔が増えてきたのがうれしかった。「また音楽をかけるか？」

アレシアは咀嚼しながらうなずいた。

「きみが選んでくれ。そのボタンを押して、スクロールすればいい」

アレシアは画面をにらんで、おれのプレイリストをチェックしはじめた。作業に集中しているらしく、画面の放つ光に照らされた顔は、真剣そのものだ。「知ってる曲が一つもありません」つぶやくように言った。

おれはパニーニを返して言った。「どれでもいいから、一つ選んでごらん」

アレシアの指が画面に触れ、彼女が選んだものを見ておれはにやりとした。

バングラか。悪くない。

男性がアカペラで歌いはじめた。「これは何語?」アレシアが尋ね、また一口かじった。溶けたモッツァレラチーズが口の端からあふれそうになったのを、人差し指で押しこんでから、指をきれいにしゃぶる。その行為に、おれの体は反応した。

ハンドルを握る手に力をこめて答えた。「たぶんパンジャブ語だな」

バンドの演奏が始まり、アレシアはまたおれにパニーニを渡してから、リズムに合わせて助手席で体を揺らした。「こんな音楽は初めてです」

「DJをするときに、たまに使うんだ。もう少しどう?」言いながら、残りのパニーニを差しだした。

アレシアは首を振った。「いえ、もういりません」

それを聞いて、残りを口に放りこんだ。どうにかもう少し食べさせることができて、ほっとしていた。

「DJ、というのは？」アレシアが尋ねる。

「ほら、クラブなんかで音楽をかけて、それに合わせて人が踊る。おれは月に二、三度、ホクストンで回すんだ」そう言って横目で見ると、アレシアはぽかんとした顔でこちらを見ていた。なにを言っているのか、わからないのだろう。

「よし。一度、クラブに連れていかなくちゃいけないな」

アレシアはまだぽかんとしていたが、足はビートを刻んでいた。おれは驚きに首を振った。どれほど守られた環境で育ってきたのだろう？

いや、彼女が経験したことを思えば、守られてきたとはいえない。いったいどんな恐怖を味わった？　思考は駆けめぐり、心は沈んだ。

だがそのとき、駐車場での告白を思い出した。

この女性は逃げてきた。

逃げおおせた。

〝手や顔を洗うよう言われたんです……値段があがるから〟

震える息を吐きだした。

どうかとなりに座っている女性が一度も恐怖を味わっていませんようにと、心から祈った。だがそういうわけにはいかないだろう。一人の旅は悪夢だったに違いない。アレシアがくぐり抜けたことと成し得たことの大きさを理解しようとした。悪党どもから逃げだして、住む場所を見つけ、仕事を手に入れ、今日の午後にはおれのフラットからも逃げだした。荷物はゼロに等しいが、機知にはじつに富んでいる。賢くて才能があり、勇敢で美しい。予期していなかった誇らしさで胸がいっぱいになった。

「きみはたいした女性だ、アレシア」ささやいたが、音楽に夢中になっているアレシアの耳にその声は届かなかった。

真夜中過ぎ、砂利敷の私道に車で乗り入れて、〈ハイドアウト〉の車庫の外に停めた。トレヴェシック領にいくつもある豪華な別荘の一つだ。屋敷に連れていって、アレシアを圧倒したくなかった。屋敷へは、まあ、いずれそのうち。本音を言うと、アレシアを独り占めしたかった。それに屋敷には召使いが大勢いる。みんなにアレシアをどう説明するか、アレシアにどう説明するか、まだわからずにいた。現状、アレシアはおれがだれであるかを知らない。おれがなにを所有し、なにを相続したかを。そのほうが好ましい。大いに。

アレシアは眠っていた。疲れ果てているのだろう。これ幸いと、しげしげと顔を見つめる。車庫の防犯灯のぎらついた明かりのなかでも、やわらかで繊細な寝顔だった。

眠り姫。

何時間でも見ていられそうだ。そのときアレシアがわずかに顔を歪めたので、なんの夢を見ているのだろうと思った。

おれの夢？

抱きあげて家のなかに運ぼうかとも思ったが、考えなおした。玄関へおりる階段は急で、滑りやすいかもしれない。それなら、キスで目覚めさせるのはどうか。おとぎ話のお姫さまのように、キスで起こすのがふさわしい。そこまで考えて、はたと気づいた。なにを馬鹿なことを。それに誓ったではないか、彼女には触れないと。

「アレシア」そっと呼びかけた。「着いたぞ」

するとアレシアがまぶたを開けて、眠そうな目でおれを見た。「おはようございます」

「おはよう、眠り姫。目的地に到着だ」

第11章

アレシアはまばたきで眠気を払い、フロントガラスの向こうに目を凝らした。見えるのは、大きなスチール製のドアとその上方にある射るようなライト、そして横手にあるやや小さな木製のドアだけだ。それ以外は闇に包まれているものの、遠くからかすかな重低音が聞こえる。暖房を切ったので、凍てつくような冬の冷気が車内にも入りこんできたらしい。アレシアはぶるっと震えた。

来てしまった。二人きりの場所に。

運転席のほうに不安の目を向けた。こうして暗いなか、よく知らない男性と二人きりになってみると、自分の決断は正しかったのだろうかと思えてくる。彼の車に乗りこむところを目撃したのは、マグダとあのボディガードだけだ。

「おいで」マキシムが言って車をおり、トランクに歩み寄ってアレシアの荷物を取りだした。靴が砂利を踏む音がする。

不安を振り払って助手席のドアを開け、自分も砂利の上に立った。

外は寒い。冷たい風が耳のそばでうなり、アレシアはパーカーのなかで背中を丸めた。重低音が大きくなった気がする。なんだろう？　そのとき、寒さから守ろうとしてだろうか、マキシムの腕が肩に回された。二人一緒に灰色の木製のドアまで歩いた。マキシムが鍵を開けてドアを押し開け、先にどうぞとうながす。門柱の内側にあるスイッチを彼が押すと、板石の階段脇にうめこまれた小さな照明が点々とついて、石が敷かれた中庭へおりていく道を照らした。

「こっちだ」そう言って急な階段をおりていくマキシムに、アレシアは続いた。地中にうめこまれたアップライト照明の光を受けて、堂々たる家が目の前に現れる。その家がじつに現代的なことに、アレシアは驚いた。ガラスと白い壁が光を受けて輝いている。マキシムが玄関の鍵を開け、二人はなかに足を踏み入れた。彼がまたスイッチを押すと、控えめなダウンライトがついて、雪花石膏の空間がやわらかに照らしだされた。「上着をかけておこう」マキシムが言ったので、アレシアはパーカーを脱いだ。

広々とした玄関ホールの横には、淡い灰色をした細長い直線式のみごとなキッチンがあり、そこから板張りの部屋が広がっている。奥にはターコイズブルーのソファ二脚と、そのあいだにコーヒーテーブルが置かれ、背後の棚にはぎっしり本が詰まっている。

本！

うっとりしたとき、棚の横にさらなるドアがあることに気づいた。

なんて大きな家だろう。

すぐそばの階段は壁面がガラス張りだ。木製の踏み段は宙に浮いているように見えるが、よくよく見ると、階段吹き抜けの中央を貫いて上下の階をつなぐ、巨大なコンクリート製のブロックで支えられているのがわかる。

これほど現代的な家は見たことがない。とはいえ、デザインは現代風でありながら、温かな雰囲気をかもしだしている。

アレシアがブーツの紐をほどきはじめると、マキシムはキッチンに入っていって、彼女の荷物と二人の上着をキッチンカウンターに置いた。ブーツを脱いだアレシアは、足の裏に触れた床の暖かさに驚いた。

「さあ着いた」マキシムが言い、周囲を手で示す。「〈隠れ家《ハイドアウト》〉へようこそ」

「隠れ家？」

「そういう名前の家なんだ」

キッチンの反対側にはメインのリビングエリアがあり、十二人が座れる白いダイニングテーブルと、赤みを帯びた灰色の大きなソファが二脚、なめらかな鋼鉄製の暖炉の前に置かれていた。

「外から見たときより広く感じます」アレシアは言った。この家の大きさと優雅さに怖気づいていた。

「そうなんだ。騙されるだろう？」

いったいだれが掃除するのだろう。何時間もかかるに違いない。

「この家は、あなたのものなんですか？」

「ああ。別荘で、一般向けに貸しだしている。さあ、もう夜遅いし疲れただろう。だがベッドにもぐる前に、なにか食べたり飲んだりしないか？」

アレシアは最初に足を踏み入れた玄関ホールから一歩も動いていなかった。

ここも彼の家なの？　本当に成功した作曲家に違いない。

無言でうなずいた。

「イエスと解釈していいんだよな？」マキシムがにやりとして尋ねる。

アレシアはほほえんだ。

「ワインかビールは？　もっと強いものがいいかな」そう尋ねるマキシムのほうへ、アレシアは歩み寄った。故郷では、女性はおおむね酒を飲まない。けれどこれまで一、二回、こっそりラキを飲んだことはある。とはいえそれもここ数年の話で、大晦日に限ったことだ。娘が酒を飲むなど、父は認めないだろう。

父はたいていのことを認めない……。

祖母はワインを飲ませてくれたが、あまりおいしいとは思わなかった。「ビールにします」そう答えたのは、これまで男性が飲むところしか見たことがないからだ。それと、父を苛立たせたいから。

「いい選択だ」マキシムがにやりとして、冷蔵庫から茶色の瓶を二本取りだした。「ペールエールでいいかな」

なんのことだかわからないまま、うなずいた。

「グラスは？」マキシムが尋ねて、両方のボトルの栓を抜く。

「ええ、お願いします」

マキシムが別の棚から背の高いグラスを取りだし、器用に注いだ。「乾杯」言いながらアレシアにグラスを手渡して、そこに自分のボトルをかちんと当ててから、長々とあおった。ボトルの首を包む唇と、目を閉じて味わう彼の姿に、アレシアは我知らず目を背けた。

　唇。

「ゲズアル」そっと母国語でささやいた。それを聞きつけたマキシムが、驚いたように両眉をあげた。いまのは主に男性が用いる〝乾杯〟だが、マキシムはそれを知らない。グラスに口をつけてほんの少しすすってみると、冷えた琥珀色の液体はのどをおりていった。

「うーん」目を閉じて味わい、もう一口、今度はきちんと飲んでみる。

「腹は？　なにか食べるか？」マキシムの声はかすれていた。

「いいえ」


　ビールのようなささやかなものを楽しむアレシアの姿に、胸が躍った。だがいまのおれは――おそらく生まれて初めて――少しばかり言葉が出てこなくなっていた。アレシアがなにを期待しているのかわからない。奇妙な感覚だ。彼女とのあいだに共通点はないし、車のなかで分かち合った親しさは消えてしまったかに思える。

「おいで。家のなかを簡単に案内しよう」差し伸べた手をアレシアが取るのを待ち、リビングエリアの奥まで連れていく。「ここは応接間《ドローイングルーム》……リビングルーム、と言えばいいかな。間仕切りのない設計だ」部屋全体を手で示した。

　手を引かれるまま、部屋の奥まで進んだアレシアは、横手の壁際に置かれた白く輝くアップライトピアノに気づいた。

ピアノ！

「ここにいるあいだ、好きなだけ弾くといい」マキシムが言う。

一瞬心臓が止まって、手を離した彼に笑顔を向けた。蓋を開けると、内側にはこう記されている。

KAWAI

知らない名だが、関係ない。中央のドの鍵盤を押さえると、音は黄金色となって広い部屋に響いた。

「イ・ペルクリエル」

完璧。

「あっちにはバルコニーが」マキシムが部屋の奥にあるガラスの壁を指差した。「その向こうは海だ」

「海？」興奮した声で言い、たしかめたくて、くるりと彼のほうを向いた。

「ああ」その反応に戸惑いと愉快さを感じている様子で、マキシムが言う。

アレシアはガラスの壁に駆け寄った。「海は見たことがありません！」真っ暗闇に目を凝らし、少しでも拝めないかと、冷たいガラスに鼻を押しつける。残念ながら、バルコニーの向こうには漆黒の夜が広がっているだけだった。

「一度も？」信じられないと言いたげな声で問いかけながら、マキシムがとなりに近づいてくる。

「ええ」アレシアは言った。鼻を押し当てたせいで窓にあとをつけてしまったことに気づき、袖のなかに手を引っこめて、きれいに拭った。

「明日、ビーチを散歩しよう」マキシムが言った。

アレシアのほほえみは、途中からあくびに変わった。

「疲れただろう」マキシムが腕時計に目をやる。「もう午前零時半だ。ベッドに行きたいか？」

アレシアの動きは止まり、鼓動は加速した。たったいま発せられた問いが、二人のあいだで可能性に満ちる。

ベッドって？　あなたの？

「きみの部屋に案内しよう」マキシムがつぶやくように言ったが、二人とも動こうとせず、ただ見つめ合っていた。アレシアは、自分が安堵したのか落胆したのか、わからなかった。安堵より落胆のほうが大きい気もするけれど、よくわからない。

「しかめっ面だな」マキシムがささやくように言った。「なぜだ？」

アレシアは黙っていた。考えていることや感じていることを言葉にできなかった。したくなかった。興味があるし、この男性のことは好きだ。けれど男女の営みについて、アレシアはなにも知らない。

「やめよう」独り言のようにマキシムが言った。「さあ、きみの部屋に案内するよ」キッチンカウンターからアレシアの荷物が入ったビニール袋二つを取り、階段のほうへ歩きだしたので、アレシアもあとに続いた。階段をのぼりきると、明るい照明のついた踊り場に二つのドアが現れた。マキシムが片方を開けて、壁のスイッチを押す。

オフホワイトの部屋は広々と快適で、奥の壁際にはキングサイズのベッドがあり、片側には大きな窓が開けている。リネン類もオフホワイトだが、ベッドにはたくさんのクッションが置かれていて、それらはベッドの上方に飾られたドラマチックな海の写真の色にマッチしていた。

マキシムがなかに入るよう手招きし、色とりどりの刺繍が施された長椅子にビニール袋を置く。ベッドに近づいたアレシアは、暗い窓に映る自分を見つめた。マキシムが背後にやってくる。ガラスに映った彼は長身でたくましくてとびきりハンサムで、となりにいる自分はしなびてみすぼらしい。あらゆる面で、二人は対等ではない。いまこの瞬間ほど、それが明らかになったときはなかった。

こんな男性がわたしになにを見いだすというの？　ただの掃除婦に。

アパートメントのキッチンで遭遇したマキシムの義理の姉のことが頭に浮かんだ。上品で垢抜けていて、彼女には大きすぎるマキシムのシャツだけを着ていた。これ以上、窓に映った自分にあざ笑われたくなくて、顔を背けた。アレシアのそんな思いを知らないマキシムは、淡い緑色のブラインドをおろし、部屋のなかの案内を続けた。

「専用のバスルームもある」穏やかに言いながらバスルームのドアを指差したので、アレシアは気が滅入る思いから救われた。

わたしだけのバスルーム！

「ありがとうございます」言ったものの、してもらったことに比べれば悲しいほど足りない言葉に思えた。

「アレシア」正面にいたマキシムが、目に思いやりをたたえて言った。「なにもかも突然だというのはわかる。しかもおれたちはお互いについて、ほぼなにも知らない。だがきみをあんな連中のなすがままにさせるわけにはいかなかった。そこは理解してくれ」手を伸ばし、三つ編みからほつれた毛を指先でとらえて、そっと耳の後ろにかける。「心配するな。ここにいれば安全だ。きみには指一本触れない。まあ、きみが望むなら話は別だが」

　ほのかな彼の香りが、アレシアの鼻をくすぐった。常緑樹とサンダルウッド。目を閉じて、感情をしっかりコントロールしようとする。

「ここはおれの家族が所有する、休暇用の別荘だから」マキシムが続ける。「ここでの時間は休暇だと思えばいい。考えたり、思い返したり、相手のことをもっとよく知ったりしながら、最近きみの人生で起きた恐ろしいことから少し距離を置くための場所」

　アレシアはのどがつかえるのを感じて、上唇を噛んだ。

だめよ、泣いては。泣かないで《モスチャイ》。

「なにか必要になったら、おれの部屋はとなりだ。だがもう深夜だし、二人とも必要なのは睡眠だけだな」アレシアのひたいにやさしくキスをする。「おやすみ」

「おやすみなさい」アレシアの声はかすれて、ほとんど聞こえないくらいだった。

　マキシムが向きを変えて出ていくと、とうとうアレシアは一人になった。ここで眠るようにと言われた場所のなかで、もっともすばらしい寝室に、一人きり。海の写真からバスルームのドアに、それから立派なベッドに視線を移し、へなへなと床に座りこんだ。自分で自分を抱くようにして、すすり泣きはじめた。

二人の上着をクロークルームにつるしてから、キッチンカウンターに置きっぱなしにしていた飲みかけのビール瓶を取り、おれは長々と飲んだ。

なんて一日だ！

あの初めての甘いキス。思い出すだけでうめき声が漏れる。そこに悪党どもが水を差したと思うや、アレシアが忽然と消えたので、ウエストロンドンの辺鄙な土地まで猛スピードで車を走らせた。

そしてアレシアの告白。売春目的の人身売買。

驚いた。〝驚いた〟では言い表せないほどに。

そしていま、ここにいる。二人きりで。

顔をさすり、すべてのできごとを把握しようとした。長時間の運転と立てつづけの試練とで疲れ果てているはずだが、頭はばっちり冴えていた。ちらりと天井に目を向け、アレシアがいるだろう場所を見つめる。願わくば、穏やかに眠っているだろう場所を。頭が冴えて眠れない本当の理由はアレシアだ。自制心を総動員しなくては、腕のなかに引き寄せて、そして……どうする？ あれだけの話を聞いておきながら、思考を腰から上に保っておけないとは。これではまるで、盛りのついたティーンエージャーだ。

そっとしておいてやれ。

だが正直に言うと、やはり彼女が欲しいし、欲求不満も募っている。

それでも。あれだけの目に遭った女性には、休息を与えるべきだ。

おれの下心など必要ない。

必要なのは友達だ。

やれやれ。おれはいったいどうしてしまったのだろう？

ビールをつかんで残りを飲み干し、アレシアのグラスに手を伸ばした。ほとんど減っていない。そちらもぐいとあおって、髪をかきあげた。自分がいったいどうしてしまったのか、よくわかっている。

彼女が欲しいのだ。猛烈に。

完全に虜なのだ。

認めよう。一目見たときから、彼女はおれの思考と夢に入りこんでしまった。

身を焦がすほどに欲している。

だが妄想のなかでは、アレシアも同じ欲望を感じていた。たしかに彼女が欲しい。だがその彼女には、積極的で濡れていてほしいのだ。同じように求めてほしいのだ。誘惑すれば落とせるのはわかっているが、もしいまアレシアがイエスと言ったとしても、それはまるっきり間違った理由からということになる。

それに、指一本触れないと約束した。彼女が望まないかぎり。

目を閉じた。

いつの間に良心を手に入れた？

心の底では、答えはわかっている。自分たちの不平等さが足を引っ張っているのだ。

アレシアはなにも持っていない。

おれはなにもかも持っている。

そのおれがアレシアの弱みにつけこんだら、いったいどういう人間になる？　例の東欧訛りの連中とそう変わらないろくでなしだ。アレシアをコーンウォールに連れてきたのは、あの連中から守りたかったからだ。それがいまでは、おれ自身から守らなくてはならないとは。

うんざりする。

なんという未知の領域。

グラスの残りを飲み干しながら、屋敷のほうはどうなっているだろうと考えた。明日になったら確認して、オリバーにも所在を知らせておかなくては。急ぎの用事はないはずだし、急用がもちあがればオリバーから連絡してくるだろう。仕事はここでもできる。携帯電話はあるものの、ノートパソコンを持ってこなかったのが悔やまれた。

ともかく、いま必要なのは睡眠だ。

空のグラスとビール瓶をカウンターに置いて明かりを消し、二階へあがった。アレシアの寝室の前で足を止め、耳を澄ました。

そんな。

泣いている。

この四週間で、むせび泣く女性をさんざん目の当たりにしてきた。メアリアン、キャロライン、ダニー、ジェシー。キットのねじれた遺体が脳裏に浮かび、不意に生々しい嘆きがこみあげてきた。

キット。ああ、どうして。

突然、骨の髄まで疲れを感じた。このまま泣かせておこうかとも思ったが、喪失の痛みさえ貫く泣き声に、ドアの前で躊躇した。泣かせておくわけにはいかない。ため息をついて気を引き締めると、そっとドアをノックしてなかに入った。

アレシアは、おれが出ていったときに立っていたのと同じ場所で、床にうずくまって両手に顔をうずめていた。その嘆きはおれの心の内を写していた。

「アレシア！」叫んで腕のなかに抱き寄せた、「ほら、いい子だから」かすれた声で、あやすように言う。ベッドに腰かけて膝の上に抱きかかえ、黒髪に顔をうずめた。目を閉じて甘い香りを吸いこみながら、腕に力をこめてやさしく揺する。

「おれがついている」感情でのどを締めつけられながらもささやいた。バイクに乗った兄を凍える夜に放りだした悪魔からは救えなかったが、この美しい女性を助けることはできる。美しくて勇敢な女性を。徐々にすすり泣きがやんで、激しく脈打つおれの心臓の上にアレシアの片手が押し当てられた。どのくらいそうしていたかわからないが、いつしかアレシアは静かになって、おれに寄りかかってきた。

眠っていた。

おれの腕のなかで。

安全なおれの腕のなかで。

なんという特権。眠り姫を抱いていられるとは。

髪にそっとキスをして、ベッドに横たえてから、薄い毛布をかけてやった。三つ編みが枕の上で蛇行しているのを見て、一瞬ほどいてやろうかと思ったが、アレシアが母国語でなにやら寝言をつぶやいたので、余計なことをして起こすまいと決めた。おれの夢に現れるのと同じくらい、彼女の夢におれは登場するだろうかと、また同じことを思う。「おやすみ、お姫さま」ささやいて明かりを消し、部屋を出た。ドアを閉じ、まぶしさでアレシアが目を覚まさないよう廊下の明かりも消してから、自分の寝室に入る。ドアは少し開けておいた。

深い意味はない。万一、なにかあったときのためだ。

ブラインドの自動スイッチを押して、海に面した両開き窓にブラインドをおろした。ウォークインクローゼットに入って服を脱ぎ、ダニーが屋敷から持ってきてくれたパジャマを見つけ、ズボンだけ穿く。ロンドンではめったにパジャマを着ないが、コーンウォールには大勢の召使いがいる以上、仕方がない。服は床に置いたまま、寝室に戻ってベッドにもぐった。ベッドサイドランプを消して、真っ暗な闇を見つめた。

明日はきっといい日になる。明日は美しきアレシア・デマチを独り占めだ。ベッドに横たわったまま、またしても自分の判断を疑った。アレシアが知るすべてから彼女を引き離してしまった。アレシアは貧しくて、友達がなく、完全に一人だ。いや、おれがいる。だから親切にしなくては。

「年をとって丸くなったな」つぶやいて、疲れ果てた夢のない眠りに落ちていった。

アレシアの甲高い悲鳴で起こされた。

第12章

数秒かかってようやく自分がどこにいるのかを思い出したとき、また悲鳴が聞こえた。

たいへんだ。

アレシア。

ベッドから飛びだした。アドレナリンが噴出し、全神経が鋭敏になる。廊下の明かりをつけて、となりの寝室に駆けこむと、アレシアはベッドで上体を起こしていた。廊下からの光と物音に振り返ったその目は、恐怖に満ちていた。

また口を開けて叫ぼうとする。

「アレシア、おれだ、マキシムだ」

アレシアの口から言葉が流れだした。「ディーマ。エルシール。シューム・エルシール。シューム・エルシール！」

なんと言っている？

となりに腰をおろすと、アレシアが飛びついてきたので、危うく押し倒されそうになった。細い腕が首にしがみつく。

「大丈夫か?」バランスを取り戻してなだめるように声をかけ、髪を撫でながら背中に片腕を回した。

「エルシール。シューム・エルシール。シューム・エルシール」アレシアはしがみついたまま何度もささやいて、生まれたての仔馬のごとく震えた。

「英語。英語で言ってくれ」

「……暗い」おれの首筋に顔をうずめたまま、アレシアが小声で言った。「暗いのは、嫌いです。ここは、とても暗い」

そういうことか。

あらゆる恐怖を想像して、どんな怪物とも闘う覚悟だったが、いまの言葉でほっとした。片腕で抱いたまま、もう片腕を伸ばしてベッドサイドの明かりをつけた。

「これでどうだ?」尋ねたが、アレシアは離れようとしない。「大丈夫。もう安心だ。おれがついている」何度かくり返した。

数分後、アレシアの震えが止まって緊張が解けた。体を離し、おれの目を見つめる。

「ごめんなさい」細い声で言った。

「謝るな。心配はいらない。おれがここにいる」

ふと視線をおろしたアレシアは、おれの上半身がむきだしなのを見て、ゆるゆると頬をピンク色に染めた。

「ああ、ふだんは裸で寝るんだ。今夜はめずらしくズボンを穿いていたから、きみは運がよかったな」冗談めかして言った。

　アレシアの口元がやわらいだ。「知ってます」そう言って、長いまつげの下からそっと見あげる。

「知っている？」

「はい。裸で眠るのを」

「見たのか？」

「ええ」意外にも、アレシアの顔に笑みが浮かんだ。

「そうか。それについて、どう感じたらいいのかな」闇のなかで直面していた恐怖から戻ってきたのはよかったが、アレシアはまだ不安そうに室内を見まわしていた。

「ごめんなさい。起こすつもりはなかったんです」アレシアが言う。「ただ怖くて」

「怖い夢を見た？」

　アレシアがうなずく。「目を開けたら、とても……暗くて――」身震いをする。「自分がまだ夢を見ているのか起きているのかわからなかった」

「そんなことになれば、だれだって悲鳴をあげるさ。ここはロンドンとは違う。トレヴェシックに光害はない。ここでの〝暗い〟は……暗いんだ」

「ええ、まるで――」言葉を止めて、厭《いと》わしげに身をすくめた。

「まるで？」小声で尋ねたが、アレシアの目に宿っていた愉快そうな光は消え、いまでは苦悩の表情が浮かんでいた。アレシアが顔を背け、じっと自分の膝を見つめる。

　返事がないので、そっと背中をさすってうながした。「話してくれ」

「あれは……英語でなんと言うんでしょう——カミオン……トラック。そう、トラックのなか」不意に単語を思い出して、言った。

おれは息を呑んだ。「トラック？」

「はい。それに運ばれてイングランドまで来ました。金属の、箱のような形で。なかは暗くて寒かった。それから、あのにおい……」ほとんど聞こえないくらいの声だった。

「ひどいな」おれは小声で言い、もう一度アレシアを抱きしめた。今回、アレシアが少しためらいを見せたのは、おれがパジャマシャツを着ていないからだろう。だがそんなおぞましい悪夢に一人で置き去りにするなどできない。おれはアレシアを両腕にすくいあげ、流れるような動きで立ちあがった。

驚いてアレシアが息を呑む。

「一緒に寝たほうがいい」返事も待たずに自分の寝室へ戻り、明かりをつけると、ウォークインクローゼットのそばにアレシアをおろした。なかへ入ってパジャマシャツを見つけ、外に出てアレシアに手渡す。それからバスルームを指差した。「向こうで着替えてくるといい。ジーンズにスクールセーターじゃ寝苦しいだろう」緑色の毛糸のセーターを見て、顔をしかめた。

アレシアは何度かすばやくまばたきをした。

しまった、さすがにやりすぎたか？

急に自分の行動を意識して、そわそわと落ちつかなくなってきた。「いや、一人で寝たほうがよければ、もちろんそうしてくれ」

「男性と一緒に寝たことはありません」アレシアがささやくように言った。

そういうことか。

「指一本触れない。純粋に眠るだけだ――もしまたきみが悲鳴をあげても、そばにいられるように」

まあ、まったく別の意味できみに悲鳴をあげさせたいのも事実だが。

アレシアは躊躇し、おれとベッドを見比べていたが、やがて決心したように唇を引き結んだ。

「ここで寝たいです。あなたと一緒に」細い声で言うと、背筋を伸ばしてバスルームに入っていき、照明スイッチを見つけてなかを明るくしてからドアを閉じた。

おれは安堵の思いで、閉じたバスルームのドアを見つめた。

二十三歳にして、男と寝たことがない？

それについては、いまは考えないことにしよう。なにしろ午前三時だし、くたくただ。


鏡に映る青白い顔を、アレシアは見つめた。くまのできた大きな目が見つめ返す。深く息を吸いこんで、悪夢の名残りを振り払った。またあのコンテナのなかにいたが、今回はほかの娘たちはいなかった。

一人きりだった。

暗くて寒い。

そしてあのにおい。

ぶるっと身を震わせて、手早く服を脱ぎはじめた。彼が現れるまで、自分がどこにいるのか忘れていた。

ミスター・マキシム。また助けてくれた。

わたしのスカンデルベグ……アルバニアの英雄。

なんだかわたしを助けることがあの人の習慣になってきたみたい。

これから、その男性と一緒に眠るのだ。

彼なら悪夢を遠ざけてくれる。

父に知られたら殺されるだろう。母に知られたら……。娘が男性と、それも夫ではない男性と、一緒に眠ると聞いて卒倒する母の姿が目に浮かんだ。

父さんと母さんのことは考えない。

大好きな母は、それが娘を救うことになると思ってアレシアをイングランドへ送りだした。

間違いだった。大間違いだった。

ああ、母さん。

いまはミスター・マキシムがいるから安全だ。どうにかはおったパジャマシャツは、大きすぎた。三つ編みをほどいて頭を揺すり、指で梳《す》いて言うことを聞かせようとしたが、あきらめた。脱いだ服を片腕に抱えて、ドアを開けた。

ミスター・マキシムの部屋は、もう一つの寝室よりさらに広く、風通しがよかった。色調はやはりオフホワイトだが、こちらの家具は磨きぬかれた木でできていて、部屋を占めるスレイベッドにマッチしている。彼はベッドの向こう側に立っていて、バスルームから出てきたアレシアに目を見開いた。「おかえり」少しかすれた声で言う。「捜索隊を出そうかと思っていたところだ」

アレシアは、はっとするような緑の目から腕のタトゥーに視線を移した。これまでは一部しか見たことがなかったけれど、いまは部屋の反対側からでも模様がわかる。

双頭の鷲。

アルバニア。

「どうした？」彼がアレシアの視線を追って、自分の二の腕を見おろした。「ああ、これか」少し恥ずかしそうに言う。「若気の至りだよ」そして怪訝《けげん》な顔になった。アレシアの熱心さに戸惑ったのだろう。タトゥーから目をそらせないまま、アレシアは歩み寄った。彼が肘を掲げて、よく見えるようにしてくれる。

二の腕に刻まれていたのは、象牙色の双頭の鷲をモチーフにした黒い盾で、羽ばたく鷲の下には五つの黄色い円が逆Vの字型に配置されていた。アレシアは脱いだ服をベッドの端のフットスツールにのせ、片手を彼の二の腕のほうに伸ばすと、許可を求めるようにそっとマキシムの顔を見た。

タトゥーの輪郭をなぞられるあいだ、おれは息を詰めていた。肌をかすめる指先の軽やかな感触が全身にこだまし、下半身まで到達する。うめき声が漏れそうになるのを、どうにかこらえた。「これはわたしの国のシンボルです」アレシアがささやいた。「双頭の鷲は、アルバニアの国旗に描かれてます」

なんという偶然。

おれは歯を食いしばった。触れられながらも自分は触れないという試練にいつまで耐えられるか、わからなかった。

「だけどこの黄色い円はありません」アレシアがつけ足した。

「それは〝ベザント〟と呼ばれている」

「ベザント」

「ああ。硬貨を表しているんだ」

「アルバニア語にも同じ単語があります。どうしてこのタトゥーを？　どういう意味があるんですか？」魅惑的な目がそっとこちらを見あげた。

どう答えればいい？

これは一家の紋章の盾なんだ、とでも？

午前三時に一家の紋章について説明したくはなかった。それに実際、このタトゥーを入れたのは母を怒らせたかったからだ。母は入れ墨が大嫌いだが、それが一家の紋章であれば、どんな文句を言えるだろう。

「さっき言ったとおり、若気の至りさ」視線がアレシアの目から唇に泳いで、思わずつばを飲みこんだ。「こんな話をするにはもう夜中だし、寝よう」ベッドのキルトをめくってから、彼女が先にもぐれるよう、脇にさがった。アレシアはおとなしくベッドによじのぼったが、その拍子に、彼女には大きすぎるパジャマシャツの裾からすらりとした長い脚がのぞいた。

拷問だな。

「わかげのいたり、というのはどういう意味ですか？」ベッドの反対側に回るおれに、アレシアが尋ねた。両肘をついているので、つややかな黒髪がゆるやかに波打ちながら肩の下へ流れ落ち、胸のふくらみも越えて、シーツまで到達している。なんと魅惑的な。それなのに、指一本触れられない。

「若気の至りというのは、若いせいで愚かな行動をしてしまう、という意味だよ」答えながら、自分もベッドにもぐった。その定義の皮肉に、鼻で笑いたくなる。

この美しい女性のとなりで眠ることが愚かな行動でなければ、なにが愚かなのかわからない。

「若気の、至り」アレシアはつぶやきながら、枕に頭をのせた。

おれはベッドサイドランプの明るさを調節したが、消しはしなかった。またアレシアが目を覚ますかもしれない。

「そう、若気の至り」横になって目を閉じた。「おやすみ」

「おやすみなさい」ささやいた声は甘くやわらかだった。「それから、ありがとう」

おれはうめいた。間違いない、これは拷問だ。アレシアに背を向けて、羊を数えはじめた。

トレシリアンホールの菜園を囲む高い石壁のそばで、おれは芝生に寝転がる。

夏の太陽が肌を温める。

芝を縁取るラベンダーの香りと、壁を伝うバラの甘いにおいが、こちらまで漂ってくる。

暖かい。

幸せだ。

これがわが家。

少女のような笑い声が聞こえた。

気になって声のほうに首を回すが、太陽がまぶしくて輪郭しか見えない。長い黒髪がそよ風に揺れ、まとっているのはぶかぶかで透ける青い部屋着だ。それが風を受けて、ほっそりした体型が浮き彫りになる。

アレシア。

花の香りが強くなり、おれは目を閉じて、甘いにおいに酔いしれた。

目を開けると、彼女は跡形もなく消えていた。


はっと目を覚ました。ブラインドの隙間から朝日が射しこんでいる。アレシアはいつの間にかベッドのおれの側にもぐりこんだらしく、腕の下にぴったり寄り添っていた。丸めた片手を腹にのせ、頭は胸板に押し当てて、脚と脚とをからめている。

全身、アレシアまみれだ。

当の彼女はぐっすり眠っている。

一方おれの下半身は完全に目覚めて、石のように固くなっていた。

「参ったな」つぶやいて、黒髪に鼻をこすりつけた。

ラベンダーとバラの香り。

陶然とさせられる。

この状況から起こりうる展開を頭のなかで挙げていくと、鼓動が加速した。アレシアが腕のなかにいる。準備はできて、待っている。じつに魅惑的で、すぐ近くにいて……近すぎる。身を翻しさえすれば、すぐにでも組み敷いて、石のように固いものを根元までうずめられる。天井を見あげて、自制心を与えてくれるよう神に祈った。動けばアレシアが目を覚ますのはわかっていたので、もう少しその場に横たわったまま、求めてやまない女性が半分重なっているという極上に甘美な拷問を味わった。指先で黒髪をつまみ、そのやわらかさとつややかさに驚いていると、アレシアがぴくりとして、腹の上で丸まっていた指が広がった。指先が、下半身の毛に届きそうになる。

おっと！

猛烈に固くなっているいま、その手をつかんで下半身を握らせる以上にしたいことはない。きっとその瞬間、爆発してしまうだろうが。

「うーん」アレシアがつぶやいた。まぶたが開いて、とろんとした目がおれを見あげる。

「おはよう、アレシア」おれは息を切らしていた。

アレシアがぎょっとして縮こまり、二人のあいだに距離をもうけた。

「ベッドのおれの側へようこそ」からかうように言った。

アレシアはあごまで布団を引きあげて、頬をバラ色に染めながら、内気そうにほほえんだ。

「おはようございます」

「よく眠れた？」彼女のほうを向いて尋ねる。

「はい。ありがとうございます」

「腹は減ったかな」おれは飢えているが、ほしいのは食べ物ではない。

アレシアがうなずいた。

「イエスと解釈していいのかな？」

アレシアは眉をひそめた。

「昨日、車のなかで言っただろう、アルバニアでは逆だと」

「覚えてたんですね」うれしい驚きの声だった。

「きみの言ったことなら、全部覚えているよ」今朝のきみはとてもきれいだと伝えたかったが、我慢した。いい子にしなくては。

「あなたと一緒に寝るのは好きです」アレシアの言葉にうろたえさせられた。

「そうか。意見が合うね」

「怖い夢を見ませんでした」

「よかった。おれもだよ」

アレシアは笑い、おれは目覚める直前まで見ていた夢を思い出そうとした。わかるのはただ、この女性が夢の一部だったということだけだ。いつもどおり。「きみの夢を見た」

「わたしの？」

「ああ」

「怖い夢じゃなかったというのは、本当ですか？」アレシアが冗談めかして言う。

おれはにやりとした。「本当だ」

アレシアはにっこりした。この女性の笑顔は見る者を虜にする。完璧な白い歯、誘うように開くピンク色の唇。「きみはおいしそうだな」うっかり言葉が口から転がりだした。濃い茶色の瞳孔が広がり、おれを魅了する。

「おいしそう？」息苦しげな声でアレシアが言った。

「ああ」

沈黙が広がるなか、二人で見つめ合った。

「どうしたらいいのかわかりません」アレシアがささやいた。

目を閉じてつばを飲んだおれの頭のなかで、昨夜の彼女の言葉が響いた。

〝男性と一緒に寝たことはありません〟

「処女なのか？」かすれた声で尋ね、目を開けてアレシアの顔を観察した。

頬が染まった。「はい」

そのシンプルな肯定の言葉で、リビドーは冷水を浴びせられた。処女と寝たのは一度きりで、相手はキャロラインだった。それはおれにとっての初体験でもあり、二人とも放校処分寸前になるというさんざんな結果に終わった。その一件のあと、父はおれをブルームズベリーにある高級売春宿へ連れていった。

〝女を抱きたい年になったというなら、マキシム、抱き方を覚えろ〟

当時のおれは十五歳で、キャロラインは次へ移った……。

そしてキットが死んだ。

なんて世界だ。

だが、アレシアは二十三歳で処女だと？　まあ、それも当然か。いったいなにを期待していた？　アレシアはこれまでに出会ったどんな女性とも違う。その彼女がいま、期待に満ちた大きな目でこちらを見つめている。またしても、彼女をここへ連れてきたことの愚かさについて考えてしまった。

アレシアがいかにも不安そうに顔をしかめた。

まずい。

手を伸ばして、すねた表情の下唇を親指でこすると、アレシアは鋭く息を吸いこんだ。「アレシア、おれはきみが欲しい。ものすごく。だがきみにもおれを求めてほしいんだ。おれたちのあいだがどういうものにせよ、先へ進む前に、お互いをもっとよく知り合うべきだと思う」

よく言った。これぞ大人の反応だろう？

「わかりました」アレシアはささやいたが、その表情は納得したというより、少しばかり落胆したように見えた。

おれがどうすると思っていた？

そのおれはというと、この状況について考えるためには距離が必要だと思っていた。こうして同じベッドにいては、気が散ってしょうがない。やわらかな唇をとがらせた美しい女性が同じベッドにいて、気が散らない男がいるだろうか。体を起こし、両手でアレシアの頬を包んだ。「いまはただ、この休暇を楽しもう」ささやいてキスをし、ベッドから逃げだした。

いまはそのときではない。

彼女にとってフェアではない。

おれにとってもフェアではない。

「出かけるんですか？」アレシアがベッドのなかで上体を起こすと、黒髪がベールのごとく小柄な体の周りにおりてきた。不安そうに目を見開いている。おれのパジャマシャツにうもれた姿は、それだけでじゅうぶんセクシーに映った。

「シャワーを浴びて、朝食を作る」

「料理ができるんですか?」

驚いた顔を見て、おれは笑った。「できるよ。まあ、ベーコンエッグぐらいだが」照れた笑みを見せてから、バスルームに入った。

仕方ない。

またシャワーを浴びながら自瀆《じとく》行為だ。

全身に湯を浴びながら、大理石のタイルに片手を当てて体を支え、瞬時に達した。腹にのせられたアレシアの手を思い出し、その手が下半身を握っているのだと想像しながら。

処女か。

おれは顔をしかめた。なぜそこまで気にする? 少なくとも、例の悪党どもに乱暴はされていなかったということではないか。アレシアを追っている連中を思い出すと、胃の腑で怒りが火を吹いた。ここコーンウォールにいれば安全だ。ありがたい。

もしかしたらアレシアは信心深いのかもしれない。祖母は伝道者だったと言っていたし、本人は首から金の十字架をさげている。それともアルバニアでは婚前交渉が禁じられているのか。まるでわからない。ダニーが用意しておいてくれた石鹸で髪と体を洗った。

アレシアをここへ連れてきたときに考えていたのは、こんなことではなかった。未経験というのは大問題だ。おれの好みは性的に大胆な女性で、どうすればいいか、どうしたいかをわかっていて、自分の限界も知っているタイプだ。処女を花開かせることには大きな責任を伴う。タオルを取って、髪を乾かした。

たいへんな仕事だが、だれかがやらなくてはならない。

それがおれでもいいんじゃないか？

鏡に映る男を見つめた。

大人になれ。

もしかしたらアレシアは長期的な関係を望んでいるかもしれない。

まともな交際は二度経験したが、どちらも八カ月以上は続かなかった。長期的、とはいえない。シャーロットは上流社会に強い野心を抱いており、エセックスの准男爵に乗り換えた。アラベラは、おれの基準からするとドラッグにのめりこみすぎていた。たまにハイになるくらいならいいが、毎日となると許容範囲外だ。たしかいまは、また更生施設に入っているのではなかったか。

アレシアとの関係。どういうものになるだろう？

とはいえ先走りすぎだ。腰にタオルを巻いて寝室に戻ると、アレシアの姿はどこにもなかった。

心拍数が跳ねあがる。

逃げたのか？　また？

慌ててとなりの部屋へ向かい、閉じたドアをノックする。返事はない。なかに入ると、シャワーの音が聞こえたのでほっとした。

なにをおろおろしている。しっかりしろ。

そのまま部屋を出てドアを閉じ、自室に戻って服を着た。

ずっとここでシャワーを浴びていたいとアレシアは思った。クカスの家のバスルームには基本的なシャワーがあるだけで、使うたびに床をモップがけしなくてはならなかった。マグダのところのシャワーは、浴槽の上方に取りつけられていた。ところがこのシャワーは独立した空間にあり、全身に湯を浴びせてくれるシャワーヘッドは見たこともないほど大きい。ミスター・マキシムのアパートメントのバスルームにあるものより大きいくらいだ。これほど幸せな思いをしたのは初めて。髪を洗い、マグダからもらった使い捨て剃刀で丁寧に毛を剃った。

それが終わると、故郷から持ってきたスポンジで体をこする。泡だらけの手で胸のふくらみに触れたとき、思わず目を閉じた。

〝アレシア、おれはきみが欲しい。ものすごく〟

あの人に求められている。

手が自然と下へ向かった。

想像のなかでは、触れているのは彼の手だった。親密に触れているのは。

わたしもあなたが欲しい。

彼の腕のなかで目覚め、あの肉体のぬくもりと強さを肌で感じたときのことを思い出した。ぞくぞくしながら手を動かす。速く、もっと速く。もっと。温かいタイルにもたれかかって首をそらし、口を開けて必死に息をする。

ああ……。

マキシム。

マキシム。

不意に体の奥の筋肉が締まって、アレシアは達した。

呼吸を整えながら目を開ける。

これがわたしの求めているもの……でしょう？

あの人を信じていいの？

答えはイエス。

彼は信頼を揺るがすようなことをなに一つしていない。昨夜は夜の恐怖から救ってくれた。親切でやさしかった。悪夢を遠ざけるために、一緒に眠りもしてくれた。

そばにいると安心する。

安心なんて久しぶりだ。新鮮な感覚。もちろん、ダンテとイーリィにまだ追われているのはわかっているけれど。

だめ。そのことは考えない。

男性について、もっとよく知っていればよかった。クカスでは、イングランドのように男女がやりとりすることはない。故郷では、男は男と、女は女と親しむ。ずっとそうだった。兄も弟もいないし、地域の行事などでも男のいとこからは遠ざけられていたので、知っている男性は大学で出会った数少ない男子学生に限られる。それと、もちろん父と。

黒髪を指で梳いた。

ミスター・マキシムは、これまでに出会ったどんな男性とも違う。

顔に湯を浴びながら、抱えている問題をすべて頭から追いだそうと決めた。マキシムの言ったとおり、これは休暇だ。生まれて初めての休暇。

頭にはタオルを、体にはバスシーツを巻いて、裸足で寝室に戻った。ドンドンと響く重低音が階下から聞こえる。耳を澄ましたが、この曲はアレシアの知る彼とは相容れないように思えた。彼の作る曲が連想させるのは静かで内省的な人物で、家中に響くこのやかましい音楽から想像されるような人物ではない。

手持ちの服すべてをベッドに並べた。ジーンズとブラ以外、どれもマグダとミハウからもらったものだ。顔をしかめ、もっとすてきな服を持っていたらと思った。結局、ジーンズに合わせてオフホワイトの長袖Tシャツを着ることにした。少し型くずれしているけれど、我慢するしかない。ほかにないのだから。

髪をタオルで乾かしてからブラシをかけ、おろしたまま下へ向かった。階段を囲むガラスの壁越しに、キッチンにいるマキシムが見えた。淡いグレーのセーターに破れたブラックジーンズという姿で、肩にふきんをかけたまま、コンロに向かっている。おいしそうなにおいからすると、ベーコンを焼いているのだろう。そして部屋中に響くダンスミュージックに合わせて、足で床をたたいている。アレシアはついほほえんだ。この人のアパートメントを何度も掃除してきたが、料理ができることを示すものは一度も見たことがなかった。

故郷では、男性は料理をしない。

料理をしながらダンスもしない。

たくましい背中、引き締まった腰、音楽にぴったり合わせて床をたたくむきだしの足。すべてに魅了される。お腹がきゅっと締めつけられる甘美な感覚を味わった。マキシムが濡れた髪をかきあげてベーコンをひっくり返すと、生つばが湧いた。

ああ、なんていいにおい。

そして、なんていい眺め。

不意にマキシムが振り返り、階段の上にいるアレシアを見つけて顔を輝かせた。大きな笑みは、アレシアの笑みを映す鏡だ。

「たまごは一つ？　二つ？」マキシムが音楽に負けない大きな声で尋ねる。

「一つで」言いながら階段をおりて、広い部屋に入った。なにげなく向きを変えたとき、天井から床までの窓の外に広がる景色に息を呑んだ。

海だ！

「海《デティ》よ！　海《デティ》！　海だわ！」そう叫びながら、バルコニーへ続くガラスのドアに駆け寄った。


おれはベーコンを焼いている火を落としてから、バルコニーへ続くガラスの引き戸まで急いだ。アレシアは興奮しきった様子で飛び跳ねている。

「海へおりられますか？」喜びに目を輝かせて飛び跳ねる姿は、まるで子どもだ。

「もちろん。ほら」アレシアが外に出られるよう、鍵を開けてドアをスライドさせた。とたんに冷たい風が吹きつけて、二人ともぎょっとする。凍えるほど寒いのに、アレシアは濡れた髪もむきだしの足も薄いTシャツもかまわず、駆けだした。

この女性はまともな服を持っていないのか？

おれはソファの背にかけてあった灰色のブランケットをつかみ、あとを追って外に出た。ブランケットで華奢な体をくるみ、景色に見とれるアレシアを布の上から抱く。アレシアの顔は驚嘆で輝いていた。

〈ハイドアウト〉とその他三つの別荘は、岩場の高台に建てられている。庭の端にある曲がりくねった小道を進めば、ビーチにおりられる設計だ。今日はよく晴れている。太陽はさんさんと輝いているが、うなる風は身を切るように冷たい。海は寒そうなブルーで、ところどころに白い波が立ち、入り江の両側の崖に波がぶつかる低い音が聞こえた。空気は新鮮で、潮の香りがする。こちらを向いたアレシアの顔には、完全な畏怖の念がたたえられていた。

「おいで。まずは食事だ」ベーコンを火にかけたままなのが気になった。「ここにいたら大風邪を引くぞ。朝食をすませたらビーチに行こう」アレシアを連れて部屋のなかに戻り、ドアを閉じた。「あとはたまごだけだ！」音楽に負けまいと大声で言う。

「手伝います！」アレシアも大声で返し、ブランケットにくるまったまま、おれについてキッチンに向かった。

スマートフォンのアプリで、ワイヤレススピーカーの音量をさげた。「これでよし」

「おもしろい音楽ですね」その口調からすると、あまり好みではないのかもしれない。

「韓国のハウスミュージックだ。ＤＪをするときに何曲か使う」説明しつつ、冷蔵庫からたまごを取りだす。「二つだったたっけ？」

「一つです」

「本当に？」

「ええ」

「よし。じゃあ一つな。おれは二つだ。トーストを用意してくれ。パンは冷蔵庫のなか、トースターは向こうだ」

一緒に朝食の用意をしながら、アレシアを眺めた。長く器用な指で焼きあがったパンをトースターから取りだし、一枚ずつバターを塗る。

「これに」引き出し式の保温器《ウォーミングドロワー》から皿二枚を取りだしてカウンターに置くと、アレシアがその上にトーストをのせていった。

そこにおれがベーコンとたまごを盛りつけると、アレシアはにっこりした。

「きみはどうだか知らないが、おれは腹ぺこだ」フライパンは流しに放置して両方の皿を手に取り、アレシアをダイニングテーブルのほうへうながして、それぞれの位置に皿を置いた。

アレシアが感心した顔で見ている。

たったそれだけで、ついになにかを成し遂げた気になれたのは、なぜだろう？

「こっちに座るといい。食事をしながら景色を楽しめる」


「どうだった？」マキシムが尋ねた。

二人は大きなダイニングテーブルに着いている。アレシアはいままで座ったことのない上座にいて、景色を楽しんでいた。海の眺めを。

「おいしかったです。あなたにはいろんな才能があるんですね」

「知ったらきっと驚くぞ」マキシムが少しかすれた声で言った。どういうわけか、その口調と注がれる視線に、アレシアの息はつかえた。

「本当に散歩に行きたいか？」

「はい」

「よし」マキシムが携帯電話を取って、番号を押す。だれにかけているのだろうとアレシアは思った。

「ダニーか」マキシムが言う。「いや、大丈夫だ。それよりドライヤーを持ってきて……え？ああ、そこにあるのか。わかった。じゃあ、長靴かブーツを一足頼みたい……」アレシアを見て尋ねた。「サイズは？」

なんのことだかわからずに、きょとんとした。

「靴のサイズだ」マキシムが言う。

「38です」

「38というと……サイズ5だな。それから、あれば靴下も。そうだ。女性用……柄はどうでもいい。あとは、ものすごく暖かい上着……ああ、これも女性用だ……スリムで小柄。なるべく早く、頼む」少し耳を傾ける。「すばらしい」そう言って、電話を切った。

「上着ならあります」

「あれでは寒さをしのげない。それからアルバニアの靴下の習慣については知らないが、ここでは外は寒いんだ」

アレシアは赤くなった。靴下を二足しか持っていないのは、それ以上は買えないからだ。そして、マグダにもう一足は頼めなかったから。マグダにはじゅうぶんしてもらった。

荷物はダンテとイーリィに没収されたし、ブレントフォードにたどり着いたとき、着ていた服のほとんどはマグダが燃やしてしまった。もう着られる状態ではなかった。

「ダニーというのはだれですか？」

「ここからそう遠くないところに住んでいる女性だ」マキシムは言い、空の皿に視線を落として席を立つと、テーブルを片づけはじめた。

「わたしがやります」アレシアは慌てて立ちあがった。「洗います」皿を受け取って流しに運ぶ。

「いや、おれがやる。それより、きみの部屋のたんすの引き出しにドライヤーがあるそうだ。髪を乾かしておいで」

「でも――」まさかこの男性が皿洗いをするわけがない。男性は皿洗いなどしないものだ。

「〝でも〟はなし。おれがやる。きみはもうさんざん、おれの後片づけをしてくれた」

「それがわたしの仕事です」

「いまは違う。きみはおれのゲストだ。ほら、早く行け」きっぱりした口調だった。有無を言わさぬ口調。アレシアの背筋を震えが駆けのぼった。「頼むから」マキシムがつけ足した。

「わかりました」アレシアは小声で言い、急ぎ足でキッチンを出た。困惑し、怒られたのだろうかと不安になった。

どうか怒らないで。

「アレシア」呼びかけられて、階段のふもとで立ち止まり、自分の足を見おろした。「大丈夫か？」一つうなずいてから、階段を駆けのぼった。


なにごとだ？

おれがなにを言った？　目が合うのを意図的に避けて階段をのぼっていくアレシアの姿を、困惑して見送った。

しくじったか。

動揺させてしまったのは間違いないが、原因がわからない。追いかけようかと思ったものの、やめておくことにして、皿を食器洗い機に収めて後片づけを始めた。

二十分後、フライパンをしまっていると、インターホンが鳴った。

ダニーだ。

アレシアが出てこないかと期待しつつ階段を見あげたが、彼女は現れなかった。ブザーを押してダニーを通し、音楽を消した。ダニーのお気に召さないのは知っている。


ドライヤーの甲高いうなりだけを聞きながら、アレシアは何度も髪にブラシをかけた。そのたびに、心拍数がもとのペースに落ちついていく。

父さんみたいな口調だった。

そしてアレシアは、いつも父に示していたとおりの反応を示した――邪魔にならない場所に消えた。たった一人のわが子が女だったことで、父は娘も妻も許さなかった。だが怒りの矢面に立たされたのは、かわいそうな母だった。

けれどミスター・マキシムは、父とは違う。

大違い。

髪を整えてしまうと、心の平静を取り戻して家族のことを忘れるには、ピアノを弾くしかないと思い至った。アレシアにとって、音楽は避難所だ。唯一の逃げ道。

階段をおりたが、ミスター・マキシムの姿はなかった。どこへ行ったのだろうと思いつつも、指は鍵盤を求めてうずいていた。小さな白いアップライトピアノの前に座って蓋を開けると、指慣らしもなしに、バッハの前奏曲ハ短調を激しく弾きはじめた。音は鮮やかなオレンジ色と赤となって部屋を燃えあがらせ、父についての思いを焼きつくしてアレシアを解き放った。

目を開けると、マキシムが見ていた。

「すばらしかった」ささやくように言う。

「ありがとうございます」アレシアは答えた。

マキシムが近づいてきて、指の背でアレシアの頬を撫でてから、あごをすくった。鮮やかな緑の目に吸いこまれそうになる。なんてきれいな色だろう。こうして近くで見ていると、虹彩の縁がやや濃い緑色なのがわかる。クカスの樅の木の色。それが瞳孔へ向かうにつれて薄くなり、春のシダの色になる。マキシムがかがみこんできたので、キスされるのかと思った。が、そうではなかった。

「おれのなにがいけなかったのか、わからない」

アレシアは彼の口に指を当てて、黙らせた。

「あなたはなにも悪くありません」ささやくように言った。彼の唇がすぼまって指先にキスされたので、そっと手を引っこめた。

「それでも、なにかいけなかったのなら謝る。さあ、ビーチを散歩しないか？」

アレシアは笑顔で見あげた。「ぜひ」

「じゃあ行こう。ただし、暖かい格好をすること」

気が急いているのだろう、アレシアはおれを引きずるようにして岩場の小道をおりていった。いちばん下にたどり着いてビーチに出ると、もはや気持ちを抑えられなくなったに違いない、おれの手を離して波の荒い海へ駆けだした。風に帽子が飛ばされ、髪がなびく。

「海です！　海！」そう叫び、両腕を広げてターンする。先ほどの激しい感情も忘れて、満面の笑みを浮かべている。輝くその顔は、喜びの光で内側から照らされているかのようだ。おれは粒の粗い砂の上を大股で進み、飛ばされた毛糸の帽子を拾った。

「海です！」波のうなりに負けじとアレシアがまた叫び、風車のごとく腕を大きく振りまわした。波が打ち寄せるたびに、もっと来いと言わんばかりに。

ほほえまずにはいられなかった。初めての経験にだれの目も気にせずはしゃぐ姿は、あまりにも魅力的で、おれは胸を打たれた。波打ち際で甲高い声をあげながら白波から逃げるさまには、にやりとしてしまう。ぶかぶかの長靴にだぶだぶのコートという出で立ちはいかにも滑稽だ。顔は紅潮し、鼻はピンク色になって、すっかり息を切らしている。おれは胸を締めつけられた。

アレシアが子どものように駆けてきて、おれの手をつかんだ。「海です！」もう一度叫んで、荒々しい波のほうへ引っ張る。おれは彼女の喜びに屈して、自分から歩きだした。

第13章

手をつないで海沿いの小道を歩いていた二人は、古びた廃墟のそばで足を止めた。

「これはなんですか?」アレシアは尋ねた。

「閉鎖された錫鉱山だ」

大きな煙突に寄りかかり、波立つ海を眺める。白い波が砕け、冷たい風が吹き抜ける。「ここはとてもきれいですね」アレシアは言った。「自然が多くて。故郷を思い出します」

だけどここにいるほうが幸せ。そして……安心する。

それはきっと、ミスター・マキシムと一緒だからだ。

「おれもここが大好きだ。ここで育ったんだよ」

「ゆうべ泊まったあの家で?」

マキシムは顔を背けた。「いや。あれは最近になって兄が建てた」口角がさがり、途方に暮れたような表情が浮かぶ。

「お兄さんがいるんですね」

「いたんだ」ささやくような声だった。「死んだよ」両手をコートのポケットに突っこんで海を眺めるその顔は、石に刻まれたかのごとく無表情だった。

「お気の毒に」アレシアは言った。マキシムの悲痛な表情から察するに、兄の死は最近のできごとなのだろう。手を伸ばして腕に触れた。「お兄さんがいなくなって、悲しいんですね」

「ああ」マキシムはかすれた声で言い、アレシアのほうを向いた。「悲しいよ。大好きだったんだ」

　率直な答えに驚いた。「ほかに家族は？」

「妹がいる。メアリアンだ」一瞬、やさしい笑みが浮かぶ。「それから母」口調が冷たいものに変わった。

「お父さんは？」

「おれが十六のときに死んだ」

「そんな、お気の毒に。妹さんとお母さんは、ここに住んでいるんですか？」

「以前はね。いまは、ときどき訪ねてくるくらいだ」マキシムは言った。「メアリアンはロンドンに住んで、向こうで仕事をしている。医者なんだ」誇らしげな笑みを見せた。

「すごい《ウーア》」アレシアは母国語で感嘆の声をあげた。「お母さんは？」

「ほとんどニューヨークだ」そっけない答えだった。母親のことは話したくないらしい。

　わたしも父さんのことは話したくない。

「クカスの近くにも鉱山があります」話題を変えようとしながら、灰色の石でできた大きな煙突を見あげた。コソボへ向かう道の途中にある煙突に、少し似ている。

「本当に？」

「はい」

「なにが採れる？」

「クロムです。英語ではなんと言いますか？」

「クロミウム、だね」

アレシアは肩をすくめた。「英語は難しいです」

「英語－アルバニア語の辞書をだれかに作ってもらったほうがよさそうだな」マキシムがつぶやくように言った。「さあ、村まで歩かないか。そこでランチにしよう」

「村？」散歩の途中で、家は一軒も見ていない。

「トレヴェシックといって、丘を越えてすぐの小さな村だ。旅行者にも人気がある」

マキシムと並んで歩きだしたアレシアは、ふと思い出して尋ねた。「アパートメントにある写真は、ここで撮ったものですか？」

「風景写真か。ああ、そうだよ」マキシムはにっこりした。「観察力が鋭いんだな」両眉をあげてつけ足したのを見れば、感心しているのがわかった。内気な笑みを返すと、マキシムは手袋をはめたアレシアの手を握った。

小道の先には、歩道のない狭い通りが伸びていた。両側の生け垣は高いが、通行の邪魔はしていない。とげのある木も落葉した木も、きちんと手入れされていて、ところどころ雪に覆われている。その通りを進んでなだらかなカーブを曲がると、道の先にトレヴェシック村が現れた。石としっくいでできた家々は、アレシアがこれまでに見たどんな家とも違う。小さくて古そうだが、じつに魅力的だ。村には昔ながらの雰囲気が漂っていて、ごみ一つ落ちていない。生まれ育った土地では、通りにはごみや建物の残骸が転がっていて、たいていの建物はコンクリート製だ。

海岸線からは石造りの埠頭が二本、港を囲む形で伸びており、大きな漁船が三隻、係留されている。海岸沿いにはいくつか店があった。ブティックが二軒、コンビニエンスストアと小さなギャラリーが一軒ずつ、そしてパブが二軒。一つは〈水遊び場《ウォータリングホール》（言葉遊びでバー、ナイトクラブの意味も）〉という店名で、もう一つは〈双頭の鷲《トゥー・ヘディド・イーグル》〉だ。表にかかった看板には、見覚えのある盾の図柄が施されていた。「見てください！」看板を指差して言った。「あなたのタトゥーと同じ」

マキシムはそれには答えず、ウインクをよこした。「腹は減ったかな？」

「はい」アレシアは言った。「だいぶ歩いたので」

「こんにちは、ミロード」黒いマフラーに緑色の防水コートを着てハンチング帽をかぶった年配の男性が、ちょうど〈双頭の鷲〉から出てきた。続いて犬種のよくわからない毛むくじゃらの犬が現れる。犬に着せられた赤いコートの背中のところには、〈ボリス〉という名が金色の糸で刺繍されていた。

「われらが教区牧師《ヴィカー》、トレウィン神父」マキシムが年配の男性と握手を交わす。

「どうだね、がんばっているかね？」男性はマキシムの腕をやさしくたたいた。

「ええ、どうにか」

「それはよかった。そちらのきれいなお嬢さんはどなたかな？」

「彼女はアレシア・デマチ。おれの……友人で、海の向こうからやって来ました」

「ようこそ」トレウィン神父は手を差しだした。

「はじめまして」アレシアも言い、握手をした。神父から直接話しかけられたことに、驚きと同時に喜びも覚えた。

「コーンウォールはいかがかな?」

「とてもきれいなところですね」

トレヴィンはにっこりほほえんでから、視線をマキシムに戻した。「明日の日曜礼拝で顔を見られたらと思うが、無理な願いだろうか」

「考えておきます」

「手本にならなければならない。それを忘れないでくれ」

「ええ、わかっています」マキシムはあきらめたような口調で言った。

「しかし、今日は寒いな!」この話はここまでとばかりにトレヴィンが大きな声で言う。

「まったくです」

トレヴィン神父が口笛でボリスを呼ぶと、おすわりをして会話が終わるのをじっと待っていた犬が立ちあがった。「念のため、礼拝は十時きっかりに始まる」二人に会釈をしてから、通りを歩いていった。

「ヴィカーというのは、聖職者ですよね?」パブのドアを開けて暖かい店内にうながすマキシムに、アレシアは尋ねた。

「そうだよ。きみは敬虔な信者?」

意外な問いに、アレシアは答えようとした。「わたしは――」

「いらっしゃい、ミロード」赤毛に赤い顔をした大柄な男性の声で、会話を遮られた。男性の前にはみごとなバーがあり、装飾用のジョッキやパイントグラスがぶらさがっている。店の片側では暖炉が赤々と燃え、テーブルの両側には背の高い木製のベンチが置かれて、ほとんどの席が男女で埋まっていた。土地の人か旅行者か、アレシアにはわからない。天井からは漁に使う縄や網、仕掛けなどがさがっている。とても温かで親しみやすい雰囲気だ。奥のほうにキスをしている若いカップルを見つけ、アレシアは恥ずかしさに目をそらし、ミスター・マキシムにぴったりくっついた。

「久しぶり、イアゴー」おれはバーテンダーに言った。「ランチ二名なんだが、席はあるかな?」

「メガンがどうにかしてくれるだろう」イアゴーが向こうの隅を指差した。

「メガン?」

まさか。

「ああ。ここで働いてるんだ」

しまった。

横目で見ると、アレシアは怪訝そうな顔をしている。おれはあらためて尋ねた。「本当に腹が減っているかな」

「はい」アレシアは答えた。

「〈ドゥーム・バー〉ビールでいいか?」イアゴーが尋ねた。関心を隠そうともせずにアレシアをじろじろ見ている。

「ああ、頼む」おれはバーテンダーをにらむまいとしながら言った。

「そちらのレディには?」アレシアから目をそらさずに、やさしい口調でイアゴーが問う。

「なにが飲みたい?」おれはアレシアに尋ねた。

アレシアが帽子を脱いで髪をおろした。寒かったせいで頬が染まっている。「昨日のビールを」腰に届くほど長い黒い巻き毛と、輝く目と、まぶしい笑顔。異国情緒漂う美しさにすっかり魅了されて、おれはぼうっとなった。じろじろ見ているイアゴーを責められない。「レディにはペールエール半パイントを」バーテンダーを見向きもせずに言った。

「どうしました?」アレシアが言い、メアリアンの〈バブアー〉のジャケットのフロントファスナーをおろしはじめた。ぽかんと見とれていたことに気づいたおれは、首を振って照れた笑みを浮かべた。

「いらっしゃい、マキシム。それとも〝ミロード〟って言うべきかしら」

おでましだ。

振り返ると、目の前にメガンがいた。その表情は着ている服の色と同様、暗い。「二名ですって?」甘ったるい声で言いながら、やはり甘ったるい笑みを浮かべる。

「ああ。それで、元気だったか?」

「元気よ」鋭い声で言われて、おれの心は沈んだ。頭のなかで父の声が聞こえる。

〝地元の娘には手を出すな〟

脇に引いてアレシアを先に通し、不機嫌なメガンのあとに続いた。案内されたのは店の一角の、埠頭を見晴らす窓際のテーブルだった。店でいちばんいい席だから、意味のあることだ。

「ここでいいかな?」あえてメガンを無視して、アレシアに尋ねた。

「ええ、もちろん」アレシアは答え、むすっとしているメガンを不思議そうに見た。

おれが椅子を引いてアレシアを座らせると、イアゴーが飲み物を持って現れ、メガンはぶらぶらと去っていった。きっとメニューを取りに行ったのだろう……あるいはクリケットのバットを。

「乾杯」おれはパイントグラスを掲げて言った。

「乾杯」アレシアが応じ、一口すすってから言う。「あなたが来たことを、メガンは喜んでないみたい」

「ああ、同感だ」肩をすくめて、この話題を終わらせた。メガンについて、アレシアと話したくはない。「それより、信仰心の話の続きを」

アレシアが疑わしそうな目で見つめた。メガンのことを考えているのかと思ったが、口にしたのはこうだった。「わたしの国では、共産主義政権が宗教を禁止しました」

「昨日、車のなかでも言っていたね」

「はい」

「だけどきみは金の十字架をさげている」

「メニューをどうぞ」ぶしつけにメガンが会話を遮り、ラミネート加工されたカード型のメニューをそれぞれに手渡した。「注文はあとで聞きに来るわ」くるりと向きを変えて、バーのほうに戻っていく。

おれはなにごともなかったかのように、アレシアをうながした。「それで?」

アレシアは不思議そうな目でメガンの後ろ姿を眺めていたが、彼女についてはなにも言わず、首からさげた金の十字架に触れながら答えた。「これは祖母の形見です。祖母はカトリック教徒でした。よく隠れてお祈りをしてました」

「じゃあ、きみの国には宗教がない？」

「いまはあります。共産主義政権が倒れて、共和国になったので。だけどアルバニアではあまり宗教が大事じゃありません」

「そうなのか。バルカン半島では宗教がすべてかと思っていた」

「アルバニアは別です。アルバニアは……そう、宗教色の薄い《セキュラー》国なんです。宗教ってとても個人的なものでしょう？　その、自分と神さまとのあいだのことというか。わたしの家族はカトリック教徒ですが、町の人のほとんどはイスラム教徒です。だけどみんな、それについてあまり深く考えません」そして興味ありげに尋ねた。「あなたは？」

「おれ？　そうだな、たぶん英国国教会なんだろう。だけど信仰心はまったくない」トレヴィン神父の言葉がよみがえってきた。

〝手本にならなければ〟

気が重いことだ。

だが明日は教会へ行ってみようか。キットはなんとか時間を工面して、こちらにいるときは月に一度か二度、日曜礼拝に出席していた。

弟のおれは、それほど。

これもまた、果たさなくてはならない義務というわけだ。

「イギリス人はみんなそうなんですか？」アレシアの問いかけで、はっと我に返った。

「信仰心のこと？　そういう人もいるし、そうでない人もいる。イギリスは多文化社会だからね」

「ええ、知ってます」アレシアはにっこりした。「ロンドンで列車に乗ってると、いろんな言語が聞こえてきます」

「きみは好き？　ロンドンが」

「うるさいし人が多いし、ものは高いけど、刺激的な町ですよね。都会には行ったことがありませんでした」

「ティラナにも？」金をかけた教育のおかげで、アルバニアの首都は知っていた。

「ええ。旅行したことがなかったんです。海だって、ここへ連れてきてもらって初めて見ました」そう言って窓の外に目を向けた。アレシアの表情は切なげだったが、おかげで横顔を眺めることができた。長いまつげ、かわいい鼻、ふっくらした唇。血がたぎって、つい椅子の上で身じろぎした。

落ちつけ、おれ。

メガンが戻ってきた。その怒った顔と後ろにかきあげられた髪を見たとたん、おれの問題は静まった。

ああ、まだ恨んでいるのか。七年前の一夏《ひとなつ》のことなのに。たった一夏の。

「ご注文は？」メガンが言い、おれをにらんだ。「今日のおすすめはタラよ」まるで侮蔑のように聞こえた。

アレシアは眉をひそめ、さっとメニューを眺めた。

「フィッシュパイをもらおう」おれはいらいらした声で注文し、なにか文句でもあるのかと言いたげにメガンを見た。

「わたしも同じものを」アレシアが言う。

「フィッシュパイを二つね。ワインはいかが？」

「ビールでいい。アレシア、きみは？」

メガンが美しきアレシア・デマチのほうを向いた。「そちらは？」嚙みつくように言う。

「わたしもビールで」

「ありがとう、メガン」警告するような低い声でおれが言うと、メガンは冷ややかな目でこちらを見た。

この調子では、テーブルに運んでくる前におれの皿につばを吐くかもしれない。いや、なお悪い場合は、アレシアの皿に。

「まったく」小声でぼやき、厨房へ戻っていくメガンの後ろ姿を見送った。

アレシアは、そんなおれの反応を見守っていた。

「何年も前のことだよ」おれは言い、気恥ずかしくてセーターの襟を引っ張った。

「なにがですか？」

「メガンとおれ」

「ああ」アレシアは感情のない声で言った。

「昔の話だ。それより、きみの家族の話を聞かせてくれ。兄弟姉妹はいる？」どうにか話題を切り替えようと、尋ねた。

「いえ」アレシアはそれだけ答えた。まだメガンとおれのことを考えているのは間違いない。

「ご両親は？」

「父と母がいます。すべての人と同じように」そう言って、アーチ型の美しい眉をあげる。

へえ、麗《うるわ》しのデマチ嬢もこういうことを言うのか。

「どんな人たち？」愉快さをこらえて尋ねた。

「母は……勇気のある人です」声がやわらかく、切ないものになる。

「勇気？」

「はい」表情が憂いを帯び、アレシアはまた窓の外に目を向けた。

なるほど、この話題は立ち入り禁止か。

「お父さんは？」

アレシアは首を振って肩をすくめた。「父は、アルバニア人男性です」

「つまり？」

「つまり、古風で、その……なんて言うんでしょう、目に目を合わせません」そう言って少し表情を曇らせたので、この話題も立ち入り禁止だとわかった。

「目と目を、だな」おれは英語の間違いを直した。「じゃあ、アルバニアのことを話してくれないか？」

アレシアの顔がぱっと輝いた。「なにが知りたいですか？」あの長いまつげのあいだから見あげられて、また下半身が固くなる。

「なにもかも」ささやくように答えた。

目も耳も、アレシアに夢中だった。アレシアは熱をこめて感情豊かに語り、生まれた国と故郷を鮮やかに描きだした。アルバニアは特別な場所で、家族がすべての中心であること。歴史ある国で、異なるイデオロギーをもつさまざまな文化の影響を受けてきたこと。西洋にも東洋にも面しているが、国としてはヨーロッパのほうを向いていること。故郷の町が誇りであること。クカスは北部の小さな町で、コソボとの国境沿いに位置すること。壮大な湖や川や峡谷についてアレシアは熱心に語ったが、なかでも山々については熱の入れようが違った。いきいきと風景のことを語る姿を見れば、故郷のなにを恋しく思っているかは明らかだった。

「だからここが好きです」アレシアが言う。「いろいろ見ましたが、コーンウォールの景色もとてもきれいだから」

　メガンとフィッシュパイの登場で会話を遮られた。メガンは皿をどんとテーブルに置くと、ものも言わずに去っていった。相変わらず不機嫌な顔をしていたが、フィッシュパイは熱々でおいしそうだったし、だれかがつばを吐いたようにも見えなかった。

「お父さんの仕事は？」おれは慎重に尋ねた。

「ガレージを持ってます」

「つまり、ガソリンを売っている（イギリスでは自動車修理もするガソリンスタンドをガレージと呼ぶ）？」

「いえ、車を直します。タイヤとか、機械を」

「お母さんは？」

「家にいます」

　なぜアルバニアを離れたのかと訊きたいが、訊けばイギリスまでのつらい旅を思い出させてしまう。

「じゃあ、きみはクカスでなにをしていた？」

「そうですね、勉強してましたが、大学が閉鎖されたので、ときどき小さな子の学校で働いたり、それからたまにはピアノを弾いたり……」声が途切れたのは、郷愁のせいか、それとも別の理由からか、おれにはわからなかった。「あなたの仕事のことを教えてください」話題を変えたいのだろうが、おれのほうはまだ自分の正体を明かしたくなかったので、ＤＪについて話した。

「イビサ島のサンアントニオで、夏に何度か回したこともある。いや、あそこは本物のパーティ空間だよ」

「だからあんなにたくさんレコードを持ってるんですか？」

「ああ」おれはうなずいた。

「いちばん好きな音楽はなんです？」

「どんな音楽も好きだ。〝いちばん〟はない。きみは？　何歳のときにピアノを始めた？」

「四歳です」

そんなに早くから。

「音楽を学んだことは？　つまり、音楽理論を」

「ありません」

ますます驚きだ。

アレシアが食事をするところを見られて、うれしかった。頬はバラ色で目は輝き、ビール二杯でおそらくはほろ酔いだ。

「もう腹はいっぱいかな？　ほかに食べたいものは？」

アレシアは首を振った。

「じゃあ行こうか」

勘定書を持ってきたのはイアゴーだった。メガンはいやだと言ったのか、あるいは休憩中なのだろう。支払いをすませてアレシアの手を取り、パブを出た。

「ちょっと店に寄っていいかな」

「もちろん」ほろ酔いで崩れたアレシアの笑みに、にやりとしてしまった。

トレヴェシック村の店々は領地の所有で、地元の人たちに賃貸しされている。イースターから元日まで、どの店も繁盛しているらしいが、実利的なのは雑貨屋だけだ。最寄りの大きな町までは数マイル離れていて、この店はさまざまな品を揃えている。店に入ると、軽やかなベルの音が響いた。

「必要なものがあれば、遠慮なく言ってくれ」軽くふらつきながら雑誌の棚を眺めているアレシアにそう声をかけてから、おれはカウンターのほうへ向かった。

「いらっしゃいませ」店員が言った。長身の若い女性だが、見覚えがない。

「常夜灯はあるかな？　子ども用の」

店員はカウンターを離れ、近くの通路の棚を探しはじめた。「うちにあるのはこれだけですね」そう言って手にした箱には、小さなプラスチック製のドラゴンが入っていた。

「一つもらおう」

「電池が必要です」店員が言う。

「じゃあ電池も」

適した電池のパックをつかんで店員がカウンターに戻ってきたとき、おれの目にコンドームが飛びこんできた。

もしかしたら運に恵まれるかもしれない。

周囲を見まわしてアレシアを探すと、雑誌をぱらぱらとめくっていた。

「コンドームも一箱」

若い女性店員が頰を赤らめたのを見て、知り合いでなくてよかったと思った。

「どれがいいですか?」店員が問う。

「それを」いつも使っているものを指差した。店員はその箱をつかみ、常夜灯と一緒に急いでビニール袋に入れた。

支払いをすませて、店の表側にいたアレシアのところへ向かう。いまは小さな口紅コーナーを見ていた。

「ほしいか?」おれは尋ねた。

「いいえ。大丈夫です」

驚く返事ではなかった。アレシアが化粧をしているところは見たことがない。

「行こうか」

手をつないで、ふたたび通りに出た。

「あそこはなんですか?」鉱山跡のほうへ歩きだしたとき、アレシアが指差したのは、一部分だけが見えている遠くの煙突だった。それがなにか、もちろん知っている。大きな屋敷の西翼の屋根から伸びる煙突だ。トレシリアンホール。わが先祖代々の屋敷。

くそっ。

「あそこか？　トレヴェシック伯爵の屋敷だよ」

「伯爵？」一瞬、アレシアの眉間にしわが寄った。そこからは無言で歩いたが、おれは心のなかで自分と闘っていた。

自分がそのトレヴェシック伯爵だと言え。

いやだ。

どうして？

そのうち言う。いまはだめだ。

どうして？

先におれを知ってほしい。

おまえを知る？

しばらく一緒に過ごすんだ。

「またビーチに行けますか？」アレシアの目がふたたび興奮で輝いた。

「もちろん」


アレシアは海に夢中だった。朝と同じ、抑制を知らない喜びを爆発させながら、打ち寄せる浅い波のなかまで駆けていく。借りた長靴のおかげで、ぶつかる波にも足が濡れることはない。

ああ……天にものぼりそうな心地。

ミスター・マキシムが海をくれた。

浮き立つような喜びがこみあげてきて、目を閉じて両腕を広げ、冷たくて塩からい空気を胸いっぱいに吸いこんだ。こんな気持ちは初めてだ……こんなに満たされた気持ちは。いつからか思い出せないくらい久しぶりに、幸せのかけらを味わっている。寒々しく野性的なこの景色に、強いつながりを感じた。なぜか故郷を思い出す。

まるでここの人間みたいだ。

足りないものがないみたい。

振り返ると、マキシムは波打ち際に立ち尽くし、両手をコートのポケットに突っこんでこちらを眺めていた。風が髪を乱し、陽光がところどころを金色にきらめかせている。じつに楽しそうな目は、燃えるようなエメラルドグリーンに輝いていた。

なんてすてきなんだろう。

胸がいっぱいで、いまにもあふれだしそう。

わたしは彼を愛している。

そう、愛している。

目がくらむほど幸せで、興奮して、恋をしている。きっとこれがそうなのではないか。楽しくて、満たされて、自由。気づいてしまった自分の心が押し寄せてくる。吹きつけて髪を乱す、きりっとしたコーンウォールの風のように。

わたしはミスター・マキシムを愛している。

言葉にならない感情が次から次へとこみあげてきて、とびきりの笑みがこぼれた。応じるようにマキシムの顔を輝かせた笑みを見て、アレシアは一瞬、希望をもった。もしかしたら、いつの日か、同じように思ってもらえるのでは？ 飛び跳ねるようにして彼のほうへ駆けていったアレシアは、自分で気づく前にマキシムに飛びついて、首に両腕を回していた。

「ここへ連れてきてくれて、ありがとう」息の切れた声で言った。

マキシムがにやりとして見おろし、アレシアの体に腕を回した。「こちらこそ、ありがとう」

「お礼はまだ早いわ！」軽口をたたいたアレシアは、目を丸くするマキシムを見て笑った。

彼がほしい。彼のすべてが。

マキシムの腕のなかから抜けだして、また浅瀬に駆けていった。

やれやれ、少し酔っているな。そして美しい。もうきみに夢中だ。

急にアレシアが足を滑らせて転び、ちょうど寄せた波に呑まれた。

たいへんだ。

慌てて助けに駆け寄った。アレシアは立ちあがろうとしてまた足を滑らせたが、そばに来てみると、笑っていた。ずぶ濡れの彼女を助け起こして、おれは言った。「今日はもうじゅうぶん泳いだだろう。凍えるほど寒いんだ。家に帰ろう」そしてアレシアの手を握ると、アレシアはまたほろ酔いの崩れた笑みを浮かべて、おれのあとをついてきた。砂浜を横切り、家へ続く小道に向かう。数歩ごとに足を止めるアレシアは、ビーチを去りがたいようだったが、それでもくすくす笑って楽しそうだ。風邪を引かないといいのだが。

暖かな〈ハイドアウト〉に戻ると、アレシアを腕のなかに引き寄せた。「きみの笑い声はたまらないな」短くキスをして、ずぶ濡れの上着を脱がせる。ジーンズも濡れているが、それ以外の服は乾いているように見えた。温めてやろうと腕をさする。「着替えてくるといい」

「わかったわ」アレシアはにっこりして階段のほうに歩きだした。おれは彼女の上着を――実際にはメアリアンの上着を――拾って、早く乾くように、玄関ホールのヒーターの上方につるした。こちらも濡れてしまったブーツと靴下を脱いでから、ゲスト用のクロークルームに入った。

出てきたときもまだアレシアの姿がなかったので、上階で乾いたジーンズを探しているのだろうと思った。キッチンのスツールに腰かけてダニーに電話をかけ、夕食を用意してくれるよう頼む。それが終わると、トム・アレクサンダーに電話した。

「トレヴェシック。元気にしてるか？」

「ああ、元気だよ。ブレントフォードに変わった様子は？」

「ない。西部戦線異状なし、だ。コーンウォールはどうだ？」

「寒いね」

「なあ、考えていたんだが、たかが掃除婦にずいぶんな大騒ぎじゃないか。たしかにきれいな娘だが、それだけの価値はあるのか？」

「あるさ」

「嘆きの乙女がツボだったとは、知らなかった」

「彼女はそんなんじゃ――」

「もうモノにはしたんだろうな？」

「トム、おまえには関係ない」

「なるほど、答えはノーか」トムは笑った。

「トム」警告の声で言う。

「わかったよ、トレヴェシック、落ちつけって。こっちは問題なし。知らせるべきはそれだけだ」

「ありがとう。なにかあったらすぐ知らせてくれ」

「了解。じゃあまたな」そう言ってトムは電話を切った。

おれは手のなかの携帯電話を見おろした。

忌々しい。

続いてオリバーにメールした。

宛先：オリバー・マクミラン
日時：2019年2月2日
差出人：マキシム・トレヴェリアン
件名：所在

オリバー
私用でコーンウォールにいる。滞在は〈ハイドアウト〉だ。いつまでこっちにいることになるかわからない。

トム・アレクサンダーから、彼の警備会社経由でインボイスが届くことになっている。おれ個人が支払う請求書だ。

用事があるときはメールのほうがありがたい。知ってのとおり、こっちは電波状況が安定しないから。

とりいそぎ。
マキシム・トレヴェリアン

続いてキャロラインにメッセージを送った。

コーンウォールに来てる。しばらくこっちにいることになりそうだ。元気で。Mx

すぐに返信があった。

来てほしい？

いや。用事があるんだ。でもありがとう。

わたしのこと避けてるの？

馬鹿言うなよ。

☹ 信じない。そのうち屋敷に電話する。

屋敷にはいない。

じゃあどこにいるの？
そっちに用事ってなに？

カロ、気にしないでくれ。来週電話する。

どうなってるの？　知りたいし、寂しい。
今夜また義理の母に会わなくちゃいけないの。C×××《キスキスキス》

がんばれ。M×

ここで起きていることを、キャロラインにどう説明したものか。いいアイデアはないだろうかと、髪をかきあげた。なにも思い浮かばなかったのでアレシアを探しにいったが、どちらの寝室にもいなかった。

「アレシア！」リビングルームに戻ってきて呼びかけたものの、返事はない。下の階へ駆けおりて、ゲスト用寝室三部屋と娯楽室をすばやく確認した。

いない。

どこへ行った？

動揺を抑えようとしながら上の階へ駆け戻り、ジャクージかサウナを使っているのではとスパルームに向かった。

やはりいない。

どこにいる？

はたと思いついて、キッチンに続く洗濯室をのぞいた。

そこにアレシアはいた。むきだしの脚で床に座り、ドラム式乾燥機がごとごとと回るそばで本を読んでいる。

「こんなところにいたのか」苛立ちを隠して言った。あれほど心配した自分が間抜けに思えた。温かな茶色の目で見あげられ、となりに腰をおろした。

「なにしてる？」切れた息を整えながら、壁に背中をあずけた。アレシアは立てた膝を自分のほうに引き寄せて白い長袖Tシャツの身ごろをかぶせ、脚を隠した。膝の上にあごをのせて、愛らしいピンク色に頬を染める。

「本を読みながら、ジーンズが乾くのを待ってます」

「それはわかる。どうして着替えない？」

「着替える？」

「別のボトムスに」

アレシアの頬はますますピンク色になった。「別のはありません」静かな、羞恥心のにじんだ声だった。

そんな馬鹿な。

そのときようやく、車のトランクに詰めた二つのビニール袋のことを思い出した。あのなかに、アレシアの全財産が入っているのだ。

目を閉じて頭を壁にもたせかけ、自分の愚かさを呪った。

この女性はなにも持っていない。

服も、靴下も。

なんてことだ。

腕時計に目をやったが、買い物へ行くには遅すぎた。それにビールを二パイント飲んでしまったから、車の運転はできない。飲酒運転はしない主義だ。「今日はもう遅い。明日になったらパッドストウへ連れていくから、新しい服を買おう」

「新しい服は買えません。ジーンズならもうすぐ乾きます」

それには返事をしないまま、アレシアが手にしている本をのぞいた。「なにを読んでいる？」

「本棚で見つけて」アレシアが掲げたのは、ダフネ・デュ・モーリアの『埋もれた青春』だった。

「おもしろいか？　コーンウォールが舞台の作品だ」

「まだ読みはじめたばかりです」

「おもしろかったような記憶があるな。それより、きみが着られそうな服があったと思う」そう言って立ちあがり、手を差し伸べた。本を手に立ちあがったアレシアは少しふらついていて、見ればトップスの裾も濡れていた。

まずいな、風邪を引いてしまう。

すらりと伸びたむきだしの脚は見ないように努力した。その脚が腰にからみつくところを想像しないようにも努力したが、無理な相談だった。

アレシアが穿いていたのはあのピンク色のパンティだった。

またしても拷問だ。

下半身がゆっくりと鈍くうずく。

シャワーを浴びなくては。もう一度。

「おいで」声は欲望でくぐもっていたが、幸いアレシアがそれに気づいた様子はなかった。上の階へ行くと、アレシアはゲスト用の寝室にすばやく逃げこみ、おれはウォークインクローゼットをのぞいた。ダニーはほかにどんな服を屋敷から持ってきてくれただろう？

ほどなく、戸口にアレシアが現れた。〈スポンジボブ〉のパジャマズボンに〈アーセナルFC〉のシャツを着ている。

「これならあります」すまなそうな、まだ少し酔っているような笑みを浮かべて言う。

おれは服を探す手を止めた。

子どもっぽい色あせたパジャマズボンにサッカーシャツという姿でも、アレシアは美しかった。

「じゅうぶんだ」そのズボンを脱がせてまた脚をむきだしにするところを想像して、思わずにやりとした。

「ミハウが着ていたものなんです」アレシアが言う。

「だろうな」

「彼にはもう小さすぎるので」

「きみには少し大きいみたいだ。明日、服を買おう」

反論しようとアレシアが口を開いたので、その唇に人差し指を当てた。「しーっ」触れた唇はやわらかかった。

ああ、この女性が欲しい。

アレシアが唇をすぼめたので、指にキスする格好になった。ふと、アレシアの視線がおりてきておれの唇をとらえ、目が濃さを増した。おれは息苦しさを覚えた。「頼むからそんな目で見ないでくれ」ささやいて、唇から指を離した。

「そんな目……？」ほとんど聞こえないくらい小さな声でアレシアが言う。

「わかるだろう。まるで、おれを求めているみたいな目だ」

アレシアは赤くなって視線を足元に落とし、ささやくように言った。「ごめんなさい」

違う、そうじゃない。「アレシア」触れそうなほど近くまで歩み寄った。とたんにあのラベンダーとローズの香りに海の塩気が混じった魅惑的なにおいが鼻をくすぐり、おれは陶然とさせられた。手をあげてやわらかな頬を撫でると、アレシアは愛らしい顔を手のひらにそっと傾けてきた。

「わたし、あなたを求めてます」小声でつぶやき、心誘う目で見あげる。「でも、どうしたらいいのかわからないんです」

おれは親指でふっくらした下唇をこすった。「ちょっと飲みすぎたようだね、お姫さま」

アレシアは目をしばたたき、おれには理解できない表情で目を曇らせた。それからあごをあげて向きを変え、出ていった。

どうした？

「アレシア！」呼びかけてあとを追ったが、アレシアは聞こえなかったかのごとく階段をおりていく。

おれはため息をついて階段のてっぺんに座り、顔をさすった。困惑していた。こちらは必死に――本当に必死に――紳士であろうとしているのに。

あまりの皮肉に、鼻で笑わずにはいられなかった。

アレシアがおれに向けた目ならよく知っている。

これまでに何度も向けられてきた。

抱いて、いますぐ抱いて、という目だ。

そのためにここへ連れてきたんじゃないのか？

だがいまのアレシアは酔っているし、頼れる人はいないし、持ち物だってほとんどない。なにもない状態だ。

いや、おれがいる。

嘘をつけ。

アレシアを抱けば、弱みにつけこむことになる。

単純な話だ。

だからできない。

それでも、拒絶することでアレシアを傷つけてしまった。

やれやれ。

突然、悲しげなピアノの音が家のなかを満たした。憂鬱なバッハの前奏曲変ホ短調だ。すぐにそれとわかるのは、十代のころにピアノ演奏グレードテスト4か5のために練習したからだ。アレシアの演奏はみごとなもので、あらゆる感情を描きだし、曲の深みを表現する。卓越した技術だ。そして演奏のなかで、自分の感情をも表していた。怒っているのだ。おれに対して。

参ったな。

もしかしたら望みどおりにしてやるべきなのかもしれない――抱いて、ロンドンへ連れ戻すべきなのかも。だが、たとえそんな考えが浮かんだとして、実行できないのはわかっていた。

住む場所を見つけてやらなくては。

また顔をさすった。

おまえと一緒に住めばいい。

なんだって？　だめに決まっている。

だれかと住んだことはない。

そんなに悪いことか？

突き詰めれば、アレシア・デマチにどんな危険も及んでほしくない。彼女を守りたい。その一心だ。

ため息が出た。

本当に、おれはどうしてしまった？


アレシアは、自分の困惑をバッハの前奏曲に注ぎこんだ。なにもかも忘れたかった。彼の表情も、疑いも、拒絶も。曲はゆっくりと全身をめぐって部屋の隅々に広がっていき、後悔のくすんだ色で室内を染めた。弾いているうちに、旋律に浸って忘れていった。なにもかも。

最後の音が消えて目を開けると、ミスター・マキシムがキッチンカウンターのそばに立ち、こちらを見ていた。

「やあ」彼が言う。

「どうも」アレシアは答えた。

「悪かった。怒らせるつもりはなかったんだ。これで今日、二度目だな」

「あなたのことがよくわからない」困惑を言葉にしようとして言った。ふと思いついて、訊いてみる。「わたしの服ですか？」

「ええ？」

「あなたが気に入らないのは」考えてみれば、マキシムは新しい服を買うと言い張っている。アレシアは立ちあがり、めずらしく大胆になって、くるりとターンしてみせた。彼がほほえんでくれることを願って。

マキシムが近づいてきて、サッカーシャツとマンガのパジャマズボンをしげしげと眺めた。アレシアの推測について検討しているのか、あごをこすりながら。「いいと思うよ、十三歳の少年のようで」まじめな口調だが、愉快そうでもあった。

おかしくなって、アレシアは笑った。つられたように、マキシムも笑う。

「よかった」マキシムが小声で言い、アレシアのあごをつかまえてキスをした。「きみは本当に魅力的な女性だ、アレシア。なにを着ていようとその点は変わらない。おれだけでなく、ほかのだれになにを言われようと、そうじゃないなんて思わないでくれ。それに、たいへんな才能だ。ほかにも弾いてくれないか。おれのために。頼む」

「いいわ」やさしい言葉に気が静まって、もう一度ピアノの前に座った。意味深な笑みをちょっと投げかけてから、弾きはじめた。


おれの曲だ。

アレシアに出会ったあとに完成させた曲。

覚えていたのだ。暗記していたのだ。そして、おれよりはるかに上手に弾いている。作りはじめたのはキットが生きていたときで……いま、部屋を満たす音のなかにみずからの悲しみと嘆きが聞こえた。喪失の痛みが津波のように押し寄せてきて、おれを呑みこもうとする。のどがつかえ、感情を抑えようとしても抑えきれず、息さえできなくなった。アレシアに魅了されながら、心は苦しんでいた。旋律が胸を刺し、キットの不在というぽっかり空いた穴に触れる。アレシアは目を閉じて集中し、悲しくも荘厳な旋律に没頭していた。

　これまで、悲しみから目をそらしてきた。だがそれは常にそこにあった。兄が死んだその日からずっと。兄のことが大好きだったとアレシアに言ったのは、嘘ではない。本当に大好きだった。おれの兄貴。

　だが本人に言ったことはなかった。

　ただの一度も。

　そしていま、こうして悲しみに暮れていることを、兄が知る日は来ない。

　キット。

　どうして？

　目の奥が涙で焼けるのを感じながら壁に背中をあずけ、胸の痛みと喪失感に抗おうとした。両手で顔を覆った。

　アレシアが息を呑む音がして、演奏が止まった。「ごめんなさい」ささやくように言われて、おれは無言で首を振った。しゃべることも、目を合わせることもできなかった。ピアノ椅子の脚が床をこする音がしたので、アレシアがピアノから離れたのがわかった。それからおれのそばに来て、やさしく腕に触れる。思いやりの仕草。それが引き金だった。

「いまの曲で兄を思い出した」のどのつかえの奥から言葉を絞りだす。「ここで埋葬したんだ。三週間前に」

「そんな」アレシアが打ちひしがれた声で言い、驚いたことにおれの体に両腕を回して、ささやいた。「かわいそうに」

おれはつややかな黒髪に顔をうずめ、心癒される香りを吸いこんだ。抑えようもなく、涙が頬を伝った。

ああ。

男の鎧にひびを入れられた。

病院では泣かなかった。葬儀でも泣かなかった。最後に泣いたのは、父が死んだ十六歳のときだ。だがいま、ここで、アレシアの前で、おれは自制心を捨てた。やわらかな腕のなかでむせび泣いた。

第14章

アレシアはうろたえ、心拍数はあがった。困惑したままマキシムを抱きしめたが、思考はぐるぐる駆けめぐった。

わたしはいったいなにをしたの？

ミスター・マキシム。ミスター・マキシム。マキシム。

彼の曲を覚えていたとわかったら、おもしろがってくれると思っていた。ところが実際は、喪失の痛みを思い出させてしまった。深い自責の念がお腹のなかで暴れる。どうしてこんなに無神経なことをしてしまったのだろう？　マキシムは声もなく泣きながら、必死にしがみついている。三週間は短い。まだ悲しみに暮れていて当然だ。抱き寄せて背中を撫でた。祖母が亡くなったときのことをいまも覚えている。理解してくれたのは祖母だけだった。祖母にだけは本心を話せた。亡くなって一年になる。

のどを焼く感覚に、つばを飲んだ。マキシムは傷ついて悲しんでいる。いまはただ、もう一度笑顔にしたい。この人は本当によくしてくれた。背中に回した両手を肩へ、さらにうなじへ移動させ、後頭部を手のひらで抱いてそっとこちらを向かせた。見つめ返す目にはなんの期待もない。鮮やかな緑の目にあるのは悲しみだけ。ゆっくり顔を寄せて、唇を重ねた。

やわらかな唇が唇に触れた瞬間、おれはうめいた。アレシアのキスはおずおずとしたものだったが、あまりにも予想外で、あまりにも甘美だった。固く目を閉じて、悲しみの流出を止めようとした。「アレシア」彼女の名前は天の恵みだ。両手でアレシアの頭を抱いてやわらかくつややかな黒髪に指をもぐらせながら、ためらいがちで経験不足のキスを受け入れた。一度、二度、三度、唇が重なる。

「わたしがついてます」アレシアがささやいた。

その言葉に、息が止まった。強く抱きしめて二度と離したくない気にさせられた。つらい思いをしているおれを最後に慰めてくれた人はだれだっただろう。

アレシアの唇が、首に、あごに触れた。そしてもう一度、唇に。

おれはされるがままになっていた。

徐々に胸の痛みが引いて、あとには渇望だけが残った。アレシアへの渇望が。ほうきを握って玄関ホールに立っているアレシアを目にしたときから、この女性の引力に逆らってきた。それなのにアレシアはあらゆる防御壁を突破してきた。おれの痛みを暴いた。切望を、欲望を。そしてこちらには抵抗する力がない。

まだ涙で濡れている顔をアレシアの両手に包まれ、やさしく撫でられると、その感覚は竜巻のようにおれの全身で渦を巻いた。降参だ。アレシアの思いやりに、勇気に、純真さに降参。手の感触に。

体は素直に反応した。

ああ。

アレシアが欲しい。いますぐに。ずっと前から欲しかった。

髪に指をもぐらせたまま、少しのけぞらさせて、片手でうなじを抱いた。もう片方の手をウエストに回し、華奢な体をぴったりと体に引き寄せてからキスを深め、唇でさらに求める。アレシアが小さく息を呑んだので、このときとばかりに舌先でかわいい舌を翻弄した。愛らしい外見を裏切らない、甘美な味。アレシアがうめく。

その声で全身に火がついた。

ところがアレシアはいきなりおれの胸板を押してキスを終わらせ、ぼうっとしたような驚きの顔で見あげた。

急にどうした?

アレシアの息は切れて頬は染まり、瞳孔は開いて……。

ああ、このうえなく美しい。手放したくない。「大丈夫か?」

内気そうな笑みを浮かべて、アレシアがうなずいた。

いまのはイエスか、それともノー?

「イエスという意味だな?」はっきりさせたかった。

「はい」アレシアがささやいた。

「キスされたことはあるか?」

「あなたになら」

これにはなんと言えばいいのかわからなかった。

「もう一度、してください」請うように言われただけでじゅうぶんだった。もはや胸の痛みは遠い記憶。この美しい純真な娘と、間違いなく〝いま、この瞬間〟にいる。髪にもぐらせた指に力をこめてふたたびアレシアをのけぞらさせ、やわらかな唇を唇に呼び戻した。もう一度キスをして、舌で唇を分かつと、今度は舌に出迎えられた。

のどの奥でうなり声が漏れ、股間のものは完全にそそり立って、ブラックデニムを押しあげた。アレシアが両手で二の腕を撫であげ、しがみついてくる。二人の舌はからみあい、飽きることなく互いを味わった。

一日中でもキスしていられそうだ。

毎日でも。

片手でアレシアの背中を撫でおろし、完璧なヒップに到達する。

ああ、すばらしい。

妙なる丸みに手のひらをあてがい、そそり立ったものに引き寄せた。

アレシアは息を呑んで唇を離したが、身を引こうとはしなかった。息を弾ませ、夜の色をした目を驚きに見開いている。

怖気づいたか？

驚いている目を見つめ、どうにか自制心を振り絞って尋ねた。「やめたいか？」

「いいえ」すばやい答えが返ってきた。

ありがたい。

「じゃあ、どうした?」

アレシアは首を振った。

「これか?」おれは尋ね、腰に腰を押しつけた。

アレシアがまた息を呑む。

「そうだよ、お姫さま。おれはきみが欲しい」

アレシアがわずかに唇を開き、息を吸いこんだ。

「きみに触れたい。きみのいたるところに」ささやくように言う。「この両手で。指で。唇で。舌で」

アレシアの目がさらに色を増す。

「それから、きみにも触れられたい」低くかすれた声で言った。

アレシアの口が完璧なOの字を作った。だが視線はおれの目から唇へ、さらに胸板へとさがり、ふたたび目に戻ってきた。

「急ぎすぎかな」おれは尋ねた。

アレシアはまた首を振り、おれの髪にもぐらせていた手をこぶしにして髪の毛をつかむと、唇に唇を引き戻した。

「ああ」おれはアレシアの口角に唇を当ててつぶやき、快感が背筋から股間まで駆けおりるのを味わった。「いいぞ、アレシア。もっと触れてくれ。きみに触れられたいんだ」彼女の手に飢えていた。

アレシアが重ねた唇を開いて、おずおずと舌を挿し入れてきた。与えられるすべてを、おれは受け取った。

ああ、アレシア。

いつまでも続くくちづけに、とうとう爆発しそうになってきた。パジャマズボンのウエスト部分をたどって内側に片手を滑りこませ、温かくやわらかなヒップを手のひらで覆う。アレシアは一瞬動きを止めたものの、直後にまたおれの髪の毛をわしづかみにして荒っぽく引っ張り、熱烈にキスしはじめた。貪欲に、激しく。

「落ちつけ」おれはささやいた。「ゆっくり進もう」

アレシアはごくりとつばを飲み、少しきまり悪そうな顔で両手をおろすと、おれの腕にのせた。

「髪をつかまれるのは好きだよ」安心させようとして言い、償うためにあごから耳までそっと歯を這わせる。アレシアは自然に首をそらしておれの手のひらに頭をあずけ、やわらかなかすれた声を漏らした。

股間の息子には、まるで楽の音だ。

「きれいだ」ささやいて黒髪をつかみ、そっと引っ張る。さらけだされたのどに羽のように軽くキスをしていき、耳までたどり着いた。もう片方の手でヒップをぎゅっとつかみながら、もう一度唇を求める。舌で翻弄し、探り、与えて、奪う。おれは彼女の唇を、彼女はおれの唇を知っていく。キスで首を伝いおり、肌の下で激しく脈打っている部分を見つけた。

「きみと愛し合いたい」ささやくように言った。

アレシアの動きが止まった。

おれは愛らしい顔を両手で包み、親指で唇をこすった。「正直に言ってくれ。やめたいか？」アレシアは上唇を嚙み、ちらりと窓のほうを見た。近づいてきた黄昏で、空にはピンク色が差している。「だれかに見られる心配はない」おれは請け合った。

アレシアはおずおずとほほえみ、小さな声で言った。「やめないで」

やわらかな頰を指の背で撫でながら、吸いこまれそうな色濃い目を見つめた。「本当にしたいのか？」

アレシアはうなずいた。

「声に出して言ってくれ、アレシア。きみの声で聞きたい」口角にもう一度キスすると、アレシアは目を閉じた。

「イエスよ」吐息のようにささやいた。

「ああ、ベイビー」感極まってつぶやいた。「脚をおれの腰に巻きつけろ」細いウエストをつかんでひょいと抱きあげると、アレシアの両手が肩にのせられた。「脚を、腰に」くり返すとアレシアは言われたとおりにして、おれの首に腕を回した。その顔が輝いているのは、欲望と興奮のせいだといいのだが。

「つかまってろ」そう言って階段をのぼっていくおれののどに、アレシアがキスをする。

「いいにおい」アレシアが独り言のようにつぶやいた。

「きみもな」

ベッドのそばにアレシアをおろし、もう一度キスをした。「きみが見たい」そう言ってサッカーシャツの裾をつかみ、ゆっくりとやさしくたくしあげて、頭から引き抜く。ブラを着けているのに、アレシアは体を隠そうと胸の前で腕を交差させた。それに協力するかのごとく、黒い巻き毛がカーテンのように腰まで流れ落ちる。

内気で、純真で、美しい。

興奮と感動を同時に覚えたが、いまはなによりアレシアにくつろいでほしかった。

「明かりを消すか?」

「いいえ」即答だった。「暗いのはいや」

当然だ。アレシアは闇を嫌っている。

「ああ。そうだよな」安心させるように言う。「きみは本当にきれいだ」息の切れた感嘆の声で言いながら、脱がせたサッカーシャツを床に放った。愛らしい顔から髪をかきあげて、あごをつかまえる。何度もやさしくキスしていると、徐々に緊張が解けてきたのだろう、アレシアが両手のひらを胸板に当てて、キスに応じはじめた。細い指でセーターをつかみ、引っ張る。

おれは彼女を見おろした。「脱いでほしいのか?」

アレシアは熱心にうなずいた。

「姫のためなら喜んで」セーターとTシャツをいっぺんに脱ぎ、先ほどサッカーシャツを放ったとなりに落とした。アレシアの視線が、おれの目とむきだしの胸板を行ったり来たりする。おれはその場に立ったまま、しばし好きなように見させていたが、やがてささやいた。「触れてくれ」

アレシアは息を呑んだ。

「触れてほしいんだ。嚙みつきはしない」

きみが嚙んでと言うなら話は別だが……。

アレシアが目を輝かせ、慎重に手を伸ばしてきて、おれの心臓の上に重ねた。

ああ。

いま、間違いなく心臓がとんぼ返りを打った。

目を閉じて、焼けつくような感覚を味わう。

アレシアが身を乗りだしてきて、激しく脈打っている心臓の上の肌にくちづけた。

すばらしい。

彼女の首にかかった黒髪をかきあげて白いのどに唇を這わせ、肩を伝ってブラのストラップに到達した。かぐわしい肌に唇を当てたまま、ほほえむ。ブラはピンク色だった。乱れた息遣いを聞きながら、親指と人差し指で肩からストラップを外した。

「後ろを向け」低い声で命じると、アレシアは熱い瞳でおれを見あげてから、こちらに背を向けた。また胸の前で腕を交差させ、自分を隠そうとする。おれは先ほどとは反対側の肩から黒髪をかきあげて首筋にキスしながら、空いているほうの腕を彼女の前に回し、お腹を抱くようにしてつかまえた。そのまま後ろへ引き寄せて、ヒップのてっぺんにそそり立ったものを密着させる。

おれはアレシアの耳元でうなり、アレシアは腰をくねらせた。

なんという刺激。

肩に指を這わせながら残りのストラップも慎重な手つきで外し、それを追いかけるように、肌にやさしくキスしていった。

やわらかく白い肌。その白さを乱すものはほとんどない。

ただ一つ、首の付け根あたり、金の十字架をさげた鎖の下に、小さなほくろがある以外は。そこにキスした。清潔で健康的なにおいがする。「いいにおいだ」キスの合間にささやきながら、ブラのホックを外した。前に回している腕を上へずらすと、胸の重みを前腕に感じる。アレシアが息を吸いこみ、交差させていた両腕でブラを自分の体に押しつけた。

「怖くない」おれはささやき、片腕でしっかり抱いたまま指を下へ向かわせた。そしてパジャマズボンのウエスト部分に親指を突っこむと、お腹に沿って滑らせながら、耳たぶに歯を当てた。

「ああ《ゾート》」アレシアがうめく。

「きみが欲しい」ささやいて、もう一度耳たぶを噛む。「噛みつかないと言ったのは嘘だ」

「わたしもあなたが欲しい《エーダ・ウナ・タ・デシロイ》」

「英語で」耳の後ろにキスをして、片手をパジャマズボンのなかに滑りこませ、脚のあいだを探った。

剃っている！

腕のなかでアレシアが凍りついたものの、かまわず親指でつぼみをこすった。一度。二度。三度。四度目でアレシアは首をそらしておれの肩にあずけ、すすり泣くような声を漏らした。

「いいぞ」ささやいて、こすりつづけた。指を駆使していたぶり、かきたてる。

ブラを胸元で支えていたアレシアの両腕はいまや垂れ、両手はおれの腿をつかんで、デニムを引っ張ったりよじったりしていた。口は開き、目は固く閉ざされて、短く浅い息をしている。

「いいぞ、ベイビー。もっと感じろ」また耳に歯を当てて、指でかわいがりつづけていると、アレシアは上唇を噛んだ。

「テ・ルテム、テ・ルテム、テ・ルテム」

「英語で」

「お願い、お願い」かすれた声で言った。

そこでおれはアレシアが求めるものを与えつづけた。必要としているものを。

アレシアの脚ががくがくと震えだしたので、体に回した腕に力をこめた。もうすぐだ。

本人は知っているだろうか？

「おれがついている」そうささやくと、アレシアは腿の血流を止めようかという強さでますます必死につかんできた。またすすり泣くような声が漏れたと思うや、突然悲鳴をあげて激しく体を震わせ、おれの腕のなかで解き放たれた。

オーガズムが静まるまで腕に抱いていると、やがてアレシアがぐったりともたれかかってきた。

「ああ、アレシア」耳元でささやき、抱きあげてベッドカバーをめくってから、やさしく横たえる。黒髪が枕の上でたてがみのように広がり、胸のふくらみを覆った。のぞいているのは濃いピンク色のいただきだけだ。

なんとそそられる光景。

暮れゆく空のやわらかなバラ色の光に包まれた姿は、得も言われぬ美しさだった。たとえ穿いているのが〈スポンジボブ〉のパジャマズボンでも。「いまのきみがどれほど美しいか、わかっているかな」尋ねると、驚いた目に見つめられた。

「ウーア《ワ》」ささやくように言う。「いえ、英語で。わあ《ワオ》」

「まさにわあ《ワオ》だ」ジーンズが数サイズ小さくなった気がして、いますぐにでもアレシアのパジャマズボンをむしりとり、奥深くまでうずめたくなった。だがアレシアには時間が必要だ。それはわかっている。下半身もわかってくれるといいのだが。アレシアから目をそらさずに、ジーンズのいちばん上のボタンを外してジッパーをおろし、窮屈な思いをしている息子にスペースを与えた。

　脱いだほうがいいかもしれない。

　ボクサーショーツは穿いたまま、ジーンズだけおろして床に放った。深く息を吸いこんで、どうにか呼吸を落ちつかせようとする。

「となり、いいかな？」おれは尋ねた。

　アレシアが目を丸くしてうなずいたので、それ以上うながされる必要もなく、となりに横たわって片方の肘をついた。黒髪をつまみ、そのやわらかさに驚嘆しながら、指に巻きつけたりほどいたりする。

「よかったか？」おれはまた尋ねた。

　アレシアはほほえんだ。内気そうだが官能的な笑みだった。「ええ、よかったです」そしてすばやく上唇を舐めた。おれはうめきたいのをこらえて手を伸ばし、人差し指の背で頬を撫でると、あごから首まで伝いおりた。小さな金の十字架で手が止まる。

　これを見てしまっては、止まらずにはいられなかった。

「本当にいいんだな？」確認のために尋ねた。

　吸いこまれそうなほど深い瞳に見つめられ、自分をむきだしにされた気がした。魂まで見透かされているような。はっとさせられる瞬間だった。実際よりはるかに裸でいるような気がした。

アレシアがつばを飲んで答えた。「はい」

「なにかいやだったり、したくなかったりしたら、すぐに言ってくれ。いいな？」

アレシアはうなずき、手を伸ばしておれの顔を撫でた。「マキシム」ささやくように名前を呼ばれ、おれはかがみこんで唇に唇をこすりつけた。アレシアが声を漏らしておれの髪に指をもぐらせ、おずおずと舌先でおれの上唇に触れると、欲望が野火のごとく全身に燃え広がった。アレシアのあごをつかまえて、二人にとっては初めての、横になってのキスを深める。欲しかった。彼女のすべてが。いま、ここで。

アレシアの反応とキスを楽しんだ。探って、味わい、求める。

唇を離れて、あごからのどへ、鎖骨へとおりていく。片手で黒髪を押しのけて、目標地点をあらわにすると、息を呑む音が聞こえた。指先が後頭部に押しつけられるのを感じながら、胸のいただきにやさしく舌を這わせて、口に含む。そして吸った。激しく。

「ああ」アレシアの叫びが聞こえた。

濡れた先端にそっと息を吹きかけて身悶えさせてから、片手で脇腹を撫であげ、もう片方の胸のふくらみを覆う。そしてやさしく愛撫し、親指でピンク色の先端をこすりながら、アレシアの感度のよさに驚嘆した。またたく間に先端は、その片割れに負けないほど固くとがった。アレシアが甘い声を漏らし、その腰はおれのよく知るリズムで動きはじめた。おれはやわらかな肌を片手で撫でおろしながら、唇では両方の胸をかわいがりつづけた。

パジャマズボンのウエスト部分からなかに指を滑りこませると、アレシアのほうから秘めた部分を手に押し当ててきた。ついにここまでたどり着いて、おれはうなった。濡れていた。

準備は整っている。

ゆっくり、ゆっくりと、指一本をうずめていった。

よく締まって、濡れている。

いいぞ。

指を引き抜いてからもう一度、うずめた。「ああ」アレシアが猫のような声をあげ、身をこわばらせてシーツを握りしめる。

「きみが欲しくてたまらない」胸の谷間に唇を押し当てて言う。「初めてきみを目にしたときからずっと欲しかった」

アレシアが腰を浮かせておれの手のひらに押しつけ、枕の上で首をそらす。おれはやわらかなお腹にキスをして、我がものと証明するかのようにくちづけで肌を伝い、おへそに到達した。かわいいくぼみに鼻をこすりつけながら、指を抜き挿しする。お腹にキスをして、左右の腰骨に舌を這わせた。

「ああ《ゾート》……」

「そろそろこれにもさよならだ」お腹に向かってつぶやくと、指を引き抜いて体を起こした。

「思いもしなかった……」アレシアは言いかけたが、その声は途切れた。おれがパジャマズボンをおろさせて、先ほど脱いだジーンズの上に放ったからだ。

「すばらしい」ささやくように言った。ついにアレシアが裸でおれのベッドに横たわっている。その姿は恐ろしいほどセクシーだった。「おれの裸は見たことがあるな?」

「ええ」アレシアが小声で言う。「でもそのときは、うつ伏せでした」

「そうか」ということは、ちょっとした教育のときが訪れたらしい。

ボクサーショーツを取り去って、みなぎる下半身をついに解放した。そそり立ったものにアレシアが驚きや警戒を感じる前に、のしかかってキスをする。お互い生まれたままの姿になっての初めてのキスに、欲求や切望のすべてを注ぎこむと、アレシアも負けじと貪欲に応じた。ウエストからヒップまで撫でおろし、甘くやわらかな体を引き寄せる。膝で脚を分かつと、アレシアはまた両手をおれの髪にもぐらせて、腰を突きだした。白い肌を味わいながら唇をのどに這わせ、金の十字架を探り当てる。舌でとらえて味を楽しみつつ、手ではふたたび形のいい完璧な胸のふくらみを覆った。

親指で先端をこするとアレシアが声をあげ、ピンク色のつぼみが固くなる。そこに今度は唇をあてがい、くちづけてからそっと引っ張った。

「ああ、すごい《ゾート》」アレシアが泣きそうな声で言い、髪をつかむ手に力をこめた。

もう止まらなかった。追い立てられるように熱心に、片方の胸のいただきからもう片方へ移動しては、引っ張って、舐めて、キスをして……吸う。体の下で身をよじってはすすり泣くアレシアを見て、手を下へ滑らせて最終目標に到達した。秘めた部分を指でまさぐると、アレシアの動きが止まり、息遣いが乱れて速くなった。

いいぞ、まだ濡れている。

究極の宝物を親指で探り当て、何度も転がしてから、ふたたび指一本を少しずつ沈めていった。アレシアの両手がおれの後頭部を離れて背中を撫でたと思うや、指先が肩を這って、爪が肉に食いこんだ。それでもおれは指の抜き挿しをやめることなく、感じやすいつぼみを親指で転がしながら、リズムを築いていった。

アレシアの腰は太古からあるビートで振られ、脚はおれの下でこわばる。もうすぐだ。いたぶっていた胸から唇を離して唇にキスし、そっと下唇を噛んだ。肩の上でアレシアの両手がこぶしを握り、首がぐっとそる。

「アレシア」ささやくと同時にアレシアが叫び、オーガズムに貫かれた。おれは余韻に震える華奢な体をしっかり抱いたまま、細い脚のあいだに膝をついた。アレシアがまぶたを開けて、とろんとした色濃い目でこちらを見あげる。

どうにか体を抑えつつコンドームに手を伸ばし、静かに尋ねた。「準備はいいか？　すぐに終わらせるから」

実際、そのとおりになりそうだ。

アレシアがうなずいた。

指先であごをすくった。「声に出して言ってくれ」

「いいわ」アレシアが息を弾ませて答えた。

ありがたい。

歯で包装を破いてコンドームを装着したとき、恐ろしいことに、その場で達してしまうかと思った。

冗談じゃない。

どうにか息子に言うことを聞かせて、美しい裸体にのしかかると、両肘をついて体重を支えた。見おろせば、アレシアは目を閉じて硬直していた。

「かわいいな」ささやいて、左右のまぶたにキスをした。するとアレシアはしなやかな腕を伸ばしておれの首にしがみつき、頼りない声を漏らした。

「アレシア」唇に唇をとらえられ、飢えたようにキスされる。熱烈に。必死に。そんなことをされては、もう待てなかった。

ゆっくり、ゆっくり、ゆっくり。太いものを沈めていく。

ああ、なんという感覚。

よく締まって、濡れていて、天にものぼりそうだ。

アレシアが悲鳴をあげたので、動きを止めた。「大丈夫か？」かすれた声で尋ね、押し広げられる感覚にアレシアが慣れるまで待とうとした。

「はい」一拍おいて、アレシアが小声で答えた。

信じていいのかわからなかったが、額面どおりに受け取って、動きはじめた。挿入して、引き抜く。一度、二度、三度。もう一度、もう一度。腰を振る。

まだイクな。頼むから、まだイクな。

永遠に続けていたかった。

アレシアがのどの奥から声をあげ、未熟なりにも発作的に腰を動かしはじめた。

「いいぞ、その調子だ、お姫さま」励ましながらも、快感のせいで短く浅くなったアレシアの息遣いに、拍車をかけられる。

「お願い」欲しがってささやいたアレシアに、喜んで応じた。体が我慢を強いられて、背中に汗がにじむ。貫いて、突きあげて、ついにアレシアが体の下で身をこわばらせ、おれの肉に爪を立てた。

　それでも休まず根元までうずめること、一度、二度……三度目で、アレシアは叫びながら達した。その声と締めあげられる感覚で、おれも限界を迎えた。

　すさまじい勢いで昇天した。大声でうなり、彼女の名前を呼びながら。

下巻につづく

訳者略歴　広島県出身，英米文学翻訳家　訳書『青の瞳をもつ天使』ナリーニ・シン（早川書房刊），『夜の果てにこの愛を』レスリー・テントラー，『その唇に触れたくて』サブリナ・ジェフリーズ他多数

ミスター
〔上〕

2019年12月10日　初版印刷
2019年12月15日　初版発行

著者　ＥＬジェイムズ
訳者　石原未奈子《いしはらみなこ》
発行者　早川　浩
発行所　株式会社早川書房
東京都千代田区神田多町2－2
電話　03－3252－3111
振替　00160－3－47799
https://www.hayakawa-online.co.jp

印刷所　中央精版印刷株式会社
製本所　中央精版印刷株式会社

Printed and bound in Japan
ISBN978-4-15-209903-7 C0097